Sarah Nierwitzki

Lilienblütenjunge

Blüten-Trilogie II

SARAH NIERWITZKI

LILIEN BLÜTEN JUNGE

BLÜTEN-TRILOGIE II

PLAYLIST

Für die Spotify-Playlist einmal QR-Code scannen:

London Grammer – Bitter Sweet Symphony (Live)
Elina – Masquerade
Ruben – Lay By Me
fourteenbillion – All Falls Down
The Weekend – Blinding Lights
The Chainsmokers – Hope
Tom Walker feat. Zara Larsson – Now You're Gone
Sigala – Wish You Well
Decco feat. James Gillespie – I Didn't Know
Deacon feat. Nina Nesbitt – Long Run
Chase & Status – Count On Me
Birdy – Deep End
Dua Lipa – Physical
Tate McRea – You Broke Me First
Luz – Lost
Grace Gundy – Ocean
Tom Grennan – Aboard
Billie Eilish – everything i wanted

Nichts ist so pechschwarz wie Verrat.
Doch auf jede Dunkelheit folgt auch Licht.

LILIE

[ˈliːli̯ə]

Substantiv, feminin

In der modernen Blumensprache symbolisiert die Lilie Vertrauen und Licht.

KAPITEL 1

Clara

Ich wusste nicht, wie laut selbst ein Knacken in der absoluten Stille sein kann und wie sehr mein Herz in Aufregung gerät, weil ich nicht sehe, aus welcher Richtung es kommt.

Bei jedem Geräusch jage ich tiefer in den Wald, doch ich komme nur langsam vorwärts, denn die voranschreitende Nacht versperrt mir die Sicht. Allein die Panik, gefunden zu werden, treibt mich voran, auch wenn meine Lungen durch die Kälte brennen und sich das Geäst und Gebüsch um mich herum weiter und weiter in meine Haut graben.

Ich wusste nicht, wie einsam man sich fühlen kann, mit Dunkelheit als Begleiter und Angst in der Brust.

Ich werde sterben.

Mittlerweile drängt sich mir dieser Gedanke immer öfter ins Bewusstsein, je länger ich unterwegs bin, je tiefer ich in den Wald laufe. Meine Kopfschmerzen haben sich schon in den ersten Minuten rasend schnell ausgebreitet und ich vermute, es ist die Gehirnerschütterung, die längst nicht auskuriert ist. Ich bin wie betrunken, stütze mich öfter an Bäumen ab, als dass ich gehe. Einmal übergebe ich mich und schaffe es danach kaum, ein zitterndes Bein vor das andere zu setzen. Alles in mir brüllt nach Erlösung.

Als ich nicht mehr weiter kann, lehne ich mich an einen der Bäume und rutsche daran herunter. Meine Zähne klappern mittlerweile unkontrolliert aufeinander, die Kälte hat sich in jede meiner Poren eingenistet. Wie Tinte auf feuchtem Papier breitet sie sich weiter und weiter auf mir aus – und in mir ebenso.

Schließlich schlafe ich ein, in der Unsicherheit, ob ich je wieder aufwachen werde.

Kontinuierlich drifte ich in wirren Träumen davon, schrecke von Zeit zu Zeit hoch, doch irgendwann ist es mir egal, was um mich herum geschieht.

Ich will bloß schlafen, bin müde, mein Kopf schmerzt und meine Glieder ebenso. Ich will, dass es aufhört, und wenigstens im Schlaf tut es das.

Sobald ich für einige Minuten erwache, stürmt ein Gedanke meinen Kopf: Jarik hat mich verraten. Er hat mich nach Japan gebracht und damit mein Schicksal besiegelt. Ich werde meine Eltern und Damien nie wiedersehen.

Vor Monaten hätte ich wegrennen sollen, als er gegen den Mercedes gelehnt auf mich gewartet hat. Ich hätte umdrehen müssen, statt mich ihm zu stellen.

Einmal nur hätte ich nicht mutig sein sollen.

Und trotzdem wünschte ich, Jarik wäre hier. Ich wünschte, mein Herz würde sich nur vor Kälte zusammenziehen, doch es ist auch Kummer, der es quält. Die Tränen, die bei dem Gedanken kommen, sollten heiß auf meinen Wangen brennen, aber da ist nichts als Kälte. Nichts als Schmerz.

In der Dunkelheit ist ein Knacken zu hören, doch ich habe nicht die Kraft, mich aufzurichten und zu kämpfen. Ich schaffe es nicht einmal, die Augen zu öffnen. Meine Arme sind taub, genauso wie meine Beine, und so sehr ich auch versuche, mich zu regen – es klappt nicht. In meinem Gesicht hinterlässt die eiskalte Luft das Gefühl von hunderten Nadelstichen.

Lass mich liegen, denke ich. *Egal, wer in der Dunkelheit auf mich zukriecht, egal, von wem das Knacken kommt. Lass mich liegen, es ist zu spät, ich bin müde.*

»Du bist eine Kämpferin.«

Die Stimme dringt durch einen Tunnel aus Schwärze und Einsamkeit zu mir hindurch. Mein Kopf rutscht an etwas Hartes, meine Augenlider scheinen aus Blei, also lasse ich sie geschlossen. Schwere drückt sich mir auf die Brust, weicher Stoff streift meine nackten Arme.

Lass mich liegen, denke ich erneut. *Ich will keine Kämpferin sein.*

Einmal noch versuche ich, die Augen zu öffnen, doch da versinke ich in grenzenlosem Schlaf.

KAPITEL 2

Jarik

Das, woran ich denke, als ich zum ersten Mal einen Blick aus der Ohnmacht erhasche, ist ihr Name.

Auf dem Rücken liegend, sehe ich in die Baumkronen und erkenne einzelne Sterne durch das Geäst glitzern.

Niemals habe ich mehr, niemals habe ich sie deutlicher gesehen als in Yamanashi. Ich dachte, sie stünden starr und fix am Himmel, doch das stimmt nicht. Hier und da wirkt es, als würden sie sich bewegen. Wie Tänzer schwingen sie mal nach links, dann nach rechts. Vielleicht spielt mir auch der Schwindel einen Streich und sie liegen ruhig am Firmament.

Ich konzentriere mich auf einen der größten Sterne und versuche, meine Arme danach auszustrecken, aber sie lassen sich nicht bewegen, sind zu schwer – und der Stern zu weit entfernt.

Oder ich habe ihn davongetrieben, als ich nach ihm greifen wollte. Wie mit allen Dingen, die mir etwas bedeuten.

Stundenlang geistert ihr Name in meinem Kopf, während ich weder wach noch schlafend bin. Alles andere verschwimmt, nur Claras Name bleibt gestochen scharf. Der und ihr Gesicht, das wie ein Mahnmal vor mir auftaucht, sobald ich versuche, mich endgültig in den Wachzustand zu kämpfen.

Vielleicht sollte ich loslassen. Sie und alles andere.

Als ich das nächste Mal aufwache, holt mich die Realität mit einem Fausthieb ein. Das vernebelte Gefühl in meinem Kopf ist verschwunden, stattdessen hämmern Kopfschmerzen darin. Die Dunkelheit um mich herum hat sich zumindest etwas fortgeschlichen, zwischen den Bäumen kriecht die Dämmerung in den Wald.

Stöhnend drehe ich mich zur Seite und muss zu Atem kommen, bevor ich versuche, mich aufzurichten. Es klappt erst beim dritten Mal und auch dann schaffe ich es lediglich in eine sitzende Position, weil der Schwindel mich so einnimmt, dass ich nicht mal stehen könnte, wenn mein Leben davon abhinge. Meine Hände sind mit einem dünnen Seil vor meinem Körper fixiert, das rote Striemen an meinen Handgelenken hinterlassen hat, meine Fesseln sind ebenfalls festgebunden. Bis auf die Kopfschmerzen und den Schwindel spüre ich jedoch keine anderen Verletzungen.

Das Letzte, an das ich mich erinnern kann, ist, Clara mit dem Spitznamen ihres Vaters hinterhergerufen zu haben. Es war reine Provokation, ich wollte, dass sie sich herumdreht, ich wollte nicht, dass sie weiterläuft. Danach hat man mir ein Tuch über Mund und Nase gedrückt und die Welt hat sich in Schwärze verloren.

Jetzt bin ich allein und habe keine Ahnung, was in den letzten Stunden passiert ist, seitdem ich ohnmächtig zurückgelassen wurde. Ich weiß nur, dass ich Clara finden muss.

Noch einmal versuche ich, mich aufzurichten, aber der Schwindel hält mich davon ab. Auf allen vieren robbe ich zum nächstgelegenen Baum, lasse mich mit dem Rücken erst gegen den Stamm fallen, um mich dann dagegen zu drücken und mit seiner Hilfe aufzustehen. Aber meine Beine versagen schon, bevor ich mich überhaupt in die Hocke begeben habe. Meine Finger und Lippen sind vor Kälte so taub, dass ich es weder schaffe, das Seil um meine Handgelenke irgendwie mit den Fingern, noch mit den Zähnen zu lösen.

Kurz davor, in Panik zu geraten, schließe ich die Augen und konzentriere mich einen Moment nur auf die Umgebung. Lausche dem Rascheln der Blätter in der Baumkrone über mir, drücke meine Schultern etwas mehr gegen die Baumrinde, sodass ihr Kratzen eine Gänsehaut auf mir auslöst.

Irgendwo in der Ferne hallt mein Name.

Ruckartig reiße ich die Augen auf, weil mein Kopf mir den Streich spielt, Clara gehört zu haben. Stattdessen sehe ich zwei Personen zwischen den Bäumen auf mich zurennen.

»Jarik!«, ruft Ava noch einmal, während sie mit ihrem Katana Äste beiseite schlägt und ihr Tempo weiter erhöht. Falk hat sich an ihre Fersen geheftet, auch sein Blick steht voller Sorge.

»Scheiße!«

Es ist das erste Mal, dass ich ihn fluchen höre.

Ava kniet zuerst neben mir, als sie mich erreicht. »Bist du verletzt?«, fragt sie zittrig.

Ich schüttle den Kopf, wodurch mir ein Stich in den Nacken schießt und ich das Gesicht verziehe. »Kopfschmerzen, sonst nichts«, sage ich knapp.

Falk geht zu meinen Füßen in die Hocke, zieht einen Dolch aus der Halterung an seinem Gürtel und schneidet das Seil um meine Fesseln durch. Ava schiebt die Spitze ihres Schwerts zwischen das Seil und meine Handgelenke, sodass es mit einem Hieb durchtrennt ist.

Ohne Zeit zu verlieren, richte ich mich auf, schaffe es aber kaum, mich auf den Beinen zu halten, weil mich der nächste Schwindelanfall erfasst. In meinen Ohren pulsiert mein eigener Herzschlag, während Falks Finger sich in meine Schultern graben, um mich aufrechtzuhalten.

»Langsam«, sagt er, aber sein beruhigender Ton hat keine Wirkung auf mich.

»Ich muss Clara finden, lass mich durch«, raune ich.

»Du kommst in deinem Zustand keine fünf Meter weit«, erwidert Falk streng. »Ich erlaube keine Widerrede, Jarik.«

Ich stiere ihn an. »Die Abtrünnigen haben sie«, presse ich hervor.

Ava zieht scharf die Luft ein, während Falk meinen Blick in absoluter Ruhe hält.

»Ich werde sie suchen und mir ist egal, was du sagst.«

Kurz glaube ich, die Worte haben ihre Wirkung nicht verfehlt, denn ich bin Falk in den letzten Jahren noch nie so angegangen. Nicht im Traum hätte ich so scharf meine Stimme gegen ihn erhoben – er ist immerhin nicht nur mein Vorgesetzter, sondern auch derjenige, der mich mit Veit hergebracht hat. Der mich gerettet hat damit.

Doch wenn er mir nicht hilft, Clara zu finden, helfe ich mir selbst.

»Wo hast du sie zuletzt gesehen?«, fragt er.

Ich deute in den Wald rechts von uns. »Sie ist in diese Richtung gelaufen. Aber ich wurde von den Abtrünnigen betäubt und habe sie aus den Augen verloren.«

Plötzlich sieht Falk über seine Schulter, Ava an. »Sag den anwesenden Fuma Bescheid, dass sie Geschwister aussenden sollen, und zwar alle von ihnen. Wir suchen das komplette Waldgebiet ab. Geh!«, setzt er nachdrücklicher hinzu.

Ava wirft mir einen letzten Blick zu, dann läuft sie Richtung Dorf.

Falk hat seine Arme weiterhin an meinen Oberarmen und sieht nun zurück zu mir.

»Ich will helfen«, sage ich.

»Glaub mir, wenn sie noch hier ist, finden wir Clara«, sagt er. »Aber es macht keinen Sinn, dass du in deinem Zustand nach ihr suchst.«

Wenn sie noch hier ist ... Tief in meinem Bauch braut sich ein Gefühl zusammen, sie könnte genau das nicht mehr sein. Dass sie längst verschleppt wurde. Ich kann nur hoffen, sie lebt und ist nicht meinetwegen den Ishikawa in die Hände gefallen.

Aber dass Letzteres nicht der Fall ist, kann ich mir nicht überzeugend genug einreden. Ich weiß, dass dem so ist. Mein Herzschlag verdoppelt sich bei dem Gedanken, mein Schwindel nimmt erneut zu.

»Bitte, Falk«, sage ich. »Lass mich nur dieses eine Mal noch helfen, danach widersetze ich mich nie wieder irgendeiner Anweisung.«

Für einen Moment sieht er aus, als würde er meiner Bitte tatsächlich nachgeben, sein Blick wird sanfter.

»Du wirst von Minute zu Minute blasser«, sagt er dann jedoch. »Ich riskiere nicht, dass du deine Gesundheit aufs Spiel setzt. Ich bin für dich verantwortlich.«

Es ist unvorstellbar für mich, dass er das jemals zu einem der anderen Geschwister gesagt hat. Nicht bei der väterlichen Art, mit der er mich betrachtet.

Ich beiße die Zähne aufeinander, aus Angst, etwas vor Falk zuzugeben, das ich kaum vor mir selbst zugeben kann. Doch das muss ich auch nicht, denn Falk ahnt es längst und spricht es nun laut aus: »Ich weiß, dass sie dir wichtig ist. Wir finden sie.«

Noch immer sage ich nichts. Es geht nicht. Zu viel Last schneidet meine Zunge entzwei. Wenn die Abtrünnigen sie töten, bin ich schuld daran. Ich habe sie verraten und hatte keine Chance, es ihr zu erklären.

Falk darf nichts davon erfahren. Niemals. Er schickt mich zurück nach Deutschland. Ich habe nicht einmal meine Erinnerungen löschen können, ich wäre verloren.

»Jarik.« Falks Griff an meinen Schultern verstärkt sich. Erst jetzt bemerke ich, dass ich einen Schritt zur Seite getaumelt bin. »Schaffst du es zum Krankenflügel?«

Ich nicke lediglich, obwohl ich nicht garantieren kann, dass meine Beine unterwegs nicht nachgeben. Doch ich zwinge sie und ebenso meine Gedanken, sich nicht zu überschlagen, während Falk und ich Schritt um Schritt den Wald hinter uns lassen.

Auch wenn mich mein Herz schmerzhaft in die andere Richtung zieht – dorthin, wo ich Clara aus den Augen verloren habe.

Immer wieder muss ich an den Zettel in meiner Hosentasche denken, den ich nach dem Vorfall im Tunnel darin gefunden habe: *Vergiss nie, wer euch gerettet hat. Ein junger Baum kann leicht gebogen werden.*

Jetzt gerade haben sie mich nicht gerettet, sie haben mir etwas genommen.

Während Falk mich untersucht, teile ich ihm alle Informationen mit, an die ich mich aus den letzten Stunden erinnern kann. Ich berichte ihm von dem Zettel unter meiner Tür und wie ich Clara im Wald getroffen habe, bevor plötzlich die Ishikawa aufgetaucht sind. Dass sie mich festgehalten haben, woraufhin Clara im Chaos flüchten konnte. Wie ich sie aufhalten wollte, aber die Abtrünnigen mich betäubt und zurückgelassen haben, und dass ich erst, kurz bevor Falk und Ava kamen, zu mir gekommen bin.

Allerdings ahnt Falk nicht, dass ich ihm Dinge verschweige. Denn ich lasse sowohl meinen Deal aus als auch weiterhin das, was im Tunnel in Tokio passiert ist. Nämlich, dass ich keine Ahnung habe, ob die Ishikawa uns tatsächlich vor dem Feuer und den anderen Vermummten gerettet haben, oder ob sie uns verwirren und Zwietracht sähen wollen.

Schon als wir aus dem Tunnel zurückgekehrt sind, habe ich allen anderen erzählt, ich hätte Clara und mich durch einen noch nicht verschlossenen Weg ins Freie geführt. Es gab keine Zeugen, die meine Lüge aufdecken konnten. Mason war verschwunden, bevor Ava und die anderen Clara und mich gefunden haben. Ich bin der Einzige, der die Wahrheit kennt.

Gleichzeitig habe ich keine Ahnung, was Wahrheit und Lüge überhaupt noch sind.

Falls die Abtrünnigen mich mit der Rettung verwirren wollten, haben sie Erfolg. Ich weiß nicht einmal, ob ich Falk vertrauen kann, oder ob er die Meister über alles zwischen uns Gesagte informiert.

Vielleicht denkt er so oder so, ich stehe unter Schock, denn er verarztet mich ohne mich auszufragen, kümmert sich um meine Striemen an Handgelenken und Fesseln und stellt sonst keine Verletzungen fest - was mich nur weiter beunruhigt. Die Ishikawa hätten mich umbringen können, es hätte keinerlei Zeugen gegeben.

Aber ich bin noch hier.

»Der Schwindel kommt vom Chloroform«, sagt Falk, der mir ein letztes Mal mit einer Stiftlampe erst in das linke, dann in das rechte Auge leuchtet. »In den nächsten Stunden wird er nachlassen. Vorausgesetzt, du ruhst dich aus. Ich bringe dich in deine Unterkunft.«

»Das schaffe ich allein«, entgegne ich.

Als ich Anstalten mache, aufzustehen, legt sich Falks Hand um meinen Unterarm.

»Ich bringe dich.«

»Ich brauche keinen Aufpasser«, sage ich mit Nachdruck. »Selbst wenn ich abhauen würde, komme ich keine zehn Meter weit. Ich weiß, du lässt mich die nächsten Tage bewachen. Ich bin nicht dumm, Falk.«

Dem gequälten Ausdruck auf seinem Gesicht nach zu urteilen, waren meine Worte zu scharf gewählt, aber ich werde sie nicht zurücknehmen.

»Wir finden Clara«, sagt er und jede andere Aussage hätte ich ihm abgenommen, nur diese nicht. Die Ishikawa werden dafür sorgen, dass wir es nicht tun, dessen bin ich sicher.

Vielleicht wäre es besser, ihm alles zu erzählen und ihm endlich zu sagen, dass er allen Grund hat, von mir enttäuscht zu sein. Allerdings bin ich zu feige. Also drehe ich mich von ihm weg und verlasse das Zimmer.

Durch den anhaltenden Schwindel komme ich nur langsam voran, aber jeder Meter, den ich auf den Ausgang des Tempels zusteuere, lässt mich aufatmen. Hier drin zu sein, fühlt sich zu sehr danach an, von Lügen begraben zu werden.

Nur einmal sehe ich mich um: als ich am Kirschbaum im Hof vorbeikomme. Er ist wie immer beleuchtet und liegt still und fast heimlich da, obwohl er so präsent ist.

Bevor der Gedanke sprießen kann, was mit den Blüten des Baums passiert, sollte Clara etwas zustoßen, reiße ich mich vom Anblick des Kirschbaums los und gehe in meine Unterkunft.

Auch hier ist es still, die Nacht drückend, aber wenigstens stellt sich das Gefühl ein, zu Hause zu sein.

Unter meiner Matratze hole ich das Foto und den Zettel hervor – die zwei Dinge, die Mason mir zugesteckt hat, als er Clara und mich aus dem Tunnel gerettet hat. Nachdem ich mich auf die Bettkante gesetzt habe, erlaube ich mir, das Bild einen Moment zu betrachten.

Es muss etliche Jahre alt sein, die Meister sehen jünger aus, vor allem Veit wirkt beinahe jugendlich. Die Männer blicken in die Kamera und ausnahmslos alle kommen mir vor wie versteinert, als hätte man ihnen gesagt, bloß keine Gefühlsregung zu zeigen. Sie wirken wie Krieger, obwohl sie das nicht sind, denn diese Aufgabe übernehmen wir Geschwister. Aber etwas in ihren Blicken strahlt eine absolute Überheblichkeit aus, eine Autorität, die selbst auf dem Foto zu spüren ist.

Wann immer sie im Dorf sind, verändert sich die Stimmung. Die Fuma sind zwar für unseren Unterricht während der Ausbildung zuständig und unsere Ansprechpartner bei etwaigen Aufträgen, doch die meisten begegnen uns auf Augenhöhe. Auch wenn sie Regeln aufstellen, die wir zu befolgen haben.

Die Meister allerdings wirken unerreichbar, fast wie Phantome. In ihrer Gegenwart überkommt mich immer das Gefühl, mir keine Fehler erlauben zu dürfen, möglichst geradestehen zu müssen, möglichst zu beweisen, hierher zu gehören.

Nur Veit hat mir dieses Gefühl nie gegeben, aber selbst er ist die personifizierte Statue auf dem Bild – und es ist vor allem diese Tatsache, die mich zweifeln lässt. Hat er nur eine Rolle gespielt? Waren die Vermummten im Tunnel wirklich unsere Leute, wie Mason behauptet hat?

Irgendwann lehne ich mich zurück, um die Augen zu schließen, allerdings halten mich meine wirren Gedanken die gesamte Nacht wach. Die und meine Sorge um Clara. Immer wieder schreit sie mir im Traum entgegen, immer wieder greife ich nach ihrer Hand, um sie in meine Arme zu ziehen. Doch als Mason von der anderen Seite auf uns zuläuft und die Finger nach ihr ausstreckt, ergreift sie seine Hand und wendet sich im selben Moment von mir ab.

Nachts in der Totenstille wird es mir deutlicher als die restlichen Stunden zuvor: Es ist meine Schuld. Hier liege ich und dachte, die Erinnerungen an meine Eltern wären das Einzige, das mich je quälen würde. Doch nun mischt sich der Schmerz um Clara darunter. Im Moment kann ich ihn unterdrücken, aber ich habe Angst vor dem Ausbruch und was er auslösen wird.

In wie viel Teile er mein Herz zersplittert.

KAPITEL 3

Clara

Vergeblich warte ich auf Schmerzen, als ich die Augen öffne. Doch sobald ich die Lider aufschlage, ist da nicht einmal grelles Licht, das mich blendet. Wärme durchströmt meinen Körper, nichts ist mehr von der Kälte übrig, die sich um mich geschlungen hat – vor Minuten? Stunden?

Vorsichtig drehe ich den Kopf, um zu verhindern, dass mir der Schmerz doch durch die Glieder fährt, aber noch immer spüre ich weder ein Stechen, Ziehen oder sonst etwas Schmerzhaftes. Auch nicht, als ich mich etwas aufrichte. Ich betrachte den Raum um mich herum. Er ist komplett eingerichtet, allerdings kaum zehn Quadratmeter groß. Das Bett, in dem ich liege, nimmt den größten Teil des Zimmers ein und steht an der Wand, mit Blick auf die geschlossene Tür.

Rechts von mir erstreckt sich eine Kleiderstange, auf dem Schreibtisch parallel dazu liegt ein Tablett mit einer Flasche Wasser darauf. Außerdem ein Teller mit mehreren Onigiri, japanische Reißklöße mit Nori-Algen ummantelt. Ein Paar Stäbchen befindet sich genau daneben sowie ein Zettel, auf dem steht: *»Solltest du Hunger haben, greif zu.«*

Langsam richte ich mich auf, schwinge die Beine über die Bettkante und bemerke erst da das Pflaster auf meinem Handrücken. Als ich es abziehe, kommt eine Einstichstelle zum Vorschein und ein blassschimmernder blauer Fleck.

Ich werfe einen Blick nach rechts aus dem runden Fenster. In der Ferne erkenne ich die Shibuya Kreuzung, was meinen Puls einen Moment in die Höhe schießen lässt.

Das hier ist nicht mehr Yamanashi. Das ist nicht die Gilde.

Wie aus einer Starre gerissen, wirble ich herum und nun schießt mir doch ein Stechen in die Stirn, aber ich ignoriere es und suche stattdessen nach etwas im Zimmer, das ich zur Waffe umfunktionieren könnte.

In dem Moment klopft es an der Tür und der erste Gedanke, der mir kommt, ist: Gibt es perfide Angreifer, die erst klopfen, bevor sie das Zimmer stürmen?

»Guten Morgen«, tönt es von draußen.

Wer auch immer hinter der Stimme steckt, er macht keine Anstalten, die Tür zu öffnen und ungebeten einzutreten.

»Ich habe Geräusche gehört«, sagt der Unbekannte. Er hält seine Stimme gedämpft. »Ich hoffe, du bist wach und ich mache mich nicht mit Selbstgesprächen zum Trottel.«

Meine Gedanken wirbeln umher. Mit einem Blick über die Schulter sehe ich noch einmal aus dem Fenster, aber der Weg ist aussichtslos. Es geht mindestens zehn Meter in die Tiefe. Es wäre Selbstmord, darüber zu fliehen.

Plötzlich übermannt mich eine Welle des Schwindels und ich bin froh, die Stuhllehne neben mir zu fassen zu bekommen, an der ich mich aufrechthalten kann.

»Clara?«, dringt es von draußen. »Ist alles in Ordnung?«

»Bestens«, bringe ich hervor. »Ich will nur sichergehen, dass ich denjenigen mit dem Stuhl treffe, der gleich durch die Tür tritt.«

Von der anderen Seite ist ein Lachen zu hören.

Obwohl das nichts ist, woran ich jetzt denken will, fallen mir Jariks Worte ein, die er im Tunnel mit dem Feuer vor uns gesagt hat: »Nimm Haltung an.«

Ein letztes Mal höre ich noch auf ihn, straffe meine Schultern und fixiere die Tür, während ich die Stuhllehne umklammere, bereit, das Holz tatsächlich in Richtung des Unbekannten zu schleudern.

»Bitte nichts werfen«, sagt dieser. »Ich komme jetzt rein und ich komme in Frieden.«

»Sagst du das aus Gründen der umgekehrten Psychologie, damit ich dir vertraue?«, frage ich.

Die Türklinke bewegt sich nur zaghaft nach unten, als hätte derjenige hinter der Tür tatsächlich Angst vor einem auf ihn zufliegenden Stuhl. Schließlich hat sie sich so weit geöffnet, dass jemand hindurchtreten könnte – doch lediglich ein Arm steckt sich durch den Spalt. In einer beschwichtigenden Geste winkt er leicht damit.

»Bitte nichts werfen«, wiederholt der Unbekannte.

Erst jetzt, ohne die Tür als Dämpfer, gräbt sich eine Erinnerung in mir an die Oberfläche. Ich kenne diese Stimme. Zweimal habe ich sie schon gehört.

Als neben dem Arm ebenso ein Kopf zwischen Tür und Rahmen erscheint, wird aus jemand Unbekannten jemand Bekanntes. Mason lächelt, scannt jedoch meine Gestalt, als wollte er sich vergewissern, dass ich keinen Gegenstand nach ihm werfe. Langsam tritt er einen halben Schritt ins Zimmer, sodass die Tür ihn zur Hälfte verdeckt und ich nicht sehe, was sich hinter ihm befindet.

»Geht es dir besser?«

»Wo bin ich?«, übergehe ich seine Frage.

»Tokio«, antwortet er, was ich längst weiß. »Das hier ist eigentlich mein Zimmer. Es war allerdings kein anderes frei.«

»Wo hast du geschlafen, wenn das hier angeblich dein Zimmer ist?«

»Im Gemeinschaftsraum auf der Couch.«

»Wer hat mich hergebracht?«, frage ich.

»Ich habe dich aus dem Wald bis zum Auto getragen«, sagt er. »Yuna hat dich mit mir hergefahren, Mei hat dir einen Zugang gelegt und eine Infusion verabreicht.« Er deutet auf meinen Handrücken. »Du warst dehydriert.«

»Warum die Mühe?«

Masons Brauen schieben sich zusammen. »Welche Mühe?«

»Mich aus dem Wald zu retten und mir eine Infusion zu legen.« Ich lasse ihn nicht aus den Augen und spiele die Mutige, obwohl mein Herz rast und mein Mund trocken wird. »Welchen Sinn hat das, wenn ihr mich sowieso aus dem Weg räumen wollt?«

Seine Brauen lockern sich. »Deswegen bist du nicht hier. Als ich gesagt habe, ich komme in Frieden, war das ernstgemeint. Warum sonst hätten wir dich und Jarik aus dem Tunnel retten sollen?«

Am liebsten möchte ich laut fluchen, weil sich Jariks Name schmerzhaft in mein Herz drückt.

»Welchen Sinn hätte das, wenn wir dich sowieso aus dem Weg räumen wollen?«, setzt Mason hinzu.

»Warum bin ich dann hier?«, will ich wissen.

»Um dich zu schützen.«

»Vor wem?«, frage ich, auch wenn ich mich erinnere, die Antwort darauf längst zu kennen. Denn als Mason uns im Tunnel zur Hilfe gekommen ist, waren es laut ihm nicht die Ishikawa, die uns in die Enge getrieben haben ...

»Der Gilde.«

KAPITEL 4

In mir macht sich das Gefühl eines Déjà-vus breit. Es ist, als hätte ich plötzlich die Seiten getauscht, ohne darum gebeten oder aktiv etwas dafür getan zu haben. Vor einigen Wochen hat Falk fast dasselbe gesagt, als ich in Tokio aufgewacht bin: Ich sei sicher in der Gilde, sie wollten mich beschützen vor Leuten, die wahrscheinlich meinen Vater entführt haben und mich im Austausch verlangen.

Nun stehe ich hier, ähnliche Worte haben Masons Mund verlassen – nur dass die Gilde nun der Gegenspieler zu sein scheint. Ich habe keine Ahnung, auf welcher Seite ich stehen soll oder ob es überhaupt eine gibt, auf der irgendjemand stehen sollte.

Still und heimlich beschließe ich, nicht denselben Fehler wie bei Falk und Jarik zu tun: ihnen aus Sorge um meinen Vater viel zu schnell zu vertrauen. Also versuche ich, sie in den Hintergrund zu drücken, um herauszufinden, auf welche Seite ich mich schlagen will.

Oder ob es besser ist, sich allein durchzukämpfen.

»Was ist das hier?«, frage ich Mason. »Euer Quartier?«

»So in etwa«, sagt er. »Genauer gesagt ein temporäres Quartier der Geschwister der Nacht.«

Mich bringen die letzten drei Worte ins Stocken. Einen Augenblick glaube ich, mich verhört zu haben.

»Ihr gehört nicht zu den Geschwistern«, sage ich.

»Klingt, als würdest du uns ziemlich gut kennen.«

Zum ersten Mal schwingt etwas Überhebliches in seiner Stimme mit. Vielleicht ist es auch Stolz, ich weiß zu wenig über ihn, um es wirklich einschätzen zu können. An seiner Gestalt zumindest mache ich nichts aus, das auf Ersteres hindeutet.

»Wir stammen von Geschwistern ab«, sagt er ohne einen einzigen Zweifel in der Stimme und erinnert mich dabei an mein Gespräch mit den Meistern, in dem Haru mir erzählt hat, dass die Abtrünnigen von Geschwistern abstammen. »Jeder Einzelne der Ishikawa hat Vorfahren unter den Geschwistern.«

»Aber ihr seid Verstoßene«, werfe ich ein. »Die Gilde sieht euch nicht als Teil der Geschwister.«

»Das heißt nicht, dass wir uns selbst nicht trotzdem als solche sehen können. Die Geschwister der Gilde sind nicht unsere Feinde.«

»Und seine eigenen Geschwister betäubt man und lässt sie im Wald liegen?«, erinnere ich ihn daran, dass sie Jarik festgehalten und offenbar betäubt haben. Zumindest wurde ihm ein Tuch vor Mund und Nase gehalten, woraufhin er ohnmächtig geworden ist.

»Wir haben ihn beobachtet, bis er zu sich gekommen ist«, sagt Mason. »Um Geschwister kümmert man sich.«

Ich glaube nicht, dass Jarik oder Ava oder Bent sich so um Mason kümmern würden, aber aus irgendeinem Grund will mir dieser Gedanken nicht laut über die Lippen kommen.

»Wenn die Geschwister nicht eure Feinde sind«, beginne ich, »wer ist es dann innerhalb der Gilde?«

Zum ersten Mal stockt Mason, seine Augen wandern für einen Moment an mir vorbei aus dem Fenster, bevor er wieder zurück zu mir schaut. Sein Lächeln ist echt, aber etwas dahinter hat sich verschoben wie eine verzogene Tür, die nicht mehr ganz in ihre Angeln passt.

»Die Wissenden reden nicht, die Redenden wissen nicht«, zitiert er ein Sprichwort. »Es ist schwer, herauszufinden, wer Feind und Freund ist – oder sein kann.«

»Woran scheitert es?«

»Macht«, sagt er knapp. »Gier, Ansehen, Tradition ... das Übliche.« Mason lächelt schal, atmet geräuschvoll ein und aus und deutet dann auf den Stuhl. »Wahrscheinlich wäre der auch meine Wahl für eine Waffe gewesen«, fügt er hinzu und wechselt damit das Thema.

»Schien mir effektiver als die Stäbchen oder das Essen«, gebe ich zurück.

Mason grinst halb und nickt. »Das hätte ich leicht abgewehrt. Beim Stuhl wird es schwieriger.«

»Dann solltest du genau da stehen bleiben, wo du bist«, sage ich. »Ansonsten trifft er dich.«

»Geht klar.«

Ich kann nicht anders – sofort vergleiche ich ihn mit Jarik. Mit Sicherheit wäre der nicht stehen geblieben, sondern hätte mich mit einem provozierenden Grinsen gestraft. Mir fährt ein Stich durch die Brust, den ich versuche, zu ignorieren.

Mason tut das Gegenteil von dem, was ich von Jarik erwartet hätte. Er bleibt weiterhin die drei Meter entfernt stehen, die uns trennen, und betrachtet mich wachsam. Während ich die Stuhllehne noch immer umklammere, erlaube ich mir, ihn flüchtig zu mustern. Anders als die beiden Male, die ich ihm begegnet bin, trägt er kein schwarzes Gewand, sondern stattdessen ein weißes Shirt, darüber einen dunkelblauen Cardigan. Auf dem ist auf Herzseite das Unendlichkeitszeichen der Ishikawa eingestickt.

»Die großen Augen sind dir nicht zu verübeln«, sagt Mason, weil er meine Musterung offenbar bemerkt hat. »Du hast nur Schlechtes von uns gehört, oder?«

Ich sehe von dem Zeichen in sein Gesicht, er hält meinen Blick kurz, dann sieht er selbst zu der Stickerei und fährt mit dem Zeige- und Mittelfinger darüber, als würde er es zum ersten Mal berühren.

In meinem Kopf versuche ich, all die Dinge über die Abtrünnigen zu ordnen, die ich in den letzten Wochen erfahren habe. Aber allein die Vorstellung, von ihnen gefangen genommen worden zu sein, lässt meine Gedanken umherwirbeln.

»Ich habe gehört, ihr habt meinen Vater entführt«, sage ich und ärgere mich, dass meine Stimme dabei zittert.

Mason sieht auf. »Haben wir nicht.«

»Ich habe gehört, ihr habt die Frau eines Meisters auf dem Gewissen«, fahre ich fort.

Ohne zu blinzeln, antwortet Mason: »Haben wir nicht.«

»Glaubst du, ich nehme dir das ab?«

»Nicht so einfach, nein«, sagt er. »Aber ich habe dir auch nie einen Grund gegeben, mir so zu misstrauen, wie du es tust.«

Das hat Jarik ebenso wenig, denke ich. *Und trotzdem hat er mich hintergangen.*

Eisige Finger umklammern mein Herz und zerdrücken es bei dem Gedanken an seinen Verrat.

»Ihr habt Jarik und mich in Tokio angegriffen«, sage ich zu Mason, froh darüber, meine feste Stimme wiedergefunden zu haben. »Und ihr habt meinem besten Freund eine Postkarte geschickt, nur um mich damit unter Druck zu setzen. Ich vertraue keinem von euch. Weder den Abtrünnigen noch der Gilde.«

»Wir haben kein Interesse daran, dir oder deinem besten Freund Angst einzujagen«, sagt Mason.

Wer dann?, frage ich mich in Gedanken. *Die Gilde, vor der Mason mich schützen will?*

»Woran sonst?«

»Deinen Vater zu finden«, antwortet er ohne ein Zögern.

Ich wünschte, ich könnte noch irgendjemandem trauen, der das sagt. Aber auch die Gilde hat mich damit gelockt und in den Wochen mit ihnen bin ich durch die Meister an der kurzen Leine gehalten worden. Mittlerweile habe ich keine Ahnung, ob ich meinen Vater jemals finden werde, mit oder ohne Hilfe. Er scheint mir unerreichbar. Als sei er mit einem Boot gen Horizont unterwegs. Während ich erst nur einige Meter ins Wasser gelaufen bin, steht es mir nun bis zum Hals und ich kann nur noch zusehen, wie er davondriftet.

»Dein Vater ist vermutlich der Einzige, der dich zur Meisterin ausbilden kann«, setzt Mason hinzu.

»Woher willst du das wissen?«

»Es gibt Gerüchte, die besagen, in der Schrift sei von zwei Personen die Rede und dass sie nur gemeinsam agieren können.«

»Das heißt ...« Kurz stocke ich, weil ich meine Gedanken selbst erst ordnen muss. »Bleibt mein Vater verschwunden, gibt es keine Meisterin?«

Darauf hat Mason lediglich ein Nicken für mich - und mir wird klar, warum die Gilde es in all den Monaten nicht geschafft hat, meinen Vater zu finden: Vielleicht wollten sie das nie. Vielleicht wollten sie mich nur hinhalten oder mich irgendwann selbst beseitigen.

Mein Vater ist vor einem halben Jahr verschwunden, als hätte es ihn niemals gegeben. Wäre das auch mein eigenes Schicksal gewesen? Als ich Haru bei meinem Treffen mit den Meistern gefragt habe, warum die Abtrünnigen angeblich meinen Vater entführt haben, hat er lediglich das geantwortet: *»Darauf haben wir noch keine Antwort.«*

Wenn Mason recht hat und ich nur durch meinen Vater ausgebildet werden kann, hätten die Meister allen Grund gehabt, meinen Vater zu entführen. Zumindest, sollten sie keine Meisterin haben wollen.

Allerdings hätten die Ishikawa ebenso Interesse an der Entführung gehabt, um die Gilde zu schwächen.

Den letzten Gedanken behalte ich erst recht für mich und hoffe, Mason sieht ihn mir nicht an. Ich beiße die Zähne aufeinander, schaue zu ihm.

»Bin ich hier eine Gefangene?«, frage ich.

»Nein«, sagt er sofort.

»Dann gib mir einen Grund, hierzubleiben.«

»Du musst nicht hierbleiben. Aber wir dachten, du willst deinen Vater tatsächlich finden, statt nur hingehalten zu werden.«

Als er meinen Vater erneut erwähnt, kocht die Wut in mir über.

»Ich lasse mich nicht mehr mit ihm ködern«, sage ich durch zusammengebissene Zähne.

»Ich ködere dich nicht.«

Mason schiebt sich die rechte Hand in die Hosentasche und verharrt in dieser lässigen Position. Noch immer kommt er nicht auf mich zu, sondern gibt mir das bisschen Privatsphäre in Form der Meter, die uns trennen.

Mir dreht sich der Kopf. Mehr als je zuvor wünschte ich, in Potsdam zu sein, nicht hier in Japan – zwischen den Fronten. Alles, was ich will, ist das Leben zurück, das ich in meiner Heimatstadt gelassen habe. Das vor mehr als einem halben Jahr, bevor ich meinen Vater verloren habe. Die Tage mit Damien, die Trainingseinheiten. Selbst die quälenden Gedanken über einen Studienplatz. Dieses Leben wünsche ich mir so sehr zurück, dass es mich fast zerbricht.

Doch ich habe es endgültig an dem Tag aufgegeben, als ich zu Jarik ins Auto gestiegen bin, und nichts werde ich mir jemals weniger verzeihen.

Und ihm auch nicht.

Vor Mason Schwäche zuzugeben, fühlt sich nach einer absoluten Niederlage an, aber ich kann mich nicht auf den

Beinen halten. Also setze ich mich auf die Bettkante, stütze mich links und rechts mit den Händen ab und drücke die Fingerkuppen in das Holzgestell, damit der Schmerz mich von dem in meiner Brust ablenkt.

»Du siehst blass aus«, sagt Mason, kommt jedoch weiterhin nicht näher.

»Liegt vermutlich an den ganzen Entführungen, die ich immer wieder über mich ergehen lassen muss«, erwidere ich matt.

Ich habe keine Ahnung, wann es passiert ist, doch ich fühle mich in der Mitte gespalten. In Tokio hat Jarik gesagt, es sei mein Schicksal, hier zu sein, aber wieso breitet sich in mir nichts als Leere aus, je länger ich hier bin? Das Loch in meiner Brust beginnt bereits, nach meinem Herz zu greifen.

Das hier ist nicht mein Schicksal. Ich bin mir nicht mal sicher, ob ich wirklich noch ich selbst bin.

»Ich will meinen Vater finden, aber nicht, um Meisterin zu werden«, sage ich, »sondern, um mit ihm aus Japan zu verschwinden, alles andere ist mir egal.« Ich sehe zu Mason auf, der mich in aller Ruhe mustert und meine Entscheidung nicht infrage zu stellen scheint. »Ihr seid mir egal. Die Gilde ist mir egal. Euer Krieg ist mir egal«, setze ich eindringlich hinzu. »Das hier ist nicht meine Welt, und ich lasse mich nicht noch tiefer von euch hineinziehen, nur weil ihr glaubt, ihr hättet die Macht dazu.«

Zu meiner Überraschung nickt Mason.

»Wenn wir meinen Vater gefunden haben, will ich nach Hause«, sage ich. Es ist mir egal, wie verzweifelt ich bin und wie sehr ich danach klinge.

Wieder nickt er, was mich nur noch mehr verwirrt. Ich habe nicht erwartet, dass er so kooperativ ist.

»Deiner Entscheidung stehen wir nicht im Weg, auch wenn ich glaube, dass du sehr wohl hierher gehörst«, sagt er. »Leider haben wir keinen Zugriff auf deine Ausweisdokumente, weil wir sie im Dorf vermuten.«

Allein der Gedanke daran, dass mein Ausweis und mein Reisepass nach wie vor in den Händen der Gilde sind, schließt das Loch in meiner Brust und macht Platz für die Wut darüber. Ich presse die Fingerkuppen noch härter gegen das Holz, richte mich danach auf und straffe die Schultern.

»Ich will sie zurück«, sage ich.

»Kein Problem«, erwidert Mason. Er schiebt auch die linke Hand in die Hosentasche. »Alles, was wir tun müssen, ist, sie der Gilde abzunehmen.«

Zum ersten Mal seit Minuten durchströmt mich ein Gefühl, das mich nicht weiter nach unten drückt, sondern nach oben.

»Dann will ich sofort aufbrechen und die Sachen zurückholen, die mir zustehen«, sage ich.

Mason lächelt. »Ich wusste, du bist eine Kämpferin.«

KAPITEL 5

Jarik

An Tag zwei nach Claras Verschwinden, sehe ich morgens unter meinem Fenster plötzlich keine Geschwister mehr im angrenzenden Wald. Ich werde also nicht mehr bewacht, auch wenn mir nicht klar ist, wieso. Denn gestern Nacht, als ich wieder nicht schlafen konnte und vom Balkon in die Finsternis gesehen habe, war mir, als hätte ich ihre knackenden Schritte auf dem Waldboden gehört. Manchmal habe ich einen von ihnen zwischen den Bäumen huschen sehen, oder ich habe es mir zumindest eingebildet. Wenigstens hat es mich für einige Zeit abgelenkt, sie ebenso zu beobachten, wie sie mich beobachtet haben. Für Leute wie Clara mögen sie lautlos sein, aber mich täuschen sie nicht.

Doch weder sehe ich sie nun bei Tageslicht, noch höre ich sie. Keine knackenden Geräusche, kein Vorbeihuschen zwischen den Bäumen. Sie sind verschwunden.

Also nutze ich meine Chance, zumindest das Zimmer zu verlassen. Vielleicht komme ich sogar bis zur Hütte im Wald und kann ein wenig trainieren, die Wut loswerden und tun, was ich so oder so seit zwei Tagen tue: mich ablenken. Ich werfe mir meinen Pullover über das Shirt, steige in meine Sneaker und will aus der Tür schleichen.

Doch kaum ist sie einen Spaltbreit geöffnet, erkenne ich Falk dahinter, der am Geländer vor meiner Unterkunft lehnt und mir, die Arme locker vor der Brust verschränkt, entgegengrinst.

»Hallo Jarik«, sagt er, nachdem ich die Tür so weit geöffnet habe, dass ich über die Schwelle treten kann.

»Hallo Falk«, gebe ich zurück, jedoch mit einem unterdrückten Augenrollen statt eines Grinsens. Und ich verschränke die Arme auch nicht locker vor der Brust, sondern so fest ich kann. »Schön, dich zu sehen. Und so zufällig vor meiner Tür.«

Es ist definitiv kein Zufall, das weiß ich, aber ich kann mir die Provokation einfach nicht verkneifen. Wie konnte ich denken, dass ich mich im Dorf wieder frei bewegen kann? Falk hat die Geschwister vermutlich selbst abgezogen und kontrolliert nun, ob ich mich davonstehle, sobald ich es bemerke.

Ich bin auf sein Spiel reingefallen – das ärgert mich am meisten.

»Sieht nicht aus, als würdest du dich freuen, mich zu sehen«, sagt Falk. »Eher, als wolltest du mir an die Gurgel gehen, wenn du die Chance dazu bekommst.«

»Bekomme ich sie?«, fordere ich ihn heraus.

Falk ist nicht annähernd so harmlos, wie er wirkt. Auch er war vor einigen Jahren noch Teil der Geschwister, bevor er zum Fuma aufgestiegen ist. Ebenso wie ich war er Jahrgangsbester, kann kämpfen, und zwar mindestens so gut wie wir

Geschwister. Und jetzt gerade kribbelt es in meinen Fingerspitzen, einen Kampf mit ihm auszutragen. Die Wut nicht im Wald rauszulassen, sondern an Falk.

»Vielleicht ein anderes Mal«, sagt er mit einem halben Lächeln, als wollte er mich damit besänftigen.

Jetzt lässt er seine Arme sinken, verfrachtet die Hände in seine Hosentaschen und schlägt das rechte Bein in einer entspannten Geste über das linke.

»Wie lange stehst du schon hier und wartest auf mich?«, frage ich.

»Etwa zwanzig Minuten. Ich hatte früher mit dir gerechnet.«

»Du kennst mich doch, ich bin ein Langschläfer.«

»Bist du nicht«, entgegnet er sofort.

»Vielleicht bin ich in den letzten zwei Tagen einer geworden, weil ich nichts zu tun hatte, sondern eingesperrt war und bewacht wurde.«

Falks Blick wandert über mein Gesicht, plötzlich mit einer Spur Sorge. »Hast du überhaupt geschlafen in den letzten zwei Tagen?«

Ich beiße die Kiefer aufeinander, antworte nicht.

»Geht es dir gut, Jarik?«, hakt Falk nach.

Ich schnaube. »Interessiert dich das wirklich oder hast du bloß ein schlechtes Gewissen, weil du mich bewachen lässt?«

»Du wirst nicht mehr bewacht«, sagt er.

»Dann kann ich gehen?«, will ich wissen und deute in Richtung Wald. »Ich würde gern jemanden finden.«

Falk und ich sehen uns stur in die Augen. In seinem Gesicht ist wie immer kaum etwas zu lesen, erst recht keine

Wut, auch nicht bei der Art, wie ich gerade mit ihm rede. Aber ich habe es satt.

Die letzten zwei Tage wurde mir mein Essen vor die Tür meiner Unterkunft gebracht und jedes Mal, wenn ich bloß einen Schritt auf den Balkon oder aus dem Zimmer gemacht habe, waren die Geschwister nicht weit. Jederzeit bereit, mich aufzuhalten, sollte ich versuchen, das Dorf zu verlassen, um Clara zu finden. Denn anscheinend bin ich der Einzige, der das vorhat. Als Ava mir gestern mein Essen gebracht hat, hat sie geflüstert: »Niemand macht Anstalten, nach ihr zu suchen.«

»Du hast jedes Recht, wütend zu sein«, sagt Falk besonnen, statt mich wegen meiner scharfen Worte ihm gegenüber zurechtzuweisen.

»Ach ja?« Seine ruhige Art stachelt mich nur weiter an. »Weil ich in meinem eigenen Zuhause bewacht werde wie ein Gefangener? Oder weshalb?«

»Es war auch zu deiner Sicherheit«, entgegnet er. »Du hast mehrere Stunden im Wald gelegen und warst erschöpft und unterkühlt. Wenn du nach Clara gesucht hättest, hättest du dich nur selbst in Gefahr gebracht.«

Da ist keine Emotion in Falks Stimme, als er ihren Namen ausspricht. Als sei sie nur dieser Name, nicht die Person dahinter. Nicht das Mädchen aus der Prophezeiung.

»Wenigstens *will* ich sie finden«, zische ich. »Was habt ihr die letzten zwei Tage gemacht, um sie zurückzuholen?«

Zu uns.

Zu mir.

Mit einem Mal verändert sich Falks Ausdruck doch. Er erinnert mich an den Falk, der mir vor einigen Wochen von seiner Vergangenheit erzählt hat, nachdem Ava und ich Clara ins Dorf gebracht haben. Ähnlich wie damals schweifen seine Augen langsam von links nach rechts an mir vorbei, als würde er nach etwas Ausschau halten.

»Den Befehl, sie suchen zu lassen, überschreitet meine Kompetenz«, sagt er mit rissiger Stimme.

Ich muss nicht nachhaken, in wessen Befugnis es liegt, ich weiß es: in dem der Meister. Nur sie können Fuma wie Falk Befehle erteilen.

»Bist du deswegen hier?«, frage ich, doch der scharfe Ton in meiner Stimme ist verpufft. »Um mir das zu sagen?«

Falks Blick findet meinen. »Die Meister sind hier und sie wollen dich sehen. Ich bin gekommen, um dich zu ihnen zu bringen.«

»Ich gehe nirgends hin«, sage ich mit so fester Stimme, wie ich kann.

»Das war keine Bitte.«

»Selbst wenn es ein Befehl war, ist es mir egal.«

Ich ziehe die Tür hinter mir mit einem lauten Ruck zu, sehe Falk ein letztes Mal in die Augen, dann laufe ich an ihm vorbei in Richtung Dorfgrenze. Schon nach wenigen Metern sagt er meinen Namen und diesmal ist sein Ton nicht verständnisvoll, sondern steinhart und zeigt genau das, was Falk ist: mein Vorgesetzter.

Froh darüber, dass er mich nur von hinten sieht, bleibe ich stehen und schlucke, drehe mich allerdings nicht herum.

Nur einige Sekunden später sind seine Schritte zu vernehmen, die näherkommen. Ich rechne damit, dass er sich vor mir aufbaut und mich rügt, mich mit sich zerrt, weil man die Meister nicht warten lässt, wenn sie hier sind und nach einem verlangen.

Allerdings passiert nichts davon. Falk stellt sich lediglich dicht vor mich, sodass ich gezwungen bin, ihn anzusehen.

»Ich kann dir nur helfen, wenn ich die Wahrheit kenne«, sagt er.

Bilde ich mir das ein oder spricht er plötzlich leiser?

»Welche Wahrheit?«, frage ich.

»Was tatsächlich im Tunnel passiert ist, als Clara und du von der Gruppe getrennt wurdet.«

Mein Herz setzt mindestens zwei Schläge lang aus. Ich unterdrücke den Drang, an Falk vorbeizusehen oder mich zu räuspern, weil meine Kehle mit einem Mal staubtrocken ist.

»Ich weiß nicht, was du meinst«, sage ich so eisern, wie meine Stimme es zulässt.

»Entfern dich nicht zu weit von der Gilde.« Obwohl Falk entschieden klingt, schwingt keine Warnung in seinen Worten mit.

»Physisch oder psychisch?«, rutscht es mir heraus.

»Beides«, antwortet Falk knapp.

Ich will etwas darauf erwidern, doch in dem Moment schaut er über meine Schulter. Ich kann nur vermuten, dass er zum Tempel guckt, der in meinem Rücken liegt. Mehrere Sekunden verstreichen, bevor sein Blick wieder meinen findet.

Kurz werden seine Gesichtszüge weicher, er knetet die Finger ineinander und wirkt in Gedanken weit entfernt. Bevor ich sein Verhalten deuten kann, kehrt ruckartig der Fuma in ihm zurück. Seine Schultern straffen sich und jetzt baut er sich tatsächlich vor mir auf.

»Solltest du dich dem Befehl widersetzen und mich nicht zu den Meistern begleiten«, sagt er, »wirst du noch heute deine Sachen packen und der Gilde verwiesen.«

Es sind so wenige Worte. Ein einziger Satz, nichts weiter. Aber er verfehlt seine Wirkung nicht im Geringsten und Falk weiß das. Mit diesem zeigt er mir das, was er auch Clara schon gesagt hat: Ich bin ein gefügiger Soldat.

Ich habe keine andere Chance, als ihm zu folgen.

KAPITEL 6

Jarik

Falk führt mich nicht zum üblichen Tagungsraum, in dem auch die Geschwister aufgrund seiner Größe Platz haben. Stattdessen finden wir uns wenige Minuten später in einem Gang wieder, den ich noch nie betreten habe, weil die oberste Etage des Tempels den Meistern vorbehalten ist. Selbst als Falk und Veit mich damals durch das Dorf geführt haben, wurde mir in allen Räumen Einblick gewährt – nur die obere Etage war tabu. Nur durch Berichte weiß ich, dass sich dort die Schlafräume der Meister befinden.

Aber die Tür am Ende des Flurs mit marmorverzierten Wänden sieht nicht nach Schlafzimmer aus. Nicht, wenn sie so fernab liegt. Und erst recht nicht, wenn sie die einzige Tür im Gang ist, die von außen keinen Knauf, sondern lediglich ein Schlüsselloch besitzt.

Während Falk an die Tür klopft, warte ich neben ihm und versuche, mir meine Nervosität nicht anmerken zu lassen, aber sie krabbelt mir längst mit einer Gänsehaut den Rücken hinunter. Erst recht, als man uns öffnet. Falk drückt mich mit sanfter Gewalt ins Zimmer, sodass ich gezwungen bin, hineinzugehen.

Der Dunkelhaarige in meinem Alter, der uns die Tür aufhält und vor Falk und mir eine leichte Verbeugung andeutet, kommt mir nicht ansatzweise bekannt vor. Ich frage mich, warum er noch nie hier war und nun ausgerechnet bei diesem Treffen dabei ist.

Je weiter ich ins Zimmer trete, desto erdrückender wird es. Zwar gibt es hohe Decken und links mehrere Fenster in einer Höhe von zwei Metern, allerdings sind sie von schwarzen, blickdichten Vorhängen umrahmt. Das dunkle Holz unter meinen Füßen wirkt wie frisch poliert, staucht den Raum aber optisch ebenso wie die Gardinen.

Es steht kein einziges Möbelstück im Zimmer, nur der lange Tisch an der Wand vor uns und die Stühle, bespannt mit hellrotem Stoff, auf dem aufgereiht die Meister sitzen. Ausnahmslos alle starren Falk und mich an.

Hinter mir höre ich die Tür ins Schloss fallen, woraufhin ich mich aus Reflex herumdrehe. Der Dunkelhaarige hat sie geschlossen und sich nun davor positioniert, die Hände vor dem Bauch verschränkt.

Deswegen ist er hier: Er bewacht den Ausgang.

Und damit vermutlich auch Falk und mich.

Mein Blick gleitet zurück zu den Meistern. Sofort habe ich das Foto vor Augen, das Mason mir zugesteckt hat. Es ist, als wäre das Bild plötzlich zu einer echten Szene geworden. Sie sitzen genauso steif und mit durchdringendem Ausdruck da. Als Falk sich wie auf einer unsichtbaren Grenze fünf Meter vor dem Tisch positioniert, tue ich dasselbe. Es gibt keine Stühle, auf die wir uns setzen könnten, weswegen wir wie Angeklagte vor einem Richter stehen. Nur, dass es hier sechs sind.

»Hallo Jarik«, sagt Haru, allerdings klingt seine Begrüßung nicht, als würde er sich freuen, dass ich hier bin.

Irgendwas stimmt nicht, trotz Harus freundlichem Tonfall. Etwas kribbelt in meinem Nacken, nur kann ich nicht benennen, was es ist.

»Ihr wolltet uns sprechen«, richtet Falk das Wort an Haru.

Der nickt und schaut zu mir. »Es geht um Clara. Wir sind uns sicher, du kannst uns einige Fragen beantworten, Jarik.«

»Ich kann es versuchen«, sage ich.

»Warum willst du sie finden?«

Mit jeder Frage hätte ich gerechnet, nur nicht mit dieser. Aus völliger Verwirrung sehe ich zu Falk und suche in seinem Gesicht nach etwas, das mir hilft, die Frage zu beantworten. Darin spiegelt sich jedoch nichts wider, er sieht mir lediglich streng in die Augen und deutet dann ein kaum wahrnehmbares Nicken in Richtung der Meister an. So als wollte er sagen: »Antworte ihnen.«

Das kann nur ein Test sein. Allerdings weiß ich nicht, was für einer.

Mein Blick gleitet kurz zu jedem einzelnen Meister, doch als Haru sich deutlich hörbar räuspert, bleiben meine Augen an ihm hängen.

»Ich will sie finden, weil sie wichtig für uns ist«, antworte ich schließlich.

In meinen eigenen Ohren klingt meine Stimme diszipliniert und alles andere als unruhig. Mein Herz fühlt sich hingegen mehr als zittrig an.

»Sie ist wichtig für den Kampf gegen die Abtrünnigen«, setze ich hinzu.

»Möglicherweise«, sagt Haru. »Möglicherweise auch nicht. Uns hat noch keinerlei Nachricht der Abtrünnigen erreicht, dass sie ausgeschaltet wurde.«

Vielleicht bilde ich es mir ein, aber neben mir zieht Falk die Luft ein, als das Wort »ausgeschaltet« fällt, und ich kann es ihm nicht verübeln.

»Wäre sie wichtig, hätten wir längst von den Ishikawa gehört«, setzt Haru hinzu. »Sie hätten uns darüber unterrichtet, ihr Ziel erreicht und Clara eliminiert zu haben.«

»Eliminiert?«, wiederhole ich hitzig.

»Was heißt das?«, will Falk wissen, bevor einer der Meister auf meine Frage reagieren kann.

»Dass wir Clara vermutlich eine Bedeutung beigemessen haben, die sie nicht verdient. Sie scheint unwichtig für unseren Kampf zu sein.«

In meiner Kehle steigt der Drang empor, laut brüllend auf Haru zuzurennen, ihn rücklings in seinem Stuhl umzustoßen und dabei zuzusehen, wie er vor Überraschung die Augen aufreißt.

Das kann nicht sein Ernst sein. Ich sehe zu den übrigen Meistern, aber niemand gibt ein Widerwort, niemand sieht auch nur ansatzweise nach Widerspruch aus.

»Weswegen sollten wir Clara herholen, wenn sie nicht wichtig ist?«, frage ich.

»Weil sie in Gefahr war.«

»Sie ist jetzt auch in Gefahr!«, platzt es aus mir heraus. Falk legt mir die Hand auf den Unterarm, doch ich schiebe sie sofort beiseite. »Wer weiß, was die Abtrünnigen gerade mit ihr planen oder ihr antun!«

»Du kannst nicht mit Sicherheit sagen, ob sie bei ihnen ist, Jarik«, schaltet sich Falk mit ruhiger Stimme ein.

Mein Blick klebt an ihm. »Wo soll sie sonst sein?«

»Du warst ohnmächtig«, sagt er. »Du weißt nicht, wo sie ist. Das wissen wir alle nicht, aber wir wollen sie finden.«

Ich brauche einen Moment, um meine Gedanken zu ordnen, doch auch nach mehreren Sekunden schiebt sich einer immer wieder schrill und deutlich in meinen Kopf. Also gebe ich dem Drang nach und spreche ihn laut aus: »Das ist gelogen.«

Keine Frage, sondern eine Feststellung.

Falks Brauen schieben sich zusammen, als könnte er mir nicht folgen, doch da sehe ich wieder zu den Meistern, denn die Feststellung war an sie gerichtet.

»Richtig?«, wende ich mich explizit an Haru. »Ihr wollt sie nicht finden.«

Mit seinem langen Schweigen beantwortet er mir meine Frage.

»Es ist korrekt, dass wir Claras Rolle nicht einschätzen können«, sagt Falk an die Meister gerichtet. »Auch vor Kurzem konnten wir das nicht. Wir mussten auf das vertrauen, was wir wussten. Daran hat sich nichts geändert.«

»Das ist wahr«, sagt Haru. »Und Veit ist weiterhin verschwunden.«

Neben mir zuckt Falk unmerklich zusammen, fängt sich jedoch schnell wieder.

»Ich glaube, ich verstehe nicht ...«, sagt er.

»Er hat oberste Priorität«, antwortet Haru. »Er ist ein wichtiger Bestandteil der Gilde und für deren Zusammenhalt.«

»Wichtiger als ein Mädchen, das ihr extra nach Japan entführen lassen habt?«, frage ich und ernte sofort einen steinharten Blick von Haru. Trotzdem setze ich hinzu: »Das euch nun nichts mehr wert ist, weil sie ... was? Noch leben könnte?«

Zu meiner Überraschung erhebt Haru sich, und auch zur Überraschung der anderen Meister, deren Blicke ihm verwirrt folgen, als er hinter dem Tisch vorkommt und schließlich auf mich zutritt. Er lässt einen ganzen Meter Platz zwischen uns, aber die Spannung, die sich darin aufbaut, hängt wie ein Strick um meinen Hals, der sekündlich fester gezogen wird.

»Was bedeutet sie dir wirklich?«, fragt Haru. »Mir scheint, als hättest du deine Emotionen nicht unter Kontrolle – erneut.«

Ich beiße die Zähne, so fest es geht, aufeinander.

»Du hast damals eingewilligt, sie nach Japan zu holen«, erinnert er mich.

Weil ich ihr Vertrauen wollte.

Weil ich meine Erinnerungen loswerden wollte.

Weil sie die einzige Möglichkeit war.

Weil ich da noch nicht wusste, wer sie ist – und wer wir sein würden.

»Wir sind nur zusammen stark.« Plötzlich wird Harus Stimme weicher, er legt mir sachte die Hand auf die Schulter. Auch sein Blick ruht nun fast väterlich auf mir. »Wir entsenden einige Geschwister, um nach Clara zu suchen. Aber Veit muss unsere Priorität bleiben. Ich hoffe, du wirst deine Geschwister auf diesem Weg begleiten.«

Ich denke daran, wie Clara in Yokohama vor mir gesessen und die Umgebung betrachtet hat. Sie gehört hierher. Und wenn sie nicht oberste Priorität für die Meister hat, dann wenigstens für mich.

»Ein Pfeil bricht, zehn Pfeile nicht«, sage ich und Haru beginnt, erleichtert zu lächeln.

Aber er hat keine Ahnung, wie zielsicher ein einziger Pfeil sein kann, sobald er gut gespannt ist. Ich werde sie ohne die Gilde finden. Irgendwie werde ich Clara zurückholen. Es ist mir egal. Alles ist mir egal – außer Clara. Und wenn die Gilde mir nicht hilft, obwohl ich immer zu ihr gestanden habe, obwohl ich sie mehr als einmal verteidigt habe, dann muss ich die Suche selbst in die Hand nehmen.

Ich sitze nicht weiter tatenlos herum.

KAPITEL 7

Clara

Tatenlos herumzusitzen, macht mich von Tag zu Tag nervöser. Ich weiß nicht, wie viel Uhr es ist – alles, woran ich mich orientiere, ist das Tageslicht, das in Masons Zimmer fällt, in dem ich immer noch sitze und warte. Es überrascht mich, dass meine Privatsphäre respektiert wird, zumindest soweit das an einem fremden Ort in einem fremden Zimmer möglich ist.

Aber niemand betritt den Raum, nicht einmal, um mir Essen oder Trinken zu bringen. Stattdessen klopft dreimal am Tag jemand an die Tür, ehe ich sich entfernende Schritte höre und wenn ich die Tür öffne, steht Essen und Trinken davor.

Sollten die Abtrünnigen allerdings denken, dass ich bloß abwarte, was als Nächstes passiert, haben sie falsch gedacht. Die meiste Zeit sehe ich aus dem Fenster und habe festgestellt, dass ich von hier nicht nur den Innenhof im Blick habe, sondern auch eine Art Lobby. Morgens und abends versammelt sich dort eine Menschentraube und ich vermute, sie führen Besprechungen zu dieser Zeit. In den letzten zwei

Tagen habe ich zu dieser Uhrzeit nie jemanden im Flur gehört oder gesehen.

So wie gerade. Mein Frühstück stand pünktlich vor meiner Tür, ich habe es ins Zimmer geholt, aber sofort auf dem Schreibtisch abgestellt, um die Lobby zu beobachten. Jetzt, nach meinem Gefühl eine Stunde später, sind sie unten versammelt.

Heute nutze ich diese Chance, denn wenn sie glauben, dass ich ihnen abnehme, keine Gefangene zu sein, müssen sie denken, dass ich dumm bin. Sobald ich hier raus bin, finde ich einen Weg, um zurück nach Deutschland zu kommen. Und der erste Weg wird mich zur Polizei führen. Ich lasse mich kein zweites Mal entführen, während wieder niemand dafür zur Rechenschaft gezogen wird.

Ich nehme die Holzstäbchen vom Tisch an mich, um wenigstens das Gefühl zu haben, eine Waffe bei mir zu tragen, und lausche einige Momente an der Tür. Als ich dahinter keinen Laut vernehme, öffne ich sie und trete vorsichtig einen halben Schritt in den Flur. Zuerst sehe ich nach links, dann nach rechts, aber weder ist ein Geräusch zu hören, noch ist jemand auszumachen.

Krampfhaft versuche ich, abzurufen, was ich mir in den letzten Tagen gemerkt habe: Die Schritte von der Person, die mein Essen gebracht hat, kamen immer von links, die Lobby sehe ich von meinem Fenster aus auf der anderen Seite und ich vermute, sie ist der Mittelpunkt des Gebäudes. Meine einzige Chance ist es, in die entgegengesetzte Richtung zu gehen, um den Abtrünnigen nicht in die Arme zu laufen. Also wage ich es und schleiche den linken Gang entlang. Der Teppich unter meinen Füßen macht es mir leicht, kein Geräusch von mir zu geben – doch dadurch höre ich das Räuspern hinter mir umso deutlicher.

Hastig wirble ich herum, stehe jedoch keiner angriffslustigen Person gegenüber, sondern Mason, der mit vor der Brust verschränkten Armen gegen den Türrahmen meines Zimmers lehnt. Seine Mimik wirkt eher belustigt als mich ernstnehmend.

»Doch die Stäbchen?«, fragt er grinsend und deutet darauf.

»Man kann damit jemandem ein Auge ausstechen«, gebe ich zurück. »Oder zwei.«

»Guter Ansatz«, sagt er, während er seine rechte Hand in die Hosentasche gleiten lässt. »Das setzt allerdings Unachtsamkeit voraus. Vor allem aus der Distanz.« Er deutet mit der linken Hand zwischen uns hin und her. »Und ich bin nicht der Unachtsame von uns.«

»Ich bin nicht -«

Der begonnene Satz bleibt mir im Hals stecken, weil Mason blitzartig die Hand aus der Hosentasche zieht und etwas nach mir wirft, das mit einem Rauschen an meinem Ohr vorbeisaust. Die Stäbchen rutschen mir aus den Fingern und ich drücke mich gegen die Wand neben mir, höre das Geschoss allerdings längst hinter mir aufkommen. Mein Herz stolpert so schnell, dass ich es kaum ignorieren kann.

»Gute Reflexe«, sagt Mason. »Du wärst bestens bei uns aufgehoben.«

»Ich habe kein Interesse daran, Abtrünnigen beizutreten«, gebe ich zurück.

Weil ich nicht einschätzen kann, ob er gleich noch etwas hinterherwirft und ich es diesmal nicht schaffe, dem auszuweichen, verweile ich in meiner Abwehrposition. Ich widerstehe dem Drang, mich herumzudrehen, um zu schauen, was er nach mir geworfen hat.

»Ist das jetzt der Zeitpunkt, an dem ihr mich doch nicht gehen lasst?«, frage ich. »War das die Warnung?«

Mason schüttelt den Kopf. »Ich wollte dich eigentlich zu unserem Treffen abholen.«

»Du hast eine sehr höfliche Art, um danach zu fragen.«

Mason lacht auf, fährt dann jedoch fort und hat mit den nächsten Sätzen meine vollkommene Aufmerksamkeit: »Wir planen unseren Besuch in der Gilde, um deine Sachen zu holen. Deinen Ausweis zum Beispiel – und dein Handy. Aber offensichtlich hast du andere Pläne. Hast du schon einen Weg gefunden, ohne deine Ausweisdokumente nach Deutschland zu kommen?«

Masons Mimik verändert sich nicht, im Gegenteil, er hat sie absolut unter Kontrolle. Noch besser als Falk - und in seinem Gesicht habe ich so gut wie nie lesen können. Er war wie ein aufgeschlagenes Buch ohne jegliche Buchstaben darin. Wie bei ihm weiß ich auch bei Mason nicht, ob er mich provozieren oder mir tatsächlich helfen will, zurück nach Deutschland zu kommen.

»Welchen Haken gibt es?«, frage ich.

»Da ist kein Haken«, erwidert Mason.

»Ihr nehmt mich mit, damit ich meine Ausweisdokumente und mein Handy holen kann, und für euch springt nichts raus?«

»Nichts, nein.«

»Du lügst.«

»Wenn du gehen willst, kannst du das tun«, sagt Mason mit einem Schulterzucken. »Du bist keine Gefangene hier, wir wollen dich bloß beschützen. Aber solltest du unseren Schutz nicht wollen, werden wir dem nicht im Weg stehen.«

»Mich beschützen?«, wiederhole ich. »Vor der Gilde, in deren Dorf ihr mich mitnehmt?«

»Du musst nicht mitkommen«, sagt er. »Aber dein Wunsch war es, zurück nach Deutschland zu reisen, wenn wir deinen Vater gefunden haben. Dafür brauchst du deine Dokumente. Und wir lassen dich nicht allein in die Gilde gehen.«

»Weil sie mir gefährlich werden könnte?«

»Richtig.«

»Warum lasst ihr mich dann überhaupt mitgehen?«

»Du vertraust uns nicht«, sagt er, als gäbe es keinen Zweifel an meiner Frage. »Du würdest uns nicht allein ins Dorf gehen lassen, um deine Sachen zu holen, oder liegen wir da falsch?«

Tun sie nicht – auch wenn ich das nicht laut ausspreche, um Mason nicht recht zu geben.

Ich halte seinen durchdringenden Blick, lasse mich einen Moment in die dunklen Augen fallen, die in meine sehen, ohne zu blinzeln. Ohne den Ansatz einer Unsicherheit. Und dennoch wirkt er nicht wie ein Roboter, nicht wie Jarik oft auf mich gewirkt hat. So wie Mason hier vor mir steht, kommt er mir älter vor, und trotzdem fehlt ihm dieser Funken, der sagt: »Ich bin der Bösewicht der Geschichte.«

Nichts an seiner Gestalt wirkt abtrünnig. Er hat mich nicht betäubt, bevor er mich hergebracht hat, er behandelt mich nicht wie eine Gefangene.

Anders, als die Gilde es getan hat.

»Keinen Haken?«, frage ich erneut.

Mason schüttelt den Kopf. »Ich stelle dir unten die Geschwister vor und das Team, das mit nach Yamanashi kommt. Wir holen deine Dokumente und danach kümmern wir uns darum, deinen Vater zu finden. Deal?«

Er hält mir die Hand hin.

Es ist schwer, die Tatsache zu ignorieren, wie sachte er klingt, wie ehrlich - und wie wenig er mich damit an den Jarik erinnert, den ich zuletzt vor einigen Tagen gesehen habe. Der mich belogen hat und mich an die Abtrünnigen ausliefern wollte.

Ich muss mich daran erinnern, dass ich dennoch niemandem trauen darf. Aber wenn Mason weiterhin so überzeugend klingt, meinen Vater zu finden, wird es schwer, ihm nicht zu glauben. Mein Herz und meinen Kopf dasselbe fühlen zu lassen, kommt mir momentan nach einer unüberwindbaren Hürde vor.

KAPITEL 8

Clara

Ich halte mich abseits der Gruppe, als wir das Gebäude verlassen. Das Haus befindet sich in einer Seitenstraße mitten in Tokio und sieht von außen aus, als würde es seit Ewigkeiten leer stehen. Der Putz blättert nicht nur ab, an mehreren Stellen sind zudem massive Löcher im Mauerwerk. Während die Fenster in Masons Zimmer absolut in Ordnung waren, hängen an der Frontseite des Gebäudes einige schief in ihren Angeln. Wieder andere haben beschädigte Scheiben oder gar keine mehr.

»Tarnung«, sagt Mason, der neben mir auftaucht und meinem Blick folgt, weil ich vor dem Gebäude stehen geblieben bin und daran hochsehe. »Stell es dir als Bühnenbild vor, nur in umgekehrter Richtung – der Zerfall soll abschreckend wirken.«

Deswegen ein Gebäude mit Innenhof. Deswegen vermutlich auch die wenigen Zimmer, denn nur die nach innen zum Hof sind bewohnbar, sollten alle anderen Fenster nach vorne raus ähnlich aussehen wie diejenigen, die ich gerade betrachte.

»Ihr seid der Gilde nicht unähnlich«, sage ich mit Seitenblick auf Mason. »Sie haben auch solche Gebäude.«

Zu meiner Überraschung sieht er nicht sauer über den Kommentar aus, sondern lächelt.

Mit einem Kopfnicken bedeutet er mir, der Gruppe zu folgen, die bereits vorausgelaufen ist. Eines der Mädchen sieht über ihre Schulter zu Mason und mir und beäugt mich eine Weile so offensichtlich, dass ich es mehr als deutlich bemerke. Ihr Blick gleitet von oben nach unten meine Gestalt entlang, bevor ihre Augen Masons finden. In dem Moment wird ihr harter Gesichtsausdruck weicher, beide betrachten einander kurz, ehe sie wieder nach vorne sieht. Entweder hat Mason ihren Blick in meine Richtung nicht bemerkt oder er kommentiert ihn absichtlich nicht, um mich nicht zu verunsichern damit.

Es ist seltsam, diese Stimmung in der Gruppe. Mehr als genau erinnere ich mich an den Auftrag, zu dem Bent mich geschleust hat. Die Geschwister haben wie Zahnräder ineinandergegriffen und zusammengearbeitet, doch etwas hat trotzdem unter der Oberfläche gebrodelt. Ich habe es darauf geschoben, dass ich unerlaubterweise dabei gewesen bin – aber jetzt bin ich mir nicht sicher.

Die Gruppe der Abtrünnigen aus zehn Leuten, die mit ins Dorf kommt, agiert ganz anders. Sie haben alles gemeinsam entschieden, haben sich Zeit gelassen dafür. Die Besprechung, die ich mitangehört habe, hat über eine Stunde gedauert und niemand wurde zum Anführer des Auftrags ernannt. Stattdessen habe ich das Gefühl, die Ishikawa sind sich alle ebenbürtig. Sie sind nicht Teil einer Gruppe, sie sind beinahe eine einzige Person. Die Art, wie sie Schritt halten, wie sie sich umsehen – sie haben alles im Blick. Vor allem einander.

Mason wirkte zunächst wie ihr Anführer auf mich, aber das ist er nicht. Er verschmilzt genauso mit der Gruppe wie alle anderen Mitglieder. Hier existiert keine Rangordnung.

Mich streift ein Gedanke, der mich Momente lang nicht loslässt: Das Wort »Geschwister« haben Jarik und die anderen nicht verdient – die Ishikawa schon.

»Wir waren der Gilde tatsächlich mal sehr ähnlich«, sagt Mason.

Wir halten drei Meter hinter der Gruppe Schritt und folgen ihr durch Seitengassen, vorbei an Wohnhäusern und Bürogebäuden, einige davon leerstehend, in anderen brennt Licht.

»Bis ihr frei sein wolltet?«, erwidere ich auf seine Aussage.

Nun lächelt Mason breit und nicht mehr nur verstohlen. Er wirkt um einiges jünger mit dem Lächeln auf seinen Lippen.

»Tut gut, das jemanden sagen zu hören.«

»Also stimmt es?«, frage ich. »Ihr wolltet frei sein?«

»Unsere Vorfahren haben mit den Meistern Verhandlungen geführt«, erzählt er. »Die Gilde war vom Krieg mit den Samurai zwar geschwächt, allerdings nicht kurz vor dem Zusammenbruch. Wir hätten mit zwei Gilden noch größere Gebiete abdecken, noch mehr Menschen schützen können. Aber die Meister wollten nur diese eine Gilde, um alle

Geschwister darin zu vereinen und zu kontrollieren. Am einfachsten ist das, solange sie alle unter einem Dach sind.« Er wirft mir einen Seitenblick zu. »Und wenn sie einen Feind haben, gegen den sie sich gemeinsam verschwören können.«

»Dann seid ihr nicht der Feind?«, frage ich offen. »Ihr beschäftigt euch immer noch mit dem Wohlergehen der Menschen? Ihr versucht nicht, die Gilde zu schwächen?«

Masons Blick richtet sich stur geradeaus. »Wir würden helfen, wenn wir nicht ständig sabotiert würden.«

»Du hattest unrecht«, sage ich. »Ihr seid euch immer noch ähnlich. Du behauptest dasselbe, das auch die Gilde behauptet. Angeblich will sie Menschen schützen, aber führt sie ins Verderben.«

»Sprichst du wirklich von der gesamten Gilde oder nur von einer bestimmten Person?«

Es ist mir unangenehm, dass er offensichtlich so sehr zwischen meinen Zeilen lesen kann. Mehrere Sekunden verstreichen, in denen Mason mich betrachtet, bis irgendwann eine Falte zwischen seinen Brauen entsteht.

»Beides«, sage ich schließlich, obwohl das nicht stimmt. In erster Linie denke ich an Jarik und wie er seinen Deal im Kopf hatte, während er vorgegeben hat, mich zu schützen oder meinen Vater zu finden. Nichts davon kann ihm wichtig gewesen sein.

»Jariks Deal hat nichts mit der Gilde zu tun«, sagt Mason. »Er hat jedenfalls alles getan, um ihn geheim zu halten, auch vor der Gilde selbst.«

Mein Mund wird trocken, doch ich kann den Drang nicht unterdrücken, Mason eine bestimmte Frage zu stellen.

»Wann ist er den Deal eingegangen?«, will ich mit kratziger Stimme wissen.

»Als dein Vater verschwunden ist und die Gilde den Geschwistern davon berichtet hat.«

»Woher wisst ihr so genau darüber Bescheid?«

»Wir haben alle unsere Informanten.«

Ich versuche, mir nicht anmerken zu lassen, wie sehr mein Herz schmerzt. Über sechs Monate ist das her. Jarik hatte so viel Zeit, den Deal zu planen, er hat mich währenddessen in Deutschland beschattet und offenbar kein schlechtes Gewissen bekommen. Und erst recht nicht in Japan. Er war die einzige Person, der ich vertraut habe, er hat mit mir trainiert, hat mit mir über die Prophezeiung gesprochen.

Er hat meine Wunden versorgt.

Seine Lippen lagen auf meinen.

All das nur für einen Deal. Um mich auszuliefern. Er hätte so viele Möglichkeiten gehabt, es mir zu erklären, doch er hat es gelassen.

»Jarik hat uns informiert, dass die Gilde dich nach Japan holen will«, sagt Mason. »Das war seine Chance, und unsere.«

Am liebsten will ich Masons Redefluss stoppen, aber gleichzeitig will ich wissen, wie Jarik mich hintergangen hat. Wie schlimm es ist. Ich will, dass mein Herz einmal in tausend Teile bricht, damit ich es danach aufsammeln kann. Der Schmerz muss gefühlt werden.

»Wie hat er euch gefunden, wenn ihr nicht gefunden werden wollt?«, frage ich.

»Ich weiß nicht, wie genau er in Kontakt mit uns treten konnte, vielleicht kennt er sich zwischen Licht und Dunkelheit besser aus, als ich vermutet hätte.«

Licht und Dunkelheit.

Steht er da tatsächlich oder ist er längst in die Dunkelheit abgedriftet?

»Er hat uns angeschrieben, damit wir seine Erinnerungen löschen«, sagt Mason.

»Und er sollte mich im Gegenzug ausliefern?«

Er nickt. »Du warst der Kern des Deals.«

»Aber ihr habt ihn belogen«, sage ich. »Die Gilde hat gesagt, sie würde mich beschützen, weil ihr mich ausschalten wollt.«

»Das war nie unsere Absicht.« Masons Grinsen verrät mir, dass er stolz darauf ist, die Gilde hinters Licht geführt zu haben. »Wir haben nur auf den richtigen Moment gewartet, in dem Jarik dich uns übergibt, damit du aus der Gilde rauskommst. Sie treiben das perfide Spiel, nicht wir.«

»Waren die Vermummten im Tunnel wirklich Mitglieder der Gilde?«, frage ich.

»Ja«, sagt Mason sofort.

»Von wem genau wurden sie geschickt?«

»Hat man dir erzählt, wer für die Verteilung der Aufträge innerhalb der Gilde zuständig ist?«

»Die Meister«, sage ich, jedoch zögerlich, weil ich mir nicht absolut sicher bin.

Doch Mason wirft mir einen Seitenblick zu und zieht wissend die rechte Braue in die Höhe, nickt dann, ohne noch mehr dazu zu sagen.

Wir laufen mehrere Meter schweigend nebeneinander her, bis wir eine Hauptstraße erreichen. Die Gruppe teilt sich wortlos auf die beiden Straßenseiten auf, einige der Abtrünnigen gehen voraus oder lassen sich, wie Mason und ich, zurückfallen. Ich verstehe das Schauspiel erst nach wenigen Sekunden: Sie decken möglichst viele Blickwinkel ab, indem sie sich verteilen.

Mason und ich bilden noch immer das Schlusslicht und jetzt hier auf der Hauptstraße wirkt er um einiges konzentrierter als gerade in den Gassen und Seitenstraßen.

»Was ist mit euch?«, frage ich. »Wie habt ihr uns im Tunnel gefunden?«

»Jarik sollte dich an dem Tag an uns übergeben.«

Deshalb war er so absolut aufgebracht, als Bent mich in den Auftrag eingeschleust hat. Deshalb hat er Falk davon überzeugt, mich gar nicht erst mitschicken zu wollen.

Der Funke Hoffnung in meiner Brust schwillt zu einem Feuer an. Was ist, wenn er den Deal nicht umsetzen wollte? War er deswegen wütend oder war all das nur gespielt?

»Aber wir hatten so oder so immer ein Auge auf dich«, sagt Mason. »Wir waren dir näher, als du denkst.«

»Ist das so ein Ninja-Turtle-Ding?«, frage ich, um meine Gedanken an Jarik stummzuschalten. »Es ist nämlich nicht das erste Mal, dass ich von einem von euch beschattet werde. Irgendwann hätte ich gern meine Privatsphäre zurück.«

Mason antwortet darauf nichts, stößt lediglich ein Lachen aus, das klingt, als hätte er es viel zu lange zurückgehalten. Dadurch wirkt er nicht nur weniger angespannt, sondern auch jünger und nicht mehr so berechnend.

Als sein Lachen abebbt, traue ich mich, noch eine Sache zu fragen.

»Könnt ihr es denn?«

Ich warte, bis Masons Blick sich auf mein Gesicht legt.

»Erinnerungen löschen«, setze ich hinzu. »Oder ist es nur ein Gerücht?«

»Hast du den Wunsch danach, etwas löschen zu lassen?«, stellt Mason eine Gegenfrage.

Obwohl sie extrem durchdringend dreinblicken, wende ich meine Augen nicht von seinen ab. Seine Mundwinkel umspielt ein so feines Lächeln, dass ich zweimal hinsehen muss, um es wahrzunehmen.

Ja, denke ich. *Ich will Jarik vergessen. Wenn ich könnte, würde ich all die Erinnerungen an ihn auslöschen.*

»Es ist nur eine rein hypothetische Frage«, sage ich zu Mason.

»Natürlich.«

Ein letztes Mal sieht er mir in die Augen, dann schaut er zurück zu der Dreier-Gruppe vor uns.

»Es ist kein Gerücht«, sagt er anschließend. »Es braucht nur eine Tablette, das ist alles. Das Medikament darin heißt Propranolol.«

»Hat Jarik seine bekommen für den Deal?«, frage ich.

Nun lächelt Mason nicht mehr, sein Blick ist fast entschuldigend.

Also hat er sie bekommen, das bedeutet sein Blick. Vielleicht hat er sie längst geschluckt. Dann wäre zumindest einer von uns die Erinnerung an den jeweils anderen los.

Wenigstens darum beneide ich ihn.

KAPITEL 9

Jarik

Dass ich mit Bent zur Nachtschicht eingeteilt bin, kann kein Zufall sein. Vermutlich kann ich nicht mal Falk dafür einen Vorwurf machen, sondern allein den Meistern. Allen voran wahrscheinlich Eirik, der seinen Sohn mit Sicherheit darauf angesetzt hat, mich auszuhorchen.

Wenn dem so ist, macht Bent jedoch einen miesen Job, denn wir sitzen seit einer Stunde schweigend im Waldgebiet, das an den Tempel grenzt. Über dem Dorf hat sich längst die Dunkelheit ausgebreitet, es ist halb eins in der Nacht. Weil die meisten Geschwister morgen zu einem Auftrag bezüglich Veit eingeteilt sind und mittlerweile schlafen, ist das Dorf wie ausgestorben. Hin und wieder sehe ich vereinzelte Geschwister, die kleinere Trainingseinheiten einlegen, oder auch Fuma, die mitten in der Nacht trainieren, um die Räume ausschließlich für sich zu haben.

Zumindest ist es bei Falk der Fall. Das weiß ich, weil ich vor allem in der ersten Zeit in Yamanashi vor Schlaflosigkeit oft durchs Dorf gestreift bin. Mehr als einmal bin ich auf Falk gestoßen, der in den oberen Räumen des Tempels trainiert hat.

Wie aus Reflex gleitet mein Blick zu ebendiesem Fenster, auch wenn es heute nicht beleuchtet ist und niemand darin trainiert.

Falk hat mich nie weggeschickt. Er hat mich sogar mittrainieren lassen oder mir bei meiner Haltung und meinen Techniken den letzten Schliff verpasst. Er hat mich die Schlaflosigkeit oft vergessen lassen, die mich seit Jahren quält, und er ist auch einer der Gründe, warum sie besser geworden ist.

Während ich dachte, damit leben zu müssen, hat er mir durch die nächtlichen Trainingseinheiten sowas wie Routine gegeben. Auch wenn ich morgens oft übermüdet war und mich doppelt auf den theoretischen Unterricht konzentrieren musste. Mindestens zweimal die Woche gab es nachts nur Falk und mich und das Training, bis ich ausgepowert ins Bett fallen und schlafen konnte.

Obwohl diese nächtlichen Sitzungen nicht mehr existieren, verspüre ich gerade den Drang danach. Seit Tagen schlafe ich wieder schlecht – aber diesmal sind nicht meine Eltern schuld daran.

Die Sorge um Clara ist es.

»Blinzelst du eigentlich auch mal?«, fragt Bent.

Aus den Gedanken geholt, sehe ich nach rechts zu ihm, der wie ich im Schneidersitz und geradem Rücken auf dem Waldboden hockt. Das Moos unter meinen Beinen gibt etwas nach.

»Seit wann beobachtest du mich schon?«, gebe ich zurück.

»Ungefähr zwei Minuten«, sagt er.

Ich sehe zum Tempel. »Meinetwegen können wir uns wieder anschweigen, das hat mir besser gefallen.«

»Seitdem Clara nicht mehr da ist, bist du endgültig unausstehlich.«

Er kann es nicht gut sein lassen, das konnte Bent noch nie. Ständig hat er mich auf dem Radar und schießt Kommentare in meine Richtung, sobald er die Gelegenheit dazu bekommt. Beim Training sind wir so oft aneinandergeraten, dass Falk uns nur noch in seltenen Fällen zusammen kämpfen lässt.

»Das Kompliment gebe ich zurück«, sage ich. »Nur dass du *immer* unausstehlich bist.«

»Was ist da im Tunnel zwischen euch passiert?«

Ich ärgere mich, dass ich ihn so vehement anstarre, denn er beginnt gleich darauf, zu grinsen, was mich nur noch wütender macht. Aber ich muss vorsichtig sein. Sollte Eirik ihn wirklich gezielt mit mir eingeteilt haben, wird Bent ihm jedes Detail von unserer Nachtschicht erzählen.

»Was soll da passiert sein?«, frage ich.

»Vielleicht eine Knutscherei?«

»Wie alt bist du, dass du dich darüber lustig machst?«, erwidere ich. »Zwölf? Oder stellst du dir Leute, die du nicht leiden kannst, gern beim Knutschen vor?«

»Vielleicht nur ein bisschen Gerede, weil es fürs Knutschen nicht gereicht hat?«

Ich hoffe, er sieht mein Augenrollen, ich tue es auf jeden Fall extra auffällig.

»Ich nehme es zurück«, sage ich. »Du bist keine zwölf, sondern höchstens zehn. Keine Ahnung, wie du die Aufnahmetests bestanden hast …«

»Oder es war doch etwas komplett anderes.«

Diesmal stellt er keine Frage.

Lediglich die Laternen um den Eingang des Tempels spenden dämmriges Licht, das zum Teil in unsere Richtung fällt. Doch Bents verschwörerisches Lächeln entgeht mir nicht.

»Es war keine Zeit, etwas zu bereden oder zu knutschen«, gebe ich hart zurück. »Falls du dich erinnerst, gab es eine Explosion, die uns von euch getrennt hat, und ein Feuer, das gelegt wurde. Wir haben nicht geknutscht, wir haben versucht, zu überleben.«

»Ich weiß«, sagt Bent. »Aber was währenddessen passiert ist, weiß ich nicht.«

»Und warum interessiert dich das?«

In seinem Gesicht suche ich nach Anzeichen dafür, dass die Meister ihn geschickt haben, um mich über den Vorfall im Tunnel auszufragen. Doch da ist nichts, nur das überhebliche halbe Grinsen, ohne dass ich mir sein Gesicht kaum noch vorstellen kann.

»Weil ich dir nicht traue«, antwortet Bent.

Ich zucke mit den Schultern, weil ich erleichtert bin, dass diese Diskussion wahrscheinlich nur auf Bents Mist gewachsen ist, und darauf, dass er immer den Stärkeren mimen muss. Ich wende mich von ihm ab, starre stattdessen auf den Kirschbaum einige Meter entfernt.

»Was du über mich denkst, ist mir egal«, sage ich.

»Aber nicht, was die Meister über dich denken, oder?«

Also wurde er doch von ihnen geschickt, um mit mir die Nachtwache zu übernehmen.

Diesmal habe ich mich unter Kontrolle und werfe ihm keinen Blick zu, sondern lasse ihn am Kirschbaum hängen. Ich presse nicht einmal die Zähne aufeinander, zwinge mich aber dazu, meinen Herzschlag zu verlangsamen, indem ich ruhig atme. Dennoch klebt mir plötzlich Schweiß im Nacken, weil ich Bents Blick mehr als deutlich auf mir spüre.

»Ich weiß, du willst mir gern was ankreiden, damit man mich der Gilde verweist«, sage ich. »Aber ich habe hier genauso meinen Platz wie du. Auch wenn du mich definitiv ständig darin überholst, der Dorfarsch zu sein.«

»Wie viele Chancen hattest du schon, dich zu beweisen?«, provoziert er weiter.

Nicht die Hände zu Fäusten ballen, denke ich. Diesen Sieg gönne ich ihm nicht.

»Alle vermasselt«, fügt er hinzu. »Du kannst froh sein, dass Falk sich für dich einsetzt. Einer muss ja an dich glauben.«

Ich grabe meine Fingerkuppen in das Moos, aber das bringt keine Erleichterung. Meine Faust in Bents Gesicht oder Magen zu schlagen, würde es tun.

»Ich glaube genug an mich selbst, das reicht«, zische ich.

Bei all den Lügen der letzten Monate macht mir diese nicht mehr viel aus.

»Und dann verpatzt du den wichtigsten Auftrag und lässt Clara im Wald zurück«, übergeht Bent meine Aussage.

Ihr Name lässt das Seil meiner Selbstbeherrschung endgültig reißen.

Oder zumindest tut es das fast, denn als ich mich Bent zuwende, fällt mir hinter ihm eine Bewegung ins Auge, die meine Aufmerksamkeit fordert. Ich springe auf und Bent folgt erst meinem Blick, bevor er aus dem Schneidersitz auf die Füße kommt. Wir gehen beide in Angriffsposition, er umklammert den Dolch in seiner Hand, ich greife nach meinem Katana, das einen halben Schritt entfernt neben einem Baum gelehnt steht.

Doch bevor ich es auf den vermeintlichen Angreifer richten kann, erkenne ich ihn.

Es ist Ava.

Gerade will ich ansetzen, etwas zu sagen, da legt sie den Zeigefinger an die Lippen und signalisiert mir und Bent, zu schweigen. Dass sie so geduckt und lautlos auf uns zuschleicht, bedeutet nichts Gutes - und als sie schließlich vor uns stehen bleibt, sagen ihre dunklen Augen das ebenso.

KAPITEL 10

Jarik

Vergessen ist der Streit mit Bent und vergessen auch, dass er mich im Auftrag der Meister beschatten könnte. Ava bleibt vor uns stehen und sagt weiterhin kein einziges Wort. Sie bedeutet uns mit einer Handbewegung, näher zusammenzurücken, und sowohl Bent als ich auch tun es, ohne ihr Verhalten infrage zu stellen.

Als wir so nah beieinanderstehen, dass uns weniger als eine Armlänge trennt, bricht Ava das Schweigen.

»Jemand ist im Dorf«, flüstert sie.

»Wer?«, gebe ich genauso leise zurück.

Sie starrt mir geradewegs in die Augen. »Abtrünnige.«

Mir liegt die Frage auf der Zunge, ob Clara bei ihnen ist, aber da ich Bents Blick auf mir spüre, verkneife ich sie mir.

»Wie viele?«, frage ich.

»Von meinem Posten aus habe ich sechs gezählt«, antwortet Ava. »Gut möglich, dass es noch mehr sind, die ich nicht sehen konnte.«

Ich weiß, dass sie zur Wache am Eingang des Dorfs eingeteilt war, also hat sie die Ishikawa vermutlich als Erste gesehen.

»Wo sind die anderen Geschwister?«, frage ich.

»Ich war nur mit Kaya eingeteilt«, sagt Ava. »Sie wollte den Waldrand allein abgehen. Kurz nachdem sie weg war, habe ich die Abtrünnigen durch den Wald schleichen sehen. Ein paar Meter entfernt habe ich Kaya ohnmächtig an einen Baum gelehnt gefunden. Ich glaube, sie wurde mit Chloroform betäubt.«

»Was ist mit den Fuma?«, frage ich. »Wo ist Falk?«

Ava schluckt. »Er lag ohnmächtig in seiner Unterkunft, die anderen Fuma ebenso.«

»Und die Meister?«, will ich wissen.

»Bei einer Besprechung außerhalb des Dorfs«, sagt Bent zu meiner Überraschung.

»Wann wurde die einberufen?«, fragt Ava.

»Vor einigen Stunden.«

»Ohne uns Bescheid zu geben?«, frage ich.

»Das müssen sie nicht«, sagt Bent knapp.

»Außer dir natürlich«, zische ich.

»Haben sie nicht«, erwidert er scharf. »Ich habe meinen Vater und Haru darüber reden hören.«

»Das heißt, wir sind auf uns allein gestellt«, wirft Ava ein.

In ihrem Blick liegt dieselbe Sorge, die ich in meinem Magen spüre, und auch Bent sieht ungewöhnlich aufgewühlt aus. Nervös streicht er mit dem Daumen über den Griff seines Dolchs.

»Woher kamen die Abtrünnigen?«, frage ich.

»Durch den Wald hinter der Hütte«, sagt sie und sieht mich mit eindringlichem Blick an.

Unsere Hütte.

»Wo sind sie jetzt?«, fragt Bent.

»Ich bin einigen von ihnen bis zum Eingang des Tempels gefolgt«, sagt Ava leise. »Sie haben sich links und rechts im Wald verteilt und ich habe ihre Spur verloren.«

»Haben sie Clara dabei?«, will Bent wissen.

Mein Herzschlag verdoppelt sich. Ava wirft mir einen vielsagenden Blick zu, bevor sie ihn auf Bent richtet, der die Brauen zusammengekniffen hat und den Dolch in seiner Hand fester umklammert. Mir schießt ein Gedanke durch den Kopf: Wenn er Clara damit angreift, kann ich für nichts garantieren. Ob ich noch ein gefügiger Soldat bin oder ob die Meister recht haben und Clara mich so durcheinanderbringt, dass ich mich gegen meine Geschwister stellen würde – jetzt gerade weiß ich es nicht.

»Clara war in der Gruppe, ja«, sagt Ava.

»Dann sollten wir keine Zeit verlieren«, erwidert Bent.

Er setzt an, sich von uns abzuwenden, doch ich bin schneller und packe ihn am Kragen seines Pullovers. Bevor er mich von sich stoßen kann, habe ich ihn herumgewirbelt und gegen den Baumstamm hinter ihm gedrückt. Er stöhnt auf, doch ich lasse ihn nicht los.

»Du gehst nirgends hin«, fauche ich.

Er hebt seinen Dolch an meinen Hals, woraufhin ich zurückweiche und ihm mein Katana entgegenstrecke, sodass er sich erneut gegen den Baum drücken muss. Seine dunklen Augen funkeln mich hasserfüllt an.

»Ich wusste, ich kann dir nicht vertrauen«, raunt er.

»Darum geht es nicht«, sage ich hitzig. »Du kannst nicht kopflos gegen sechs oder mehr Abtrünnige in einen Kampf ziehen. Bist du lebensmüde? Was glaubst du, wie weit du kommen wirst mit einem einzigen Dolch?«

»Ich bin der Gilde treu.«

»Ich auch«, sage ich – allerdings habe ich keine Ahnung, wie viel Lüge in diesem Satz hängt. »Aber ich gehe nicht beim Versuch drauf, Abtrünnige allein auszuschalten. So dumm kannst nicht mal du sein.«

Plötzlich berührt Ava mich am Oberarm und sowohl Bent als auch ich folgen ihrem Blick, der zum Kirschbaum gleitet. Nie hat mein Herz einen solchen Satz gemacht. Nie hat es sich so lebendig angefühlt.

Da steht sie. Als sei sie nie weggewesen.

Unmöglich kann Clara uns sehen, wir stehen im Schatten. Sie ist allein, zumindest erkenne ich niemanden um sie herum. Auf Zehenspitzen schleicht sie näher an den Baum heran, bleibt schließlich jedoch noch mindestens zehn Meter davon entfernt stehen und rührt sich nicht.

Bent windet sich aus meinem Griff und vor Überraschung hätte ich ihn nicht mal dann aufhalten können, wenn ich gewollt hätte. Doch er macht keine Anstalten, auf Clara zuzustürmen. Hoffentlich haben meine Worte gewirkt und er ist nicht so dumm, sich in einen Kampf zu stürzen, solange wir nicht wissen, wie viele Abtrünnige sich gerade tatsächlich im Dorf befinden.

»Sie sieht nicht aus, als wäre sie entführt worden«, murmelt Bent plötzlich. Als sich unsere Blicke treffen – meiner verwirrt, seiner vollkommen klar – setzt er hinzu: »Wirkt sie für dich etwa wie eine Entführte? Sie ist freiwillig bei denen.«

Bevor ich darüber nachdenken kann, was Bent gerade gesagt hat, richtet sich seine Aufmerksamkeit wieder auf Clara, die einige Meter weiter auf den Kirschbaum zugeht. Bents Hand, in der er den Dolch hält, zuckt, weswegen ich ihn mit einer Handbewegung anweise, keinen einzigen Schritt zu tun, sondern sich zurückzuhalten. Er straft mich mit zusammengekniffenen Brauen, doch widersetzt er sich, warten nur Probleme auf ihn. Er kann nicht allein auf sie zugehen, nicht, bevor er nicht weiß, ob sich um sie herum Ishikawa verstecken. Ihm wird Ärger blühen, selbst wenn sein Vater ihn, so gut er kann, aus der Situation retten wird. So wie beim letzten Mal, als er Clara mit zum Auftrag geschmuggelt hat.

Mein Herz setzt aus, als Clara einen weiteren Schritt auf den Kirschbaum zumacht. Ich dachte, ich hätte den Mut, auf sie zuzustürmen, um sie zu mir zurückzuholen, egal wie. Um ihr zu erklären, weshalb ich getan habe, was ich getan habe. Ich dachte, meine Beine würden mich tragen, doch sie sind tiefer verwurzelt als der Baum, den Clara nun betrachtet. Keinen einzigen Schritt bekomme ich zustande, es ist ein Wunder, dass meine Atmung mich nicht verrät, so hektisch wie sie mit einem Mal geht.

Zwischen den Ästen stehe ich mit Bent und Ava in der Dunkelheit und schaffe es nicht, die Augen von Clara zu nehmen. Sie legt den Kopf in den Nacken, um zur Baumkrone zu spähen, verharrt einen Moment in der Position, sodass ich ihr Profil mustere.

Ihre Hände sind zu Fäusten geballt, als würde sie mit aller Macht gegen etwas ankämpfen. Ich weiß, was es ist.

Dieselbe Erinnerung sucht auch mich heim, wenn ich den Kirschbaum betrachte. Vielleicht wirkt Clara deswegen so hart und unnachgiebig. Oder es ist bloß die Nacht, die ihre sonst sanften Gesichtszüge verschluckt. Möglicherweise hat sich in ihrer Brust aber auch längst diese triefende Dunkelheit breitgemacht, gegen die es kein Ankämpfen gibt.

Oder es ist meine Dunkelheit und ich bin derjenige, der Clara damit vergiftet hat.

Immer noch in ihren Anblick vertieft, realisiere ich es zu spät.

Ava muss es vor mir bemerken, denn sie beugt sich mit ausgestrecktem Arm plötzlich an mir vorbei, sodass mein Blick auf Bent links neben mir fällt. Aber da hat er den Dolch längst angehoben und schleudert ihn in Claras Richtung.

Mehrere Dinge passieren gleichzeitig.

Ava drängt sich an mir vorbei und weiter auf Bent zu, der zu rennen beginnt. Jemand stürmt aus dem Tempel in Claras Richtung. Bent zieht im Lauf einen zweiten Dolch aus der Halterung an seinem Gürtel. Ava und ich reagieren beinahe wie eine Person und stürmen hinter ihm her, aber meine Aufmerksamkeit gilt vor allem Clara. Und nur dadurch sehe ich, dass es Mason ist, der auf sie zusprintet. Im letzten Moment zieht er sie beiseite, sodass sie mit ihm ins Gras fällt und Bents Dolch sie verfehlt.

Ava, die neben mir hinter Bent herläuft, zückt einen Wurfstern aus ihrer Jackentasche, nimmt ihn zwischen Zeigefinger und Daumen, zielt auf Bents Fuß – und streift ihn.

Sein schmerzerfüllter Schrei durchbricht die Stille, als er zu Boden geht. Ava und ich funktionieren wie einstudiert. Während sie Bent am Boden hält, der seinen Knöchel umfasst, laufe ich mit ausgestrecktem Katana weiter auf den Kirschbaum zu. Nur wenige Meter trennen mich von Mason und Clara, ich bin bereit, es gegen ihn aufzunehmen und gegen jeden, der sonst noch aus den Schatten hervortritt und sich zwischen Clara und mich stellt.

So weit kommt es jedoch nicht.

Es ist nicht Mason, der zuerst auf den Beinen ist, es ist Clara. Und bevor sie sich aufrichtet, greift sie nach Masons Katana, das neben ihn und sie gefallen ist. Als sie schließlich aufgestanden ist und wir keine drei Schritte voneinander entfernt sind, wirbelt sie zu mir herum – das Katana auf meine Brust gerichtet, die Augen dunkel vor Wut. Ihr harter Blick lässt mich sofort erstarren.

»Keinen einzigen Schritt weiter«, presst sie hervor.

»Ich bin nicht hier, um -«

»Noch ein Wort«, unterbricht sie mich zischend, »und du hast ein Schwert zwischen den Rippen.«

KAPITEL 11

Clara

Ich kann nicht sagen, ob er Jarik ist oder längst die Tablette geschluckt hat, von der Mason mir erzählt hat. Vielleicht sind seine Erinnerungen an mich bereits ausgelöscht und ich tue ihm Unrecht mit meiner Drohung, aber ich will auf Nummer sichergehen.

»Lass das Schwert fallen«, sage ich zu ihm.

Er rührt sich nicht, unsere Klingen berühren einander beinahe, doch er weiß, dass er nicht in der Position ist, einen Angriff auf mich zu starten. Mein Schwert liegt genau über seinem Herz. Macht er einen Fehler, werde ich ihm den nicht durchgehen lassen.

Oder?

Seine Augen sind exakt in meine gerichtet, er sagt nichts, sieht mich lediglich an. Hinter mir höre ich Schritte und ich vermute Mason, doch wenn ich den Blick jetzt von Jarik nehme, wird er das ausnutzen. Allerdings bemerke ich durch unseren intensiven Blickkontakt ebenso, dass er mich erkennen muss. Dass er seine Erinnerungen noch nicht losgeworden ist. Die Art, wie er mich betrachtet, ist zu intim.

Sein Blick liegt nicht nur auf meiner Gestalt – er geht auch direkt in mein Herz. Und mehr als alles andere lässt das Wut in mir emporsteigen. Er hat mich belogen und mein Vertrauen missbraucht, aber dass er in mein Herz schauen kann, ist allein meine Schuld. Ich habe ihn so weit vordringen lassen.

»Clara«, höre ich Mason hinter mir.

»Mio«, sagt Jarik genau danach. »Nicht Clara.«

Da weiß ich es sicher: Er hat die Tablette nicht geschluckt.

Die Wut in meinem Bauch breitet sich bis in meine Brust aus und schlingt sich um mein Herz, wodurch ich es endlich vor ihm verschließe.

Einen halben Schritt trete ich noch näher auf ihn zu, lasse das Schwert ruckartig von seiner Brust sinken und schlage es stattdessen auf seins, während ich ihn zurückdränge.

Hinter mir höre ich Mason etwas rufen, das nach »Nicht eingreifen!« klingt, aber ich ignoriere ihn und konzentriere mich bloß auf Jarik, der meinen Schlägen standhält.

Seine sind bei Weitem nicht so kräftig wie in unseren Trainings, doch ich habe genug Wut für uns beide – und ich zeige sie ihm. Schon nach wenigen Sekunden schmerzt mein Arm, weil ich meine gesamte Wut und Kraft aufwende, aber noch immer wehrt Jarik sie lediglich ab, schlägt nicht zurück. Nur seiner Mimik entnehme ich, dass ihn der Kampf anstrengt. Allerdings weicht er schon wenige Schritte später so geschickt und schnell aus, wie es bei unseren Übungseinheiten der Fall war. Gerade so tue ich es ihm gleich, um ihm zu entwischen, doch er stürmt nicht auf mich zu, sondern entfernt sich rückwärts von mir, die Klinge kaum angehoben.

»Ich will nicht gegen dich kämpfen!«, ruft er, als ich erneut das Schwert gegen seins schlage.

»Ich schon!«

Als hätte das irgendeinen Schalter in ihm ausgelöst, trifft mich sein nächster Schlag mit der gewohnten Intensität. Nachdem er zum zweiten ansetzt, halte ich zuerst dagegen, muss jedoch schließlich einen Schritt zurückweichen und meine letzten Kräfte bündeln, um ihm standzuhalten. Viel zu schnell habe ich sie verbraucht, weil ich so erbarmungslos auf ihn zugestürmt bin. Obwohl ich es nicht will, schießt mir sowohl ein Kribbeln in die Finger als auch in den Magen und sofort erinnere ich mich an das Training mit ihm. Die Art, wie einstudiert zu kämpfen. Den perfekten Partner vor mir zu haben.

Jarik treibt mich weiter nach hinten.

»Hast du das vermisst?«, fragt er mit überheblichem Grinsen.

Das habe ich gebraucht. Die Wut kocht erneut in mir hoch und lässt mich die letzte Kraft zusammenkratzen. Als er zum nächsten Schlag ansetzt und sein Katana hebt, hechte ich einen Schritt zur Seite, worauf Jarik ins Leere schlägt. Mit einem weiteren Schritt bin ich neben ihm, mit einem danach hinter ihm.

Er ist just dabei, sich herumzudrehen, da zwinge ich ihn mit einem Tritt in die Kniekehlen zu Boden. Mit einem gequälten Stöhnen kann er sich gerade so mit den Händen im Gras abstützen, ehe er beinahe vornüberfällt. Sein

Katana rutscht ihm dabei aus den Fingern und bevor er wieder danach greifen kann, stoße ich es mit dem Fuß beiseite, sodass es außer Reichweite liegt. Während ich die Schwertspitze in seinen Nacken lege, wodurch er es spüren muss, dreht Jarik den Kopf langsam nach links und sieht mich in der Position über seine Schulter hinweg an.

Ich war so in den Kampf vertieft, dass ich alles um mich herum ausgeblendet habe. Erst jetzt bemerke ich, dass Ava und Bent von zwei Abtrünnigen festgehalten werden und mehr als zwanzig Meter weit weg stehen, während Mason schräg neben uns steht, nur wenige Schritte entfernt. Weitere Ishikawa mache ich schemenhaft am Waldrand aus.

Ich frage mich, wo die anderen Geschwister sowie die Fuma oder Meister sind. Als ich gemeinsam mit Mason durch den Wald gelaufen bin, sind wir niemandem begegnet. Sie müssten uns längst gehört haben, doch weder Mason noch die anderen Ishikawa, die ich sehe, wirken beunruhigt. Was mich wundert, denn bei der Besprechung haben sie vor allem betont, dass wir lautlos sein müssen. Jederzeit könnten wir damit rechnen, entdeckt zu werden und in der Unterzahl zu sein.

»Wo sind meine Sachen?«, frage ich Jarik, um nicht noch mehr Zeit zu verschwenden.

»Welche Sachen?«

»Meine Ausweisdokumente und mein Handy«, sage ich. »Die Dinge, die ihr mir abgenommen habt, als ihr mich entführt habt.«

»Machst du eigentlich einen Unterschied zwischen unserer Entführung und der Tatsache, dass Abtrünnige dich entführt haben?«, fragt er ironisch. »Wirkt auf mich so. Oder ist auf Mason auch ein Katana gerichtet?«

Ich drücke meine Schwertspitze ein Stück tiefer in die Haut an seinem Nacken, doch sollte ihn die scharfe Klinge nun verletzen, lässt er sich nichts anmerken.

»Wo sind meine Sachen?«, wiederhole ich.

»Wahrscheinlich noch in deiner Unterkunft«, sagt er.

»Du wirst das Lügen nicht leid, oder? Da haben wir zuerst nachgesehen, in der Unterkunft waren sie nicht.«

»Dann habe ich keine Ahnung, wo sie sind«, sagt er. »Und das ist die Wahrheit.«

»Das glaube ich dir nicht«, sage ich.

»Ich weiß«, gibt er sofort ohne jeglichen Vorwurf in der Stimme zurück. Sie verliert für einen Augenblick ihren harten Ton. »Das ist meine eigene Schuld.«

Unsere Blicke verknoten sich, aber ich werde meinen nicht von ihm abwenden. Aus den Augenwinkeln nehme ich wahr, wie Mason auf uns zukommt. Bevor Jarik sich von mir wegdreht, bemerke ich seinen sich verdunkelnden Blick. Mason lässt seinen zu den umliegenden Ishikawa gleiten und wie auf ein stummes, geheimes Zeichen hin, treten fünf Personen aus den Schatten am Waldrand und kommen auf Jarik, Mason und mich zu. Eine ist das Mädchen, das mich vorhin gemustert hat – Yuna. Sie greift in ihre Jackentasche und zieht einen kleinen durchsichtigen Beutel heraus, in dessen Innerem etwas Rundes liegt.

Eine Tablette, nicht größer als eine Ein-Cent-Münze.

Mein Herz macht einen heftigen Sprung. Ich dachte, Jarik hätte sie bekommen, aber bloß nicht geschluckt.

Mason nimmt den Beutel an sich und sieht zu Jarik herunter, der jedoch die Tablette anstarrt.

»Wir halten unsere Deals«, sagt Mason. Er spricht leiser, ich vermute, um sicherzugehen, dass Ava und Bent ihn nicht hören. Das hier ist eine Sache zwischen Jarik und ihm. Ersterer hingegen bleibt stumm. »Man nennt sie Pille des Vergessens. Darin ist Propranolol. Die Dosierung reicht, um die Erinnerungen zu löschen, um die du gebeten hast.«

Mehr als zuvor frage ich mich, welche Erinnerungen das sind. Was er mit sich herumträgt, das ihn dazu getrieben hat, einen Deal mit verfeindeten Ninjas einzugehen und mich in diesen Konflikt zu zerren. Während ich Jariks Hinterkopf betrachte, keimt in mir ein Gefühl von Mitleid auf. Wie dunkel und folternd müssen seine Erinnerungen sein, um jemand Unschuldigen in einen Deal zu ziehen?

Jarik rührt sich nicht, ich weiß nicht einmal, ob er noch atmet oder den Atem nur anhält, so vertieft ist er in den Anblick der Tablette, die Mason in der Hand hält.

Plötzlich wendet dieser sich mir zu, streckt mir das Tütchen entgegen.

»Du warst der Deal«, sagt er. »Es ist nur fair, wenn du entscheidest, ob er die Tablette bekommt.«

Ich weiß weiterhin nicht, ob Jarik die Luft weggeblieben ist, aber mir fehlt sie definitiv. Er dreht noch einmal seinen Kopf, als wollte er mich erneut ansehen, dennoch tut er es nicht, sodass ich nur sein Profil mustern kann. Und das ist schlimmer, denn ich kann nicht genau lesen, was in ihm vorgeht.

Was in meinem Herzen geschieht, weiß ich noch weniger.

Vorhin habe ich mir gewünscht, er hätte die Tablette längst geschluckt, jetzt - mit ihm vor mir -, herrscht in meinem Kopf ein absolutes Chaos.

»Werden alle Erinnerungen gelöscht?«, frage ich, um das Durcheinander in meiner Brust stummzuschalten.

Jariks Kiefer spannen sich an, seine Schultern ebenso, er ballt seine Hände zu Fäusten.

»Alle traumatischen«, antwortet Mason.

Mir fährt ein Stich durchs Herz. *Gehöre ich dazu?*, frage ich mich.

Ich lasse das Schwert sinken und gehe zwei Schritte zurück. Als Jarik realisiert, dass die Klinge nicht mehr auf ihm liegt, dreht er sich auf den Knien sitzend zu mir herum und blickt mich nun offen an. Jetzt bleibt mir endgültig die Luft weg, weil er das Flehen in seinen Augen nicht ansatzweise versucht, zu verstecken. Er macht nicht einmal Anstalten, nach seinem Schwert zu greifen, beobachtet mich lediglich.

Zum Glück gelingt es mir, meine zitternden Finger unter Kontrolle zu bekommen, bevor ich Mason die Tablette abnehme und sie Jarik hinhalte.

»Sie gehört dir«, sage ich und muss mich räuspern, weil meine Kehle zugeschnürt ist. »Du hast sie dir verdient.«

Als ich ihn vor Wochen zum ersten Mal neben dem Mercedes habe stehen sehen, kam er mir vor wie eine Statue. Davon ist nichts mehr übrig.

Jarik streckt die Hand aus und ich will den Beutel schon hineinfallen lassen, da umschlingt er meine Finger mit seinen. Die Berührung löst einen Stromschlag in mir aus, der mir von der Hand in den Magen und danach ins Herz schießt und dort ein Gefühl aufdeckt: Vielleicht ist es das letzte Mal, dass er mich berührt.

Das letzte Mal, dass er mich erkennt.

Hastig presse ich ihm den Beutel in die Hand und ziehe meine zurück, bevor mich das Gefühl erdrücken kann. Ich gehe einen weiteren Meter nach hinten, doch mir ist, als würde ich trotzdem auf Jarik zusteuern.

Kaum ist der Gedanke zu Ende gedacht, sind Schritte im Tempel zu hören, worauf ich mich von ihm abwende. Falk sehe ich als erste Person. Ich denke noch, wie seltsam er mit einem Katana in der Hand aussieht, weil er nie wie ein Kämpfer auf mich gewirkt hat. Aber ich nehme es ihm sofort ab. Die steinharte Art, wie er mich über die Distanz mustert, und wie routiniert er das Schwert hält, sagt genau das: Er kann kämpfen.

Wenn nötig, vermutlich gegen mich.

Hinter ihm haben sich etliche weitere Personen aufgebaut, es sind mindestens fünfzehn. Fast alle von ihnen tragen Jogginghosen und Shirt, als seien sie gerade geweckt worden. An Falks Schläfe erkenne ich eine schmale Wunde. Auch wenn die Geschwister und er mitgenommen wirken – die Abtrünnigen und ich sind in der Unterzahl. Als Falk mich sieht, hebt er die Hand und die Gruppe hinter ihm hält in ihrer Bewegungen inne. Er schweigt, geht exakt fünf Schritte auf Jarik, Mason und mich zu, stoppt dann.

»Das muss nicht in einem Kampf enden«, sagt er zu mir. »Ich weiß, du willst nur deinen Vater finden, und das will ich auch. Aber dafür müssen wir zusammenarbeiten.«

»Ich arbeite nicht mit euch zusammen«, sage ich. »In euren Reihen sind Leute, die gegen euch arbeiten – und gegen mich.«

Obwohl die Worte gegen eine bestimmte Person gerichtet sind, sehe ich Jarik nicht an, als ich sie ausspreche.

»Wir stehen auf der gleichen Seite«, sagt Falk.

»Ich stehe nicht auf eurer«, sage ich.

Es ist nur ein Nicken, aber es wundert mich, dass Falk mir in diesem Punkt zustimmt.

Dann bricht ein Durcheinander aus. Von links höre ich Mason fluchen, doch es ist Jarik, dem ich meine Aufmerksamkeit schenke, weil er meinen Spitznamen brüllt. Er richtet sich hastig auf und überwindet die Distanz zwischen uns. Überrascht will ich mein Schwert gegen ihn erheben, als ich realisiere, dass er mich nicht angreift.

Und ich realisiere auch das Seil mit dem Haken an der Spitze, das die Person schräg links hinter Falk in meine Richtung wirft. Wie eine Giftschlange schießt es auf mich zu.

Jarik springt vor mich und wird am Oberschenkel vom Seil getroffen, das sich darum schlingt. Als es mit einem Knallen auftrifft, begreife ich, dass es kein gewöhnliches Seil ist, sondern eher eine Peitsche – und sie wird zurückgezogen. Jarik wird sofort von den Beinen gerissen und trifft mit einem lauten Stöhnen auf dem Boden auf. Ein schmatzendes Geräusch durchschießt die Luft, der Haken an der Spitze des Seils hat sich in seinen Oberschenkel gegraben und seine Hose zerrissen.

Reflexartig will ich mich über ihn beugen und ihm helfen, doch da zerren vier Hände an mir und mich von Jarik fort.

Bevor ich protestieren kann, wird etwas über meinen Kopf hinweg in Richtung Falk und den anderen geworfen und nur Sekunden später explodiert eine Rauchbombe zwischen uns. Innerhalb eines Wimpernschlags verschwimmt die Szenerie vor meinen Augen in einer knallpinken Wolke.

Ein letztes Mal versuche ich, einen Blick auf Jarik zu erhaschen. Er liegt noch immer am Boden, hat die Augen nun geschlossen, das Gesicht schmerzverzerrt, und hält sich den Oberschenkel. Auf einmal öffnet er die Lider und den Mund, doch ich verstehe nicht, was er schreit, zu laut ist der Tumult um uns herum.

Damals unterm Kirschbaum, da waren es nur wir – und seine Stimme hat sich glasklar angehört, als er mir von den Seishin-Lektionen erzählt hat. Aber jetzt ist so viel Lärm um uns herum, der uns auseinanderreißt. Der und all die Lügen dazwischen.

Sein Blick gleitet von links nach rechts, dann nach hinten, wo er mich entdeckt. Seine Lippen formen meinen Namen: Mio.

Kirschblütenmädchen, übersetze ich in Gedanken und bemerke mein Herz schwer werden.

Vielleicht ist es tatsächlich das letzte Mal, dass er mich erkennt. Ich habe bloß keine Ahnung, ob das gut oder schlecht ist.

Aber es ist zu spät, weiter darüber nachzudenken. Ich werde nach hinten gezerrt, Rauch hüllt auch den letzten Anblick Jariks ein und ich verliere ihn schließlich endgültig dazwischen.

KAPITEL 12

Clara

»Finger weg!«

Als wir das Dorf hinter uns gelassen haben und uns im Wald befinden, werde ich losgelassen. Mason und das Mädchen, das ihm die Tablette gebracht hat, weichen vor mir zurück, sobald ich zu ihnen herumwirble. Erst da fällt mir auf, dass ich keine Waffe habe, um mich zu verteidigen. Mason hält sein Katana wieder selbst in der Hand, die übrigen Abtrünnigen um uns herum haben ebenfalls Schwerter oder Shuriken zwischen den Fingern.

Auf Masons dunklen Haare hat sich ein pinker Schleier gelegt und ich vermute, dass die Rauchbombe schuld daran ist. An mir herabsehend, stelle ich fest, dass meine schwarze Hose ebenfalls mit einem gräulich-pinken Film benetzt ist.

»Wohin gehen wir?«, will ich von ihm wissen.

»Zurück nach Tokio«, sagt er, dreht sich danach zur Gruppe um, allen voran zu dem Mädchen, das unmittelbar neben ihm steht. »In welche Richtung können wir, ohne gesehen zu werden?«

»Norden«, sagt sie knapp. »Da habe ich ihre Wachen zuletzt ausgeschaltet.«

»Ausgeschaltet?«, wiederhole ich. »Was bedeutet ausgeschaltet?«

Beschwichtigend hebt Mason seine Hand, während er zu mir zurücksieht. »Yuna meinte betäubt, nicht ausgeschaltet. Richtig?«

Wie zur Bestätigung holt sie aus ihrer Hosentasche ein Tuch hervor, das in einem durchsichtigen Beutel liegt.

»Chloroform«, erklärt sie knapp und stopft den Beutel zurück in ihre Tasche. »Wir müssen weiter, wenn wir an ihnen vorbei wollen, bevor sie aufwachen«, sagt sie zu Mason.

»Ihr betäubt tatsächlich die Menschen, die ihr als eure eigenen Geschwister bezeichnet?«, frage ich.

Yuna funkelt mich an. Ihr streng gebundener Pferdeschwanz passt perfekt zu ihrer Haltung und ihrer Mimik. Von allen Geschwistern, die ich kennengelernt habe, nehme ich ihr die Kriegerin am meisten ab.

»Um dich hierher zu bringen«, sagt sie. Auch wenn sie ihre Stimme bedacht hält, in ihren Augen tobt ein Sturm. »Denkst du, wir hätten es mit so vielen Geschwistern und Fuma aufnehmen können, die glauben, wir seien der Feind?«

»Ich werde zurückgehen«, sage ich, jedoch zu Mason. »Mir ist egal, wohin ihr geht, aber ich verlasse das Dorf nicht ohne meine Sachen.«

»Es gibt keinen Grund, zurückzugehen«, erwidert er und sieht zu Yuna. Sie greift in die hintere Tasche ihrer Hose und hält mir drei Dinge entgegen: meinen Ausweis, meinen Reisepass und mein Handy.

»Wo habt ihr das gefunden?«, frage ich.

»Die Sachen lagen in einer Hütte im Wald«, antwortet Yuna.

In ihrem Gesicht suche ich nach Anzeichen, um den Satz als Lüge zu enttarnen, doch allein ihre Stimme verrät mir, dass sie vermutlich die Wahrheit sagt. Nichts ist mehr übrig von dem harten Ton darin. Ich frage mich, ob Jarik meine Sachen dorthin gelegt hat oder ob es Ava war, immerhin hat er mir erzählt, nur sie beide würden von der Hütte wissen. Einer von ihnen muss es gewesen sein.

Ich strecke die Hand nach Mason aus und ohne irgendeine Widerrede übergibt er mir meine Dokumente und mein Handy. Den Ausweis und den Reisepass stecke ich in meine Hosentasche, das Telefon behalte ich fest umklammert zwischen den Fingern.

»Wir müssen los«, sagt Yuna. Sie wirft erst mir einen Blick zu, der sehr viel sachter ist als der zuvor, dann schaut sie zu Mason.

»Führ die Gruppe an, du kennst den Weg«, sagt er zu ihr.

Sofort setzt sie sich an die Spitze und verschwindet zwischen dem dichten Geäst, während ich stehen bleibe, weil meine Füße sich einfach nicht von der Stelle bewegen wollen. Ich beobachte die anderen, die Yuna links und rechts mit einigen Metern Abstand folgen und den Wald im Blick behalten.

In meinem Kopf will ich Jarik hassen, weil er mich vermutlich wieder belogen hat, als er gesagt hat, er wüsste nicht, wo meine Sachen sind. Aber alles, was sich in meine Gedanken stiehlt, ist die Art, mit der er sich vor mich geworfen hat. Das und wie er verletzt am Boden lag. Er hat mich abgeschirmt und ich verstehe nicht, wie das mit seinen Lügen zusammenpasst.

Vielleicht versucht er noch immer, mich von der Gilde zu überzeugen, vielleicht steckt er mit ihnen unter einer Decke und ich bin nicht in der Lage, zu sehen, welchen Plan sie verfolgen. Vielleicht war das vorhin nur ein weiteres Schauspiel von ihm. Immerhin hat er das in den letzten Wochen mir gegenüber bestens üben können, er hat mir die gesamte Zeit etwas vorgemacht.

Die Gilde hat mir jedenfalls nicht das Gefühl gegeben, etwas getan zu haben, um meinen Vater zu finden. Eventuell haben sie ihn sogar entführt, um mich von ihm fernzuhalten, damit ich nicht ausgebildet werden kann. Immerhin hat die Gilde mich lediglich nach Japan bringen lassen und mir eingeredet, mich beschützen zu wollen – nichts weiter. Und wenn Mason recht hat und Jarik und ich von Leuten der Gilde angegriffen wurden, dann wollen sie mich nicht schützen, sondern mich offenbar beseitigen.

Wahrscheinlich ist Jarik auch bloß ein Spielball, aber es gibt ihm nicht das Recht, einen Deal eingegangen zu sein, der besagt, mich aus dem Weg räumen zu lassen. Er hat in Kauf genommen, dass die Abtrünnigen diesen Deal umsetzen, er konnte nicht wissen, dass sie es nicht tun.

»Alles okay?«, fragt Mason, der sich mit mir ebenso wenig vom Fleck bewegt.

»Alles okay«, lüge ich.

Nichts ist okay. Mehr als je zuvor herrscht in meinem Kopf ein absolutes Durcheinander.

Mason streckt seine Hand aus und legt sie an meine Schulter, allerdings streife ich sie sofort beiseite und trete einen Schritt von ihm zurück.

»Wenn wir wieder in Tokio sind, will ich Antworten, und zwar auf alle Fragen, die ich habe«, sage ich zu ihm. »Ich will alles über euch wissen - und was ihr über die Gilde wisst, auch.«

Mason nickt, setzt an, um etwas darauf zu erwidern, aber ich lasse ihn erst gar nicht zu Wort kommen.

»Sobald wir meinen Vater gefunden haben, hält mich hier nichts mehr«, sage ich außerdem.

Sobald wir ihn gefunden haben, setze ich in Gedanken hinzu, *will ich all das hinter mir lassen*. Ich will mein Leben zurück, ich will die Erinnerungen, die ich in den letzten Wochen hier gesammelt habe, vergessen. Endgültig.

So wie Jarik es vermutlich mit der Tablette tut.

KAPITEL 13

Jarik

Er verliert seine Blüten. In den letzten Minuten, die ich auf der Bank mit Blick auf den Kirschbaum gesessen habe, waren es nicht mehr nur einzelne wie gestern, als ich es zum ersten Mal bemerkt habe. Heute rieseln sie teilweise wie aus einer vollen Handfläche geschüttet auf den Boden und lösen dabei ein Donnerwetter in mir aus.

Seit ich in der Gilde bin, hat der Kirschbaum nicht ein einziges Blatt verloren, er stand immer in voller Blüte.

Aber seit Clara mir vorgestern den Rücken gekehrt hat, scheint er langsam zu verwelken. Auch die Lilien- und Asternbüsche, die den Garten umzäunen, lassen ihre Blüten hängen und verfärben sich an mehreren Stellen dunkel, als würden sie faulen. Ich habe nie darüber nachgedacht, aber fast scheint es jetzt, als würden sie zusammenhängen - Kirschblüten, Lilien und Astern.

Eigentlich ist es egal, denn allein der Kirschbaum schreit mich ununterbrochen mit einem Satz an, der mich tagsüber und nachts verfolgt: Sie ist weg und er verliert deswegen seine Blätter.

Ich habe sie fortgetrieben, in die Arme der Abtrünnigen.

Ich habe die Prophezeiung zunichtegemacht.

Das zwischen ihr und mir ebenso.

Ich schiebe die rechte Hand in meine Hosentasche und befühle die Tablette in dem Beutel, den ich seit Tagen mit mir herumtrage, aber mich nicht traue, zu öffnen. Selbst das Anfassen fällt mir schwer, ich habe Angst, mit nur einer Berührung etwas auszulösen, was ich bereuen könnte. Erinnerungen zu löschen, die ich behalten will. Eine davon hat unter dem Kirschbaum stattgefunden.

Aber wegschmeißen kann ich die Tablette ebenso wenig, denn sie ist und war immer der einzige Ausweg, Deutschland endgültig hinter mir zu lassen.

Nicht jedoch Clara.

Von rechts kommt Ava aus dem Tempel und auf mich zu. Am liebsten würde ich aufstehen und vor ihr fliehen, so wie ich auch allen anderen in den letzten zwei Tagen aus dem Weg gegangen bin. Vor weniger als einer Woche haben die Meister mich noch in meiner Unterkunft bewachen lassen, jetzt ziehe ich mich freiwillig zurück. Doch bei der Tatsache, dass Ava lächelt, während sie näherkommt, fällt es mir schwer, sie stehen zu lassen. Das hat sie nicht verdient.

»Du warst nicht beim Mittagessen«, sagt sie, als sie nur noch drei Schritte entfernt ist.

»Ich hatte keinen Hunger.«

Zufrieden sieht sie mit der Antwort nicht aus, lässt sie aber unkommentiert. Nachdem sie an der Bank angekommen ist, zückt sie eine Flasche hinter ihrem Rücken hervor und schwenkt den Yuzu-Saft von links nach rechts.

»Lässt du dich bestechen, damit ich mich zu dir setzen kann?«, fragt sie.

»Das sind unfaire Mittel«, sage ich, worauf sie grinst.

Sie nimmt neben mir Platz und stellt die Saftflasche wie einen Abstandshalter zwischen uns.

»Wie geht es deinem Bein?«, fragt sie und deutet auf den Oberschenkel, der unter der Hose verbunden ist.

»Besser«, antworte ich. »Die Wunde war nicht so tief. Aber das Training muss für mich weiterhin ausfallen.«

»Hat Falk noch mal versucht, mit dir zu reden?«

Um Ava nicht ansehen zu müssen, sehe ich stur zum Kirschbaum.

»Ja«, sage ich knapp.

»Und du hast ihn wieder abgewiesen?«

»Sowas von.«

»Willst du noch mal mit ihm reden?«

Abrupt wende ich mich ihr erneut zu. »Die Frage kannst du nicht ernst meinen«, sage ich. »Du erinnerst dich, was er getan hat? Er hat das Zeichen gegeben, damit Magda ihre Peitsche auf Clara richtet. Er hat in Kauf genommen, dass sie verletzt wird.«

»Um sie von den Ishikawa zu befreien«, sagt Ava mit sachter Stimme, als könnte sie mich so besänftigen. Doch das tut es nicht.

Wütend drehe ich mich ihr komplett zu. »Um so wie sie zu handeln? Die Gilde steht nicht dafür, andere absichtlich zu verletzten. Aber dazu hat Falk vorgestern den Befehl gegeben mit seinem Nicken. Du hast es genauso gesehen wie ich, oder nicht?«

Darauf antwortet sie nicht, sieht mir stattdessen fest in die Augen.

»*Die Gilde* steht nicht dafür? Oder *wir*?«, fragt sie.

Erst da fällt mir auf, dass ich mich mit meinen Worten nicht in die Gilde eingeschlossen habe.

Ich schlucke und antworte dann: »Ich weiß nicht, ob ich noch dazugehören will, wenn plötzlich solche Methoden angewendet werden. Wir greifen keine Unschuldigen an – jedenfalls war das in den letzten zwei Jahren so.«

»Ich weiß.«

»Wenn du das weißt, kannst du Falks Verhalten nicht gutheißen.«

»Tue ich nicht«, sagt sie. »Aber ... Ich versuche, zu verstehen, was dahintersteckt. Ich habe Falk noch nie so erlebt wie gerade.«

Ava presst die Lippen aufeinander und ich kenne sie zu gut, um zu wissen, dass sie Worte zurückhält. Sie sieht an mir vorbei zum Kirschbaum, den sie einige Momente lang betrachtet.

»Was ist los?«, frage ich.

Aus den Augenwinkeln mustert sie mich. Seit ich sie kenne, war sie der Gilde wie ich dankbar, weil sie uns gerettet haben. Sowohl Ava als auch ich haben immer schon mit unserer Vergangenheit zu kämpfen gehabt und wir zwei haben uns nicht nur hier gefunden, sondern erst recht ein neues Leben in Yamanashi.

Mehr als sonst ist es heute, als sähe ich in einen Spiegel, wenn ich Ava betrachte: Hinter ihren Augen schimmern Zweifel, die Art, wie ihre Fingerspitzen am Saum ihrer Jacke nesteln, sagen dasselbe. Ihre in Falten gelegte Stirn ebenso.

»Ich habe ein ungutes Gefühl bei der Sache, Jarik ...«

Sie flüstert und ich frage mich, ob sie denkt, jemand anderes außer mir könnte ihre Worte hören, würde sie lauter sprechen.

Ich rücke näher an sie heran, beuge mich etwas vor. »Was für eine Sache?«

»Ich wollte es dir eigentlich nicht sagen, aber ...« Sie bricht ab, ihre Augen wandern unruhig über mein Gesicht, ihre Finger umklammern die Bank. »Dir vertraue ich mehr als jedem anderen hier und ich kann dein Vertrauen nicht verlieren.«

»Wirst du nicht«, sage ich sofort, während ich meine Hand auf ihre lege. »Du bist meine Schwester, und zwar nicht nur in der Gilde. Klar?«

Ihr Nicken ist zögerlich, aber wenigstens ist es da und ich hoffe, sie hat verstanden, was ich ihr sagen will.

»Was für eine Sache?«, wiederhole ich schließlich.

Ava umfasst meine Hand, nun sieht sie mich durchdringend an. »Während des Trainings habe ich ein Gespräch zwischen Bent und Taio gehört, in dem es um die Abtrünnigen ging.«

Bei dem Flattern, das in ihrer Stimme zu hören ist, schnürt sich mir der Hals zu.

Sie holt tief Luft und fährt fort: »Bent hat gesagt, die Ishikawa hätten Claras besten Freund hypnotisiert – und die Meister wollen ihn herholen, um ihn zu schützen.«

Ich mache mir erst gar nicht die Mühe, leise zu klopfen, sondern hämmere mit der Faust mehrmals gegen Falks Tür. Es ist mir egal, wer uns hört oder wer mitbekommt, dass ich mich durch mein Verhalten einem Fuma gegenüber wie ein Regelbrecher benehme.

Beim vierten Hämmern wird mir die Tür von Falk geöffnet, der mich mit aufgerissenen Augen anstarrt. Die Genugtuung über seine Überraschung schürt meine Wut nur noch mehr.

»Stimmt es?«, fahre ich ihn laut an.

»Was tust du hier?«, erwidert er verwirrt.

In der Türschwelle stehend, sieht er links und rechts den Gang entlang, doch niemand ist hier. Es ist den Geschwistern nicht untersagt, die Fuma in ihren Unterkünften abseits derer der Geschwister aufzusuchen, aber nicht einer der Geschwister tut es. Es ist ein ungeschriebenes Gesetz, ihre Privatsphäre zu respektieren. Doch das ist mir gerade egal und die meisten Fuma sind im Training oder Unterricht und ich kann mir vorstellen, warum Falk als ranghöchster Fuma das nicht ist: weil er Damiens Entführung vorbereiten soll.

»Er ist ein Druckmittel, um sie herzuholen, oder?«, zische ich.

»Wovon redest du, Jarik?«, fragt er, zwischen den Brauen eine tiefe Falte. »Klartext.«

»Damien soll ins Dorf geholt werden, um Clara herzulocken. Die Ishikawa beherrschen keine Hypnose, das hast du selbst ge-«

Ohne Vorwarnung packt Falk mich am Shirt und zerrt mich in seine Unterkunft. Im Inneren stößt er mich mit einen Schubser von sich, der jedoch mehr sanft als wütend ist, und schließt dann die Tür hinter uns. Als er sich zu mir herumdreht, hat er den Zeigefinger an die Lippen gehoben und gibt mir damit zu verstehen, zu schweigen.

Mit vier langen Schritten ist Falk an der offenen Balkontür, verharrt davor, als würde er einen Blick in den Wald in unmittelbarer Nähe werfen, und schließt sie dann. Erst als er sich wieder zu mir herumdreht, bemerke ich, dass er nicht so ordentlich und streng gekleidet ist wie in den letzten Tagen.

Sein Hemd hängt ihm aus der Hose, sodass ich den knittrigen Saum erkenne. An seiner Schläfe klebt ein Pflaster. Die beigefarbene Hose ist ebenso verknittert und trägt am Oberschenkel einen Tintenfleck. Mein Blick gleitet zu seinem Schreibtisch in der linken Hälfte der Unterkunft, auf dem etliche Papierstapel und Zettel liegen sowie ein offener Füller. Außerdem mehrere Fotos, aber aus meiner Position erkenne ich die Motive nicht.

»Schmiedest du schon Pläne, um Damien herzuholen?«, frage ich und deute mit einer Handbewegung auf den Schreibtisch.

»Habe ich dir erlaubt, Fragen dazu zu stellen?«, gibt Falk zurück.

Die Eiseskälte in seiner Stimme schnürt mir die Luft ab. Ich erkenne ihn nicht wieder.

»Du brauchst mir keine Erlaubnis zu erteilen«, raune ich. »Nicht nach dem, was vorgestern passiert ist.«

»Jarik«, presst er hervor. »Das hier ist nicht der Ort, um ein Thema wie dieses zu besprechen.«

»Ich will zwei Sachen von dir wissen«, sage ich, ohne auf seine Ermahnung einzugehen. »Hat es Spaß gemacht, den Befehl zu erteilen, Clara vorgestern anzugreifen?«

Er antwortet nicht, aber ich sehe, wie seine Kiefer sich verhärten, vermutlich, weil er die Zähne aufeinanderpresst.

»Zweite Frage«, füge ich hinzu. »Was unterscheidet euch von den Abtrünnigen, wenn ihr Claras Freund entführen wollt, der *angeblich* hypnotisiert wurde?«

»Woher weißt du davon?«, fragt Falk.

Nachdem Bent vorgestern seinen Dolch in Claras Richtung geworfen hat, würde ich ihn nur zu gern an Falk verpfeifen – aber das würde nichts bringen. Bent windet sich mit der Hilfe seines Vaters so oder so aus jeder Situation, die ihm irgendwie schaden könnte. So wie immer.

»Also wird Damien hergebracht?«, hake ich nach.

»Clara war hier im Dorf nie eine Gefangene und wird es auch nicht sein, sollte sie noch einmal herkommen«, erwidert Falk ausweichend. »Wir schützen sie ebenso wie Damien.«

»Indem du sie angreifen lässt?«, erwidere ich hart und deute auf meinen Oberschenkel. »Ist das eure Art von Schutz geworden?«

»Du bist nicht befugt, die Antworten auf gewisse Fragen zu kennen«, sagt er ruhig.

Es tut körperlich weh, wie er mit mir spricht. Einen emotionalen Ausbruch habe ich bei Falk nie erlebt, anfangs hat mich seine rationale Art regelrecht irritiert. Aber mit der Zeit habe ich gelernt, dass mehr dahintersteckt. Dass er fair ist, gerecht, um jeden in der Gilde bemüht. Dass er sich einsetzt. Er hat immer wieder Grenzen ausgetestet und mir so das Gefühl gegeben, herzugehören. Zuletzt als er mir gesagt hat, Regeln könnten gebrochen werden – und es in Bezug auf meine Angst um Clara gemeint hat.

Die bunten Facetten dieses Bildes werden gerade mit schwarzer Farbe übermalt.

Mehr noch als zu Veit, habe ich zu Falk aufgesehen. So wie vorgestern, bevor Clara und die Abtrünnigen aufgetaucht sind, muss ich an seine und meine nächtlichen Trainingseinheiten denken. Daran, was er oft zu mir gesagt hat: *»Wenn man den Edelstein nicht schleift, hat er keinen Glanz.«*

Doch jetzt schwirren mir eher die Worte auf dem Zettel der Ishikawa im Kopf umher: *»Ein junger Baum kann leicht gebogen werden.«*

Das ist, was Falk mit mir getan hat – er hat mich nicht geschliffen, er hat mich gebogen, um mich der Gilde anzupassen und einen manipulierbaren Soldaten aus mir zu machen.

»Du warst mal ein Vorbild für mich«, sage ich.

Falks Mund öffnet sich in Erstaunen, schließt sich kurz darauf jedoch wieder, und genauso verschließt sich etwas in seinem Blick.

»Das kann ich immer noch sein«, sagt er.

»Ich werde nicht zulassen, dass ihr sie herlockt«, übergehe ich seinen Kommentar.

»Damit stellst du dich über die Meister.« Eigentlich sagt er das: Das wäre dein Todesstoß. Wir würden dich zurück nach Deutschland schicken.

Doch er weiß nicht, dass mir das mit der Tablette in meiner Hosentasche egal sein kann. Ich muss sie bloß schlucken und bin meine Erinnerungen los. Dass er warnt, mich nach Deutschland zu schicken, ist keine Drohung mehr für mich, er hat nichts gegen mich in der Hand.

»Gut so«, sage ich zu ihm und schaffe es sogar, mir ein Lächeln abzuringen. »Ein einzelner Pfeil kann mehr Schaden anrichten, als du glaubst.«

Bevor er etwas erwidern kann, drehe ich mich herum und lasse ihn stehen, um zu Ava zu gehen.

KAPITEL 14

Clara

In Tokio angekommen, ziehe ich mich in Masons Zimmer zurück. Auf seinem Bett liegt frische Kleidung, doch dass es nicht meine eigene ist, führt mir nur vor Augen, hier nicht in meinem Zuhause in Potsdam zu sein. Zwar habe ich nun mein Telefon und meine Ausweisdokumente, aber der Handyakku ist leer und meine Reserven ebenso. Meine Muskeln schmerzen, allerdings nicht vom Kampf einige Stunden zuvor mit Jarik, sondern weil mein Körper seit Tagen unter Strom steht.

Mit Mühe und Not halte ich im Zimmer Tränen zurück, obwohl sie mir die Kehle zuschnüren. Doch ich kann mir vor den Ishikawa keine Schwäche erlauben, keine verweinten Augen, keine zitternde Stimme, keine roten Wangen.

Die Tränen bewahre ich mir für den Zeitpunkt auf, an dem ich meinen Vater gefunden habe. Und für den Moment, wenn ich meine Mutter sowie Damien umarmen kann.

Bis dahin muss die Kraft reichen.

Als ich schließlich nach unten in den Raum komme, den Mason mir als Gemeinschaftsraum beschrieben hat, stutze ich. Er hat keine Tür, als stünde er jedem offen, nur ein weißer lichtdurchlässiger Vorhang trennt ihn vom Flur. Auf der gegenüberliegenden Seite sind bodentiefe Fenster und eine Tür, die in den Innenhof zeigen. Letzteres steht offen und führt raus auf eine Terrasse.

Vom Türrahmen aus erkenne ich zehn Leute im Raum, einige Köpfe drehen sich mir zu, doch niemand sagt etwas, die meisten lächeln bloß. Das Zimmer ist anders als der Rest des Gebäudes, das ich bis jetzt zu Gesicht bekommen habe. Die Decke ist über und über mit Lampions bestickt – große und kleine, rote und weiße. Einige wirken wie aufgespannte leuchtende Schirme. Die Wände sind cremefarben gestrichen und zur Hälfte mit Bambusstäben verkleidet. In der Mitte des Zimmers ist ein etwa ein Meter hoher Bonsaibaum in einer Art Beet im Boden eingelassen.

Rechts von der Tür ist ein Podest mit Polstern ausgelegt, auf dem sechs Personen im Schneidersitz an einem Tisch sitzen und essen. Links stehen fünf rote Samtsessel, die ebenso besetzt sind. Auf einem davon erkenne ich Yuna, die mir nicht nur ein Lächeln zuwirft, sondern auch die Hand zur Begrüßung hebt. Hier wirkt sie plötzlich nicht mehr wie die harte Kriegerin von vor einigen Stunden.

Ich will es nicht, aber augenblicklich beneide ich sie, dass sie offenbar einen Ort hat, an dem ihre Anspannung von ihr abfällt. Meine steckt mir weiterhin in den Knochen.

Zu dem Jungen neben sich sagt sie etwas, das ich nicht verstehe, dann erhebt sie sich vom Sessel und kommt auf mich zu.

»Willst du reinkommen oder im Türrahmen stehen bleiben?«, fragt sie mit einem halben Grinsen.

»Wo ist Mason?«, frage ich. »Ich muss mit ihm reden.«

Sie deutet auf die offene Terrassentür. »Er wartet draußen auf dich.«

Ohne ein weiteres Wort entfernt sie sich wieder von mir und führt die Unterhaltung mit dem Jungen fort. Ich spüre ihren Blick jedoch in meinem Rücken, während ich aus der Tür trete.

Von hier unten sieht der Innenhof noch größer aus als von Masons Zimmer. Er ist komplett umrahmt von Hecken und Büschen, Kies erstreckt sich mehrere Meter weit. Es ist unmöglich, dass wir uns mitten in Tokio befinden, alles ist so friedlich. Nichts erinnert an die Großstadt, die mich vor einigen Wochen begrüßt hat. Aber vielleicht habe ich sie bloß in schlechter Erinnerung, weil ich gegen meinen Willen hergebracht wurde - und weil ich beim zweiten Mal fast in einem Tunnel umgekommen bin.

Mehrere rote Holzbänke stehen verteilt auf einem Platz, etwa so groß wie ein halbes Tennisfeld. Auf einer davon, mir gegenüber auf der anderen Seite des Hofs, sitzt Mason. Er ist die einzige Person hier, doch er sieht nicht mich an, sondern ist in ein Dokument vertieft.

Das hier ist anders, durchfährt es mich. Es gibt keine lange Tafel, an denen Meister oder Anführer sitzen. Es gibt keine Bank, auf der Geschwister geparkt werden, um zuzuschauen. Es gibt keine Stühle wie bei einem Verhör.

Langsam gehe ich an den Hecken entlang und auf Mason zu. Als ich nur noch einige Schritte entfernt bin, sieht er auf, lächelt etwas, während ich mich zu ihm setze, aber einen vollen Meter Platz zwischen uns lasse. Er legt das Papierstück neben sich, lehnt sich tiefer in die Bank und streckt die Füße von sich.

»Passt die Kleidung nicht, die Yuna dir hingelegt hat?«, fragt er.

»Weiß ich nicht, ich habe sie nicht anprobiert«, sage ich ehrlich. »Meine eigene Kleidung wäre mir lieber. Allerdings ist die hier« – ich sehe an mir herunter und zucke mit den Schultern - »auch bloß geliehen, also ...«

»Wir können dir neue kaufen«, sagt Mason. »Aber wahrscheinlich löst das nicht dein eigentliches Problem, oder?«

»Und das kennst du?«, erwidere ich.

»In ein fremdes Land entführt zu werden, fernab von Familie und dem eigenen Zuhause, ist nichts, das man einfach in ein paar Wochen wegsteckt«, sagt er simpel, dennoch mitfühlend. »Ich kenne das Gefühl nicht, aber ich kann es mir vorstellen. Kleidung ändert nichts daran.«

Ich wende den Blick von ihm ab, hinein in den Hof.

»Was ist das hier?«, will ich wissen.

»Sowas wie unser Rückzugsort«, antwortet er.

»Dann ist das hier für euch das, was für die Gilde das Dorf ist?«

»Zumindest im Moment, ja«, sagt Mason. Auf meinen verwirrten Blick hin, setzt er hinzu: »Wir bleiben nicht lange an einem Ort, sondern besetzen immer neue Häuser.«

»Dafür habt ihr es euch hier ziemlich schön gemacht«, merke ich an.

Er lächelt und sieht ins Gebäude. »Es war früher ein Hotel, wir hatten einfach nur Glück, dass es gut erhalten war. Lediglich die Front mussten wir zur Tarnung etwas anpassen.«

»Als Jarik und ich in Tokio angegriffen wurden, seid ihr da gewesen, oder?« Ich erinnere mich an eine Gestalt im Hotel, die mich vom Fenster aus betrachtet hat, als Jarik und ich geflohen sind. »Hattet ihr das Gebäude gegenüber des Hotels besetzt, um die Gilde zu beschatten?«

»Ja, allerdings nur für einige Stunden«, sagt Mason. »Aber wir haben nicht die Gilde beschattet. Wir wollten sichergehen, dass es dir gut geht.«

»Woher wusstet ihr, wo die Gilde mich hinbringt?«

»Es bleibt nicht lange verborgen, wenn das Mädchen aus der Shinobi-Schrift nach Japan gebracht wird«, sagt er verschwörerisch. »Außerdem haben wir auch unsere Leute für bestimmte Informationen.«

Ich kneife die Brauen zusammen. »Und warum habt ihr uns an der Kreuzung angegriffen, wenn ihr sicherstellen wolltet, dass es mir gut geht?«

»Wir haben euch nicht angegriffen«, sagt er wie selbstverständlich. »Es waren nicht unsere Geschwister, die euch überfallen haben.«

»Einer eurer Wurfsterne wurde am Hotel gefunden, haben die Meister der Gilde gesagt«, sage ich. »Euer Zeichen war angeblich eingraviert.«

»Komischer Zufall, dass wir ausgerechnet dort Wurfsterne verloren hätten«, sagt Mason. »Wir hatten nämlich nicht mal welche dabei.«

Mason sagt es nicht laut und das muss er auch nicht, denn ich weiß, was seine Worte bedeuten: Vielleicht waren es Jariks eigene Brüder und Schwestern, die uns angegriffen haben, und vielleicht hat er das sogar gewusst. Es hat mich damals schon stutzig gemacht, wie ruhig er während des Angriffs geblieben ist und wie leicht wir davongekommen sind. Auch Avas Worte im Jeep müssen eine Lüge gewesen sein. Sie hat Jarik auf dem Weg nach Yamanashi gesagt, zwei Geschwister der Gilde seien ausgeschaltet worden. Dabei scheinen sie selbst darin verwickelt gewesen sein.

Hinter meiner Stirn hämmern Kopfschmerzen, wenn ich daran denke, wie sehr Jarik und Ava mir wahrscheinlich etwas vorgemacht hat.

Und dass ich dumm war, auf das Schauspiel reinzufallen.

»Warum habt ihr mich an dem Tag nicht zu euch geholt?«, frage ich Mason.

»Zu gefährlich für dich und uns«, sagt er. Mit den Fingerkuppen streicht er über den schwarzen Stoff seiner Jeans. »Um das Hotel der Gilde herum konnten wir etliche Vermummte sehen, wir waren in der Unterzahl. Ich gefährde meine Brüder und Schwestern nicht.« Mir einen Seitenblick zuwerfend, fügt er hinzu: »Außerdem haben wir auf Jarik vertraut.«

»Inwiefern?«, frage ich.

»Um seinen Deal umzusetzen, hätte er alles getan. Auch dich zunächst beschützt.«

Ein unausgesprochener Satz hängt zwischen Masons Worten: Um seine Erinnerungen loszuwerden, hätte er dich um jeden Preis geschützt – und dich dann ausgeliefert.

KAPITEL 15

»Aber um das zu hören, bist du wahrscheinlich nicht hier unten«, sagt Mason.

Mühsam schiebe ich die Gedanken an Jarik beiseite.

»Was wisst ihr über die Prophezeiung?«, frage ich.

Mason greift neben sich zu dem Schriftstück, das er vorhin noch betrachtet hat. Auch jetzt sieht er es einen Moment lang an, dann reicht er es mir.

Ich habe eine Pergamentrolle erwartet, aber es ist ein zusammengefaltetes weißes Blatt Papier, mehr nicht. Als ich es auseinanderfalte, springen mir zwei Zitate entgegen, alle in derselben Handschrift niedergeschrieben. Eins davon kenne ich.

»Am Tag der ersten Knospe des immerblühenden Kirschbaums wird die Erste geboren. Sie wird der Anfang und das Ende sein. Das Neue und das Alte. Durch sie weicht das Unrecht. Durch sie wächst der Zusammenhalt.«

Daneben steht ein weiteres Zitat: *»Wenn die letzte Kirschblüte fällt, wird Altes vollendet. Zwischen Dunkel und Licht bilden die Blüten eins.«*

»Was bedeutet das?«, will ich wissen, ohne preiszugeben, dass ich das erste Zitat bereits von Jarik kenne.

Etwas in mir sträubt sich dagegen, ihn zu verraten.

»Das sind Zitate aus der Prophezeiung«, sagt er. »Ich nehme an, die Gilde hatte dazu nicht besonders viele Informationen für dich, oder?«

Ich schüttle den Kopf, was nicht einmal gelogen ist. Alles, was ich von der Prophezeiung weiß, ist das wenige, das Jarik mir berichtet hat, und das auch nur, weil ich ihn beinahe gedrängt habe, mir davon zu berichten.

»Was wurde dir erzählt?«, fragt Mason.

»Dass der Kirschbaum meinetwegen blüht«, sage ich. »Weil ich die Nachfolgerin meines Vaters sein soll und damit die erste Meisterin. Dass ihr mich deswegen ausschalten wollt, und wegen Dingen, die in der Prophezeiung stehen, von denen die Gilde nichts weiß, weil ihr sie gestohlen habt.«

»Wow«, sagt Mason. Diesmal scheint er nicht belustigt, seine Kiefer verspannen sich. »Das ist noch verrückter, als ich dachte.« Er fährt sich mit der Hand übers Gesicht, aber auch dann verschwindet der ernste Ausdruck darauf nicht. »Niemand hat aktuell Zugriff auf die Prophezeiung. Sie ist seit dem Auseinanderbrechen der Shinobi verschwunden und nie gefunden worden, weder von uns noch der Gilde.«

»Woher dann die Zitate?« Ich schiebe ihm den Zettel wieder hin.

»Überlieferungen«, sagt er und klingt zum ersten Mal niedergeschlagen. »Manche mündlich, manche durch Interpretationen aus Büchern über die Geschichte der Shinobi. Was die Prophezeiung tatsächlich besagt, ist nicht klar.«

»Aber ihr sucht danach?«, frage ich. »Jarik hat ...« Ich stocke, doch nun, da sein Name gefallen ist, kann ich ihn nicht zurücknehmen. »Er hat mir gesagt, die Gilde lässt Geschwister nach der Schrift suchen.«

»Dann haben die Ishikawa und die Gilde noch etwas gemeinsam«, sagt Mason.

»Einer Schrift hinterherjagen, deren Inhalt ihr nicht einmal kennt und der euch egal sein kann?«, frage ich. »Der Krieg zwischen euch oder was auch immer ihr euch antut, könnte genauso ohne Schrift beendet werden – ohne *die Erste, durch die das Unrecht weicht*. Ihr könntet wie Erwachsene miteinander reden.«

»Hat das gut geklappt?«, fragt Mason. »Haben die Meister dich auf Augenhöhe behandelt, als sie mit dir geredet haben oder du mit ihnen reden wolltest?« Dazu sage ich nichts, worauf Mason mit einem traurigen Lächeln hinzufügt: »Habe ich mir gedacht. Außerdem geht es ihnen längst nicht mehr darum, diesen unterschwelligen Krieg zu beenden.«

»Um was dann?«

»Ihn beizubehalten«, sagt er simpel. »Wenn der Gilde die Schrift in die Hände fällt, können sie auch das zu ihren Gunsten nutzen. Sie werden nicht plötzlich damit anfangen, die Wahrheit zu sagen oder sich nach der Schrift zu richten. Es geht bloß um die Macht, sie zu besitzen, nicht darum, die Schrift umzusetzen. Recht und Unrecht ist bei ihnen längst miteinander verschmolzen.«

»Und ihr seid die Retter der Schrift?«, frage ich. »Ihr werdet sie nicht nutzen?«

»Doch, natürlich«, antwortet Mason ehrlich. »Aber nicht, um Macht auszubauen. Wir wollen Frieden und die Schrift zum Wohl der Geschwister nutzen, und zwar aller, die Recht von Unrecht unterscheiden können.«

Ich brauche einen Augenblick, um zu verstehen, was er mir damit sagen will.

»Ihr wollt mit der Schrift die Geschwister überzeugen, sich euch anzuschließen?«

»Niemand muss sich uns anschließen«, sagt er. »Wir wollen frei sein und das wollen wir auch für unsere Geschwister in der Gilde. Sie sollen selbst entscheiden, wohin sie gehören. Es kann mehrere Gilden geben, dieses totalitäre System muss nicht aufrechterhalten werden.«

Mason schaut in die Richtung seiner Geschwister im Raum vor uns, doch auch dabei wirkt er nicht vollständig losgelöst. Zwar wird sein Gesichtsausdruck weicher, aber die Härte, die noch immer darin steckt, erinnert mich an die Person, die mir im Spiegel entgegenblickt. Die Person, die ich nach dem Verschwinden meines Vaters geworden bin. Eine blasse Erinnerung an das Mädchen mit der intakten Familie.

Frei sein – ich kann Mason verstehen. Seit sechs Monaten fühle ich mich gefangen. Ein Vogel mit gestutzten Flügeln. Ich weiß nicht mehr, wie es sich anfühlt, Wind unter den Federn zu haben. Mit dem Verschwinden meines Vaters habe ich mich davor gehütet, sie auszubreiten. Da ist zu viel Angst vor dem Sturz, falls sie mich nicht tragen.

»Wie wollt ihr die Geschwister der Gilde überzeugen?«, frage ich Mason. »Nur mit der Schrift?«

»Nicht nur«, sagt er. Mason sieht mich von der Seite an. »Auch durch dich, und dafür müssen wir deinen Vater finden.«

»Damit er mich ausbildet und ich eure Schrift erfüllen kann als *die Erste*?«, frage ich.

Und weil ich Unrecht beseitigen soll, denke ich. Vielleicht in Form der Meister.

»Du bist ein wichtiger Bestandteil der Schrift, das stimmt«, sagt er. »Aber durch geliebte Menschen wird man befreit – ich glaube, wenn wir deinen Vater finden, findest du nicht nur in diese Welt, sondern auch zurück zu dir selbst.«

Ich schlucke den Kloß in meinem Hals hinunter, erlaube mir nicht, daran zu glauben, dass ich den Ishikawa bei der Suche vertrauen kann, weil die Gilde mich schon im Stich gelassen hat.

»Angeblich hatte mein Vater auch oberste Priorität für die Gilde«, sage ich. »Aber gefunden ist er immer noch nicht.«

»Sie mussten ihn nicht finden – immerhin haben sie ihn vermutlich entführt.«

Mir läuft ein Schaudern den Rücken hinunter, als hätte jemand einen Eimer voller Eiswürfel über meinen Schultern ausgegossen.

»Das kann nicht sein«, gebe ich zurück. »Sie haben ihn suchen lassen.«

»Ich bin mir sicher, das haben sie dir erzählt. Aber hast du dich nicht gewundert, dass sie ihn nicht finden können?«, fragt Mason. »Die letzte übriggebliebene Shinobi-Gilde, die sich damit brüstet, eine Art Elite zu sein? Wer glaubst du, findet Veit, wenn nicht sie? Sie haben Geschwister auf der gesamten Welt, etliche der Meister bekleiden politische Ämter.« Er hebt wissend eine Braue.

»Das heißt, sie haben Zugriff auf alle möglichen Informationen, die sie nutzen könnten«, schlussfolgere ich.

Mein Vater ist selbst Politiker und auch wenn er nie darüber gesprochen hat, weiß ich, dass er natürlich mehr Zugang zu Informationen hatte als die meisten Leute.

Mason nickt. »Sie wollen ihn nicht finden, sie halten ihn unter Verschluss. Aber im Moment wissen wir nicht, wo.«

»Im Moment nicht?«, hake ich nach.

»Wir glauben, er wird immer an einen neuen Ort gebracht, damit es schwerer wird, ihn zu finden. Das letzte Mal haben wir seine Spur in Tokio verloren – in den Tunneln.«

Mein Herz zieht sich schmerzhaft zusammen, als ich an den Tag zurückdenke, an dem mein Name durch den Tunnel gehallt ist und Jarik mich aufgehalten hat, nach meinem Vater zu suchen.

Aber wieso war er selbst so überrascht davon?

»Dann war mein Vater wirklich da?«, frage ich.

»Nur, um dich von der Gruppe zu trennen, vermuten wir«, antwortet er. »Ich kann mir nicht vorstellen, dass er die gesamte Zeit über da war. Wahrscheinlich haben sie ihn kurz nach der ersten Explosion wieder aus den Tunneln geschafft.«

Ich balle die Hand zur Faust. Hätte ich nicht so kopflos reagiert und wäre der Stimme meines Vaters entgegengerannt, hätte es vielleicht eine Chance gegeben, ihn zu finden. Mit Mühe und Not versuche ich, das Prickeln der Tränen in meinen Augenwinkeln zu ignorieren. Ich war ihm so nah. Seit sechs Monaten war ich ihm so nah – und trotzdem ist er weiterhin verschwunden. Nichts wünsche ich mir mehr, als ihn wieder vor mir zu haben. Ihn zu umarmen, mir wie ein Kind sagen zu lassen, dass alles gut wird.

Aber er ist bloß ein Phantom, dem ich nachjage, und ich weiß nicht, wie lange meine Beine mich noch tragen.

Weil Mason mich mustert, straffe ich die Schultern und lasse ihn nicht merken, dass mich der Verlust meines Vaters in Stücke zu reißen droht.

»Das heißt, er könnte jetzt gerade überall sein?«, frage ich.

Da ist ein Zögern in Masons Gesicht, aber schließlich schüttelt er doch den Kopf.

»Sie werden ihn nicht besonders weit weggebracht haben«, sagt er. »Es ist zu aufwändig, ihn durchs halbe Land zu schleppen, geschweige denn durch die halbe Welt.«

»Also ist er hier in Japan?« Mein Herz macht einen kurzen Satz.

»Vielleicht sogar hier in Tokio. Immerhin war er offenbar zuletzt in den Tunneln hier.«

Jetzt beginnt mein Herz, zu rasen.

»Diese Stadt hat tausende Ecken«, setzt Mason hinzu, »aber die Meister machen sich nicht ihre eigenen Finger schmutzig, ihn zu verstecken, also müssen wir am unteren Ende der Gilde ansetzen.«

»Was meinst du damit?«, frage ich.

»Wer erledigt die Aufträge für die Meister?«, fragt Mason mit hochgezogenen Brauen.

Da verstehe ich.

»Die Geschwister«, sage ich.

War auch das Schauspielerei von Ava und Jarik? Wussten sie, dass die Gilde womöglich mit dem Verschwinden meines Vaters zu tun hat?

Lange lässt Mason seine Augen über mein Gesicht wandern und ich rechne schon damit, dass er nichts weiter dazu sagt, stattdessen erwidert er jedoch etwas, als hätte er in meinen Gedanken gelesen.

»Ich kann mir nicht vorstellen, dass alle Geschwister davon wissen, aber einige. Irgendjemand muss dafür gesorgt haben, dass dein Vater in Deutschland verschwindet und hier in Japan untertauchen kann, ohne sofort gefunden zu werden. Jemand, der sich in beiden Ländern auskennt.«

Ich durchwühle all die Informationen, die ich in den letzten Wochen in der Gilde gesammelt habe, rufe mir ins Gedächtnis, welchen Geschwistern ich begegnet bin, und sei es noch so oberflächlich gewesen. Doch niemanden außer Jarik und Ava habe ich besonders gut kennengelernt, im Gegenteil. Es waren eher flüchtige Begegnungen und ich kann niemanden gut genug einschätzen, um zu wissen, wer vielleicht ein doppeltes Spiel spielt. Wer so tut, der Gilde zugehörig zu sein, und eventuell gemeinsame Sache mit den Meistern macht, die meinen Vater entführt haben könnten.

War es doch Jarik?

Sein Gesicht flackert wie ein Schatten vor meinem inneren Auge auf. Aber er huscht nicht an mir vorbei, er verdunkelt mein Sichtfeld.

Und mein Herz.

In meinem Hinterkopf tanzen etliche Erinnerungen von ihm und mir. Die in meiner Unterkunft mit seinen Lippen auf meinen ist die klarste, danach folgt sofort die unter dem Kirschbaum. Seine Finger, die er vorsichtig mit meinen verschlossen hat, aber so vertraut, als hätte er die Bewegung schon hundert Mal getan.

Als sei sie richtig gewesen.

»Was ist, wenn es Jarik war?«, frage ich Mason mit belegter Stimme.

Dieser schüttelt sofort den Kopf. »Das glaube ich nicht. Er hatte nur seinen Deal im Sinn, nichts weiter.«

»Es ist so oder so egal«, sage ich und füge auf Masons fragenden Blick hinzu: »Wir würden nie erfahren, wo mein Vater ist, wenn Jarik die Tablette geschluckt hat.«

Einen Augenblick lässt Mason Stille zwischen uns ausbreiten.

»Die Tablette, die du ihm gegeben hast«, sagt er schließlich, »besteht bloß aus Zucker.«

KAPITEL 16

Jarik

»Ich vertraue dir«, flüstert Ava in die Dämmerung, »aber wenn du mich noch weiter in den Wald lockst, mache ich mir langsam Sorgen, dass du mich loswerden willst.«

Zum ersten Mal seit Tagen grinse ich und bereue sofort, dass Ava es nicht sieht, weil sie über ihre Schulter lugt und so keine Ahnung hat, dass ihr Kommentar der Grund für mein Grinsen ist.

»Wir sind gleich da«, sage ich.

»Das sagst du seit zehn Minuten«, gibt sie zurück.

»Weil wir einen Umweg gehen mussten, deswegen.«

»Wieso? Vor wem verstecken wir uns?«

Ich antworte ihr nicht, sondern steuere weiter auf unsere Trainingshütte im Wald zu, die nur noch wenige Meter entfernt ist.

»Jarik!«, raunt sie leise.

»Wir sind gleich -«

Ich werde plötzlich unterbrochen, weil Ava mich am Oberarm packt und mich damit zwingt, stehenzubleiben.

»Warum gehen wir einen Umweg?«, fragt sie leise. Ihre Hand liegt immer noch an meinem Oberarm, doch der Griff ist nun sanft, nicht mehr so bestimmend. »Weswegen dieser Aufwand?«

»Nicht hier«, sage ich. »Ich weiß nicht …«

Ich weiß nicht, wer uns beobachtet oder zuhört, will ich sagen, höre in der Ferne jedoch ein Knacken. Ava hingegen scheint nichts bemerkt zu haben, ihr Blick liegt weiterhin auf mir.

»Jarik …«

»Nicht hier«, wiederhole ich, diesmal fester, und laufe weiter. Zum Glück folgt mir Ava.

Nach einigen Metern taucht die Hütte tatsächlich vor uns auf, doch ich bleibe wenige Schritte davon entfernt an einem Baum stehen, und bedeute Ava mit einer Handbewegung, dasselbe zu tun. Sekundenlang lausche ich auf Geräusche, sehe, so gut es geht, in die Dämmerung um uns herum – aber nichts regt sich. Die Hütte muss den Meistern und den anderen Geschwistern immer noch verborgen sein.

Dennoch laufe ich auf Zehenspitzen darauf zu, bis mich Ava nach drei Schritten erneut stoppt, diesmal jedoch mit einem einzigen Satz.

»Du machst mir Angst.«

Vier Worte und sie hat sofort meine Aufmerksamkeit, weswegen ich mich ihr wieder zudrehe. Ava steht weiterhin an dem Baum, an den ich sie kurz vorher zurückgehalten habe, und sieht mit einem Blick zu mir herüber, den ich so noch nie auf ihrem Gesicht gesehen habe: Tatsächlich ist Angst überall darauf verteilt. Sie hat eine Hand am Baumstamm abgestützt und ihren Körper ein wenig mir abgewandt, so als wollte sie jeden Moment bereit sein, zu flüchten.

Vorsichtig gehe ich auf sie zu und bin froh, dass sie nicht zurückweicht.

»Ich wollte dir keine Angst machen, tut mir leid«, sage ich.

»Was ist los?«, fragt sie. »Warum schleppst du mich hierher, anstatt im Dorf mit mir zu reden? Vor wem flüchtest du?« Eisern betrachtet sie mich. »Was macht *dir* Angst?«

»Niemandem mehr vertrauen zu können«, rücke ich mit der Sprache heraus.

»Mir kannst du vertrauen«, sagt Ava ohne einen einzigen Zweifel in der Stimme. »Immer.«

Ich spähe in den Wald um uns herum, lausche in die Dämmerung, doch auch nach einigen Sekunden höre ich nur das Rascheln der Blätter in den Baumkronen, sehe vage die Lichter es Dorfs durch ihre Äste. Niemand außer Ava und mir scheint hier zu sein, so wie ich es gehofft habe. Also sehe ich zurück zu ihr und konzentriere mich bloß auf sie. Sie hat recht – ihr kann ich vertrauen. Von allen Leuten hier ist sie die einzige Person, die ich in meinen Plan einweihen kann, und genau deswegen bin ich hier.

»Sie wollen Damien tatsächlich herholen«, sage ich.

Avas Finger krallen sich fester in den Baumstamm. »Ich habe gehofft, Bent erzählt irgendwelchen Unsinn.«

Ich schüttle den Kopf. »Ich war bei Falk und habe ihn danach gefragt und Bent hatte recht.«

»Ist Damien wirklich hypnotisiert worden und braucht Schutz?«, fragt Ava.

»Was sagt man über die Ishikawa?«, halte ich dagegen.

Kurz flackert Schmerz in ihrem Gesicht auf, während sie mich betrachtet. »Dass sie Erinnerungen löschen können. Aber nicht, dass sie Hypnose beherrschen.«

»Also«, sage ich. »Glaubst du, er wurde hypnotisiert oder soll er vielleicht nur Claras Köder spielen?«

Einen Augenblick drückt sich Stille zwischen Ava und mich.

»Das ist nicht richtig«, flüstert sie dann. »Deswegen hast du mich hierhin geholt? Glaubst du, man belauscht uns im Dorf?«

»Ich weiß es nicht«, sage ich, obwohl ich eigentlich bejahen will. Doch ein wenig Hoffnung will ich mir behalten, dass sich alles zum Guten wendet und die Gilde einen Plan verfolgt, der sich mir im Moment nur nicht erschließt.

»Wir haben Clara damals hergeholt, um sie tatsächlich zu beschützen«, sagt Ava. »Wir holen keine Unschuldigen her, um jemanden damit zu erpressen.«

»Die Meister holen ihn nicht her«, sage ich. »Sie wollen ihn entführen – das ist das richtige Wort.«

Ohne zu blinzeln, sieht Ava mir genau in die Augen und setzt schließlich voller Zweifel hinzu: »Was unterscheidet uns dann noch von den Abtrünnigen?«

Darauf habe ich keine Antwort, nur ein Schulterzucken.

»Ich kann nicht verhindern, dass sie ihn entführen und herbringen«, sage ich. »Vielleicht sind sie schon auf dem Weg hierher, Falk hat nicht verlauten lassen, wann sie ihn holen. Allerdings kann ich verhindern, dass Clara kopflos herkommt und wahrscheinlich gefangengenommen wird.«

Kurz stocke ich, spreche dann aber aus, was mir im Kopf umherschwirrt: »Ich weiß nicht, wie sicher sie hier noch ist.«

»Bei den Abtrünnigen ist sie das auch nicht«, hält Ava dagegen.

Wirklich nicht?, denke ich. Im Tunnel haben sie Clara und mich gerettet und laufen lassen, möglich, dass sich mehr hinter ihrer Geschichte verbirgt, als ich immer angenommen habe. Aber warum sie Clara und mich in den Wald gelockt und mich betäubt zurückgelassen haben – darauf habe ich keine Antwort. Vielleicht, um sie zu schützen? Was, wenn Clara im Dorf die ganze Zeit über nicht sicher war? Wenn es wirklich Shinobi der Gilde waren, die sie und mich im Tunnel angegriffen haben?

»Woran denkst du?«, holt Ava mich aus den Gedanken.

Doch die kann ich ihr nicht anvertrauen. Ich kann sie nicht auch noch mit reinziehen, sie ist die einzige Konstante, die mir geblieben ist.

»Ich werde Clara finden und sie warnen, dass sie nicht herkommen soll und Damien nur eine Falle ist«, sage ich.

»Wie willst du das anstellen?«, fragt Ava. »Du hast nicht mal eine Ahnung, wo sie ist.«

»Ich habe ihre Handynummer.«

»Wie hast du ihr die abgeknöpft?«

»Ich habe sie aus den Unterlagen von Falk, als er mir den Auftrag in Deutschland erteilt hat.«

»Das ist gruselig, Jarik«, sagt Ava, jedoch schleicht sich ein Grinsen auf ihre Lippen.

»Sie war für Notfälle«, verteidige ich mich. »Das hier ist einer.«

»Und du willst sie einfach anrufen?«, fragt sie, woraufhin ich nicke. »Was ist, wenn sie nicht drangeht? Bevor sie verschwunden ist, war sie nicht besonders gut auf dich zu sprechen.«

Natürlich hat Ava mitbekommen, dass ich Falk gesagt habe, Clara sei nicht für den Auftrag in Tokio bereit. Ebenso wie wütend ich war, als Bent sie eingeschleust hat. Und auch die letzten Tage vor Claras Verschwinden müssen mehr als deutlich für Ava gewesen sein. Clara hat mich ignoriert, ich habe dasselbe mit ihr getan.

»Ich rufe sie an«, sagt Ava. Bevor ich etwas hinzusetzen kann, spricht sie erneut: »Das ist die einzige Chance, die wir haben. Sie wird eher mit mir als mit dir reden, das weißt du.«

Ich lasse meinen Blick in den Wald hinter Ava schweifen, um einen Augenblick über ihre Worte nachzudenken. Sie könnte recht haben. Ava ahnt womöglich, dass mir mein Ego im Weg steht, genauso wie meine Sehnsucht, Claras Stimme zu hören, aber Ava hat auch in einem anderen Punkt recht: Es könnte unsere einzige Chance sein, dass Clara mit uns redet. Sobald sie meine Stimme hört, wird sie sofort auflegen.

»Jarik?«, fragt Ava plötzlich. »Warst du in letzter Zeit hier trainieren?«

Als ich zu ihr zurücksehe, deutet sie hinter mich auf unsere Trainingshütte. Ich drehe mich herum und schaue in die Richtung, in die sie zeigt, kann aber nichts Ungewöhnliches erkennen.

»Nein«, sage ich. »Warum?«

»Die Tür«, sagt sie knapp und jetzt deutlich leiser.

Erst da wird mir klar, was sie meint. Es ist kaum auszumachen, aber die Tür steht einen Spaltbreit offen, gerade so viel, dass man mit der Handfläche hindurch fassen könnte. Einmal bemerkt, ist es nicht mehr zu übersehen.

»Hast du Waffen dabei?«, flüstere ich Ava zu.

Sie stellt sich nun neben mich, sodass wir Schulter an Schulter positioniert sind. »Nur einen Dolch. Du?«

»Zwei Shuriken«, antworte ich und während ich spreche, ziehe ich die Wurfsterne aus der Befestigung an meinem Gürtel, halte sie in der linken und rechten Hand, bereit, sie zu werfen.

»Schon gut!«, ertönt plötzlich eine mir bekannte Stimme aus der Hütte.

Nur Sekunden später wird die Tür weiter geöffnet und die Person zur Stimme tritt heraus, die Hände links und rechts in abwehrender Geste gehoben – es ist Bent, wie immer mit einem überheblichen Grinsen auf den Lippen. In seiner linken Hand blitzt ein Dolch auf, um dessen Griff seine Finger so fest geschlungen sind, als wollte er ihn jeden Moment nach Ava oder mir werfen.

»Ich bin nicht an einem Kampf interessiert«, behauptet er, während sein verachtendes Grinsen das Gegenteil sagt. »Immerhin habe ich alle Infos, die ich brauche, um euch ohne Kampf loszuwerden.«

KAPITEL 17

Jarik

Bent streckt den linken Arm mit dem Dolch in der Hand in unsere Richtung aus, in der rechten hält er, wie ich, einen Wurfstern. Er ist mies im Schwertkampf, egal, wie sehr er trainiert oder Falk ihm gesagt hat, von uns anderen zu lernen. Bent hat immer geglaubt, der bessere Shinobi zu sein, und es nie für nötig gehalten, sich etwas abzuschauen.

Aber die Dolche und die Shuriken beherrscht er wie kein anderer. Niemand sonst setzt sie so präzise ein und sofort erinnere ich mich daran, wie er den Dolch vor Kurzem in Claras Richtung geschleudert hat. Aus mehreren Metern Entfernung. Wie an einer unsichtbaren Schnur gezogen. Wäre Mason nicht gewesen, hätte die Klinge Clara getroffen – ohne jeglichen Zweifel.

Ava und ich sind im Gegensatz zu Bent Stümper, was Dolche und Wurfsterne angeht. Er könnte uns sofort ausschalten, sollte er das wollen.

»Was willst du hier?«, frage ich.

Unschuldig zuckt Bent mit den Schultern, auch wenn die Geste irgendwie einstudiert wirkt. »Vielleicht habe ich beim Abendessen gehört, wie du zu Ava gesagt hast, dass du Wichtiges mit ihr zu bereden hast, und wollte lauschen.«

»Ich habe mit keiner Silbe erwähnt, dass wir uns hier treffen«, halte ich dagegen.

»Ich bin nicht bescheuert und habe geahnt, dass ihr euch hier trefft. Wo sollt ihr sonst hin, um zu besprechen, der Gilde in den Rücken zu fallen? So dumm seid nicht mal ihr, das mitten im Dorf zu tun.«

Also können wir dort tatsächlich nicht offen reden.

»Und woher weißt du von der Hütte?«, frage ich.

»Glaubt ihr echt, ihr seid die Einzigen, die sich schon mal weiter aus dem Dorf gewagt haben als unsere Streifzüge es für gewöhnlich zulassen?«

»Um was zu tun?«

»Was tut *ihr* denn sonst an der Hütte?«

Ich kann nicht genau benennen, was es ist, aber wie er mir mit seinen Fragen aus dem Weg geht, irritiert mich. Vielleicht ist es auch das leichte Zittern in seiner Stimme, oder die Art, wie seine Augen jedes Mal kurz an mir vorbeihuschen, während er spricht.

Er lügt.

»Was wolltest du in der Hütte?«, will ich wissen.

»Von dort konnte ich unentdeckt auf euch warten«, antwortet Bent.

»Warum nicht im Wald, wo wir nicht in dich hineingerannt wären?«

»Die Hütte ist gefüllt mit Waffen«, sagt er. »Erschien mir wie die bessere Entscheidung, falls ich mich hätte verteidigen müssen.«

»Schwachsinn«, gebe ich zurück. »Die Waffen in der Hütte brauchst du nicht. Ich habe dich noch nie ohne deine Wurfsterne oder den Dolch gesehen. Du gehst mit den Dingern garantiert aufs Klo und versteckst sie nachts unterm Kopfkissen.«

»Sicher ist sicher«, sagt er und funkelt mich an.

Mehrere Momente sehen wir einander in die Augen, ich blinzle nicht – aber er tut es, und zwar einmal zu viel. Ich will einen Schritt auf ihn zugehen, doch da richtet er seinen Dolch genau auf meinen Kopf. Wenn er ihn jetzt wirft, bleibt die Klinge definitiv mitten in meiner Stirn stecken.

»Bleib lieber da, wo du bist«, sagt Bent.

»Ist irgendwas in der Hütte, das wir nicht sehen sollen?«, frage ich, jetzt eindringlicher.

»Nichts für Abtrünnige oder solche, die es gerade werden.«

Ich ignoriere seinen spitzen Kommentar. »Hast du darin was gesucht oder platziert?«

»Gesucht«, sagt er zu meiner Überraschung, fügt jedoch mit einem unschuldigen Grinsen gleich das hinzu: »Vor Kurzem ist dieses angeblich so wichtige Mädchen verschwunden und ich wollte nur nachsehen, ob du sie hier geknebelt zurückgelassen hast.«

Das war es mit meiner Selbstbeherrschung.

»Ich mache dich kalt«, zische ich durch zusammengebissene Zähne.

»Dafür wird keine Zeit mehr sein«, sagt Bent leichthin. »Wenn die Gilde erfährt, was ihr bezüglich Clara vorhabt und dass ihr euch damit gegen sie stellt, könnt ihr eure

Sachen packen und es euch in Deutschland gemütlich machen. Deine Eltern vermissen dich mit Sicherheit.«

Ich versuche, ruhig zu atmen, mir nichts anmerken zu lassen, ihn nicht in meinem Gesicht lesen zu lassen, was dieser Satz mit mir anstellt, und hoffe, es gelingt. Mit aller Macht halte ich meine undurchdringbare Miene aufrecht, sodass meine Kiefer schmerzen, weil ich sie so fest aufeinanderpresse.

Zumindest gelingt es mir, bis Bent das sagt: »Auf ein paar Narben mehr kommt es nicht an, oder?«

Mir ist egal, woher er von meinen Eltern und den Narben weiß, und mir ist egal, wie gut er mit dem Dolch oder dem Wurfstern ist, ich hole aus und überlasse meiner Wut endgültig die Kontrolle. Mit dem Shuriken zwischen Daumen und Zeigefinger ziele ich auf Bents Oberarm. Die Überraschung, dass der Wurfstern seinen linken gestreift hat, wirft ihn einen Moment aus der Bahn – und das ist der Augenblick, auf den ich tatsächlich gewartet habe.

Mit fünf langen Schritten bin ich binnen weniger Sekunden bei ihm. Er hat den Wurfstern in seiner linken Hand fallen gelassen und fängt sich gerade wieder. Als er den Dolch in seiner rechten nach mir werfen will, beschleunige ich mein Tempo, strecke auf dem letzten halben Meter meine Arme aus und verpasse ihm mit den Fäusten einen Schlag auf die Brust.

Wir fallen beide und sowohl ihm als auch mir entweicht beim Aufprall auf dem Waldboden ein gequältes Stöhnen. Mein nicht komplett verheilter Oberschenkel brennt, doch während Bent noch dabei ist, sich zu orientieren, bin ich schon wieder auf den Beinen und trete nach seiner Hand. Ihm rutscht der Dolch aus den Fingern und einen Meter von ihm weg.

Als ich mich runterbeugen will, um Bent am Boden zu halten, hebt er die Hand und mit einem zweiten Dolch trifft er mich an der Schulter. Rechtzeitig weiche ich zurück, sodass sich lediglich die Spitze der Klinge in meinen Oberarm gräbt, aber der Schmerz lässt mich die Luft gequält durch die Zähne pressen. Aus den Augenwinkeln sehe ich Ava in Richtung Hütte huschen.

Dadurch abgelenkt, trifft mich Bents Bein am Oberschenkel und lässt mich endgültig hilflos zurück. Er hat seine Fußspitze genau in die Wunde gedrückt, die lediglich durch einen Verband geschützt ist. Meine Knie geben nach, der Schmerz schießt mir wie Feuer unter die Haut und lässt mich zusammensacken. Gerade so kann ich mich vor Bent wegducken, der sich über mich werfen will, und ich rolle mich einige Meter das Waldstück hinunter, weg von der Hütte.

Als ich es endlich schaffe, aufzustehen, ist Bent längst auf den Beinen und zielt mit dem nächsten Wurfstern auf mich. Blitzschnell werfe ich mich nach links, sodass die Klinge mich verfehlt und an mir vorbeisaust.

Bent schießt schon wieder auf mich zu, den Dolch diesmal auf mich gerichtet – da springt Ava zwischen ihn und mich, in jeder Hand jeweils ein Sai. Das dreizackförmige Schwert in ihrer linken positioniert sie auf Bents Brust, das in ihrer rechten auf seinen Kehlkopf. Zwischen den Klingen und Bents Körper liegen nur wenige Zentimeter, er hat keine Chance, ihr auszuweichen. Wenn er es versucht, hat er die Schwerter in Brust und Kehle.

»Geht's dir gut, Jarik?«, fragt Ava, dreht sich jedoch nicht zu mir herum, um Bent vermutlich nicht aus den Augen zu lassen. Sie weiß, wie unfair er kämpft.

»Bestens«, lüge ich.

Mir sickert warmes Blut durch den Verband und die Wunde brennt wie mit Salz beträufelt. Ohne die Miene vor Schmerz zu verziehen und Bent so eine Steilvorlage zu bieten, richte ich mich auf und stelle mich neben Ava. Die Haut an meinem Oberschenkel pulsiert.

»Die Hütte ist gefüllt mit Waffen«, sagt sie zu Bent. »War eine dumme Idee, sie aus den Augen zu lassen. Versuch nicht, mir den Rücken zuzukehren, ich habe die Taschen voller Shuriken. Im Zielen bin ich vielleicht nicht so gut, aber ein Stern wird dich treffen, dafür sorge ich.«

Die Schwerter in ihrer Hand zittern kein bisschen, während sie weiterhin auf Bent gerichtet sind. Ava hat sie und sich perfekt unter Kontrolle, und nicht zum ersten Mal beneide ich sie für diese Disziplin.

Bent tritt einen halben Schritt vor.

»Wag es nicht«, sagt Ava und fügt sofort hinzu: »Was ist in der Hütte?«

»Denkst du, das bringt was?«, geht er ihrer Frage aus dem Weg. »Du musst mich schon umbringen, wenn ich den Meistern nichts von eurem Treffen hier erzählen soll.«

»Fordere mich nicht heraus«, sagt Ava, obwohl ich weiß, dass sie niemals so weit gehen würde. In Wahrheit ist Bent vermutlich nur eine Spielfigur – genau wie wir auch.

»Was ist in der Hütte?«, wiederholt sie.

Bent antwortet nicht und diesmal hat er seine Mimik perfekt unter Kontrolle. Sein Gesicht ist absolut starr, was mich ehrlich gesagt umso mehr beunruhigt. Was hinter diesem undurchdringlichen Blick liegt, kann ich nicht annähernd einschätzen. Aber ich habe eine Ahnung.

»Du hast es schon entfernt, oder?«, frage ich ihn. Auch jetzt verzieht er keine Miene. »Egal, was in der Hütte war, da ist es nicht mehr. Oder warst du nur der Handlanger, der nachsehen sollte, ob es beiseitegeschafft wurde?«

»Das wirst du wahrscheinlich nicht -«

Was auch immer Bent noch sagen will, es geht in einem Knall unter.

Und dann in Qualm.

KAPITEL 18

Jarik

Etwas reißt mich von den Beinen, Hitze benetzt meinen Körper, kriecht mir unter die Kleidung und in alle Poren. Vor meinen Augen hängt ein dichter Schleier aus Rauch - oder mein Kopf spielt mir einen Streich und gaukelt mir etwas vor, was nicht da ist. Als ich versuche, mich aufzurichten, erfasst mich eine Welle des Schwindels, wodurch ich nur bis auf die Knie komme. Im nächsten Moment taucht Ava vor mir auf und legt mir die Hände an die Schultern, rüttelt daran. Ihre Lippen bewegen sich, aber durch das Piepen in meinen Ohren verstehe ich sie nicht sofort.

Ich lasse mich von ihr hochziehen und mit dem Rücken gegen einen Baum drücken, während sie weiterhin meine Schultern hält, jedoch nichts mehr sagt. Irgendwann platziert sie ihre Hand über meinem Herz, und das ist der Moment, in dem ich zurückkomme.

Familie - das bedeutet unsere Geste. Eine Hand über dem Herzen.

»Bist du verletzt?«, frage ich Ava, als der Schwindel langsam nachlässt und die Welt um mich herum an Schärfe gewinnt.

Ihre Haare sind von Ruß bedeckt, ihre linke Gesichtshälfte dreckig, als sei sie damit auf dem Waldboden aufgekommen. Doch sie schüttelt den Kopf und ich kann auch nicht erkennen, dass sie stark blutet. Bis auf eine kleine Wunde oberhalb ihrer Braue scheint es ihr gut zu gehen.

»Kannst du laufen?«, fragt sie und sieht an mir herunter.

Ich folge ihrem Blick und muss feststellen, dass die Wunde an meinem Oberschenkel so stark blutet, dass meine Hose einen dunklen Fleck in der Größe einer Melone aufweist.

»Geht schon«, sage ich. Was auch immer dafür gesorgt hat, dass sich Adrenalin durch mich ausbreitet, es zeigt Wirkung. Ich habe keine Schmerzen.

»Wir müssen Bent hier wegbringen«, sagt Ava.

Aus einem Reflex heraus sehe ich mich um und nehme da erst das ganze Ausmaß wahr. Die Hütte scheint wie auseinandergerissen. Als sei sie eine offene Wunde, klafft ihr Rumpf im Wald. Mehrere Holzlatten halten am Fundament noch tapfer die Stellung, aber das gesamte Dach und das restliche Gebilde der Hütte ist unwiderruflich zerstört. Um sie herum zieht sich ein dunkler Kreis, als sei Dynamit explodiert, und vielleicht hat sich genau das ereignet. Zumindest sieht es danach aus.

Im Umkreis von mehreren Metern liegen etliche Waffen verstreut und ich will mir gar nicht ausmalen, was passiert wäre, hätte eine davon uns getroffen und schwer verletzt.

Dabei hat es jemanden getroffen.

Ich laufe auf den ohnmächtigen Bent zu, der der Hütte am nächsten von uns war, als sie explodiert ist. In Höhe seiner Hüfte steckt ein Dolch, aber ich vermute, das ist nicht der Grund für seine Ohnmacht. Vielmehr ist es der Holzbalken neben seinem Kopf, der ihn wahrscheinlich an seiner linker Seite getroffen hat. Blut sickert ihm durch die dunklen Haare und auf den Waldboden.

»Ich hole Hilfe«, sagt Ava, die sich an Bents Füße kniet.

»Das dauert zu lang«, werfe ich ein. »Ich trage ihn.«

»Was ist, wenn jemand auf uns wartet und das eine Falle ist?«

»Ich lasse ihn hier nicht zurück, egal, was für ein Arsch er ist«, erwidere ich fest, woraufhin Ava mir ein Nicken zuwirft und auf eines der Katana zuläuft, das wenige Meter vor uns liegt, und es an sich nimmt.

Vorsichtig schiebe ich meinen rechten Arm unter Bents Kniekehlen, den linken hinter seinen Rücken, bedacht darauf, den Dolch in seiner Hüfte nicht zu berühren und mehr Schaden anzurichten. Bent stöhnt dumpf, was mich erleichtert, weil es mir sagt, dass er lebt. Ich atme tief ein und als ich ausatme, stemme ich mich mit Bent hoch.

»Scheiße«, entfährt es mir, als der Schmerz in meinen Oberschenkel zurückkehrt. Ava wirft mir einen besorgten Blick zu, doch ich sage bloß: »Geh vor und achte auf die Umgebung.«

Ohne Widerworte tut sie, was ich sage.

Ich versuche zwar, mich umzusehen, während wir durch den Wald zurück ins Dorf laufen, aber Ava muss das Meiste übernehmen. Zu beschäftigt bin ich, Bent zu tragen und mich nicht zu sehr darauf zu konzentrieren, dass mein Oberschenkel mit jedem Schritt weiter Feuer fängt.

Kurz bevor wir das Dorf erreichen, sehe ich noch einmal zurück und frage mich, wer oder was die Hütte hat explodieren lassen.

Und wieso.

»Falk!«

Auf Avas Ruf hin, sehe ich mich wieder um und erblicke den Angesprochenen, der mit einer Handvoll Geschwister auf uns zurennt. Sein Shirt ist zerknittert, die Schnürsenkel an seinem rechten Schuh sind so lasch gebunden, dass sie aussehen, als würden sie jeden Moment aufgehen. Falk wirkt, als sei er gerade geweckt worden. Mit Sicherheit hat er die Explosion gehört und sofort Geschwister zusammengetrommelt, um das Gebiet abzusuchen, sie alle haben nämlich Waffen bei sich.

»Leg ihn ab«, sagt er, als er vor mir zum Stehen kommt, und ich folge seiner Anweisung.

Länger hätte ich Bent so oder so unmöglich tragen können. Die Kraft reicht gerade noch, in die Knie zu gehen und ihn auf dem mit Moos bedeckten Gras abzulegen, das unsere Hütten umringt.

»Ruft einen Krankenwagen!«, fordert er von Taio, der uns am nächsten steht. Der entfernt sich, das Handy schon aus der Hosentasche gezückt, beginnt er, zu telefonieren.

»Was ist passiert?«, will Falk mit einem Seitenblick auf mich wissen, während er neben Bent hockt und mit Zeige- und Mittelfinger an dessen Hals nach seinem Puls fühlt.

Ava und ich sehen einander an.

»Im Wald gab es eine Explosion und Bent wurde verletzt«, sage ich.

»Was für eine Explosion?«, fragt Falk. »Ihr seid nicht für die Wache am Abend eingeteilt gewesen. Was hattet ihr im Wald zu suchen?«

Warum wir uns im Wald aufgehalten haben, kann ich ihm nicht sagen. Ausgeschlossen. Ich weiß nicht, wie tief Falk in Dinge verwickelt ist, hinter die ich gerade versuche, zu kommen.

Er sieht von Bent auf, mich an.

»Redet!«, brüllt er und stiert nun genau in meine Richtung. Der Ärger in seiner Stimme lässt mich zusammenzucken, Ava neben mir ebenso.

In Falks Blick liegt ein Zorn, den er mir in den letzten Jahren nie entgegengebracht hat. Nicht ein Mal hat er mich so angesehen wie in diesem Moment – ohne Respekt, mit nichts außer Wut.

Aber da ist noch etwas. Seine Augen huschen unruhig über meine Gestalt, als sei da mehr als nur Ärger.

Da steht Angst in seinem Blick.

Plötzlich dreht er sich zu den anderen Geschwistern um, zeigt erst mit dem Finger auf sie, dann auf Ava und mich.

»Ihr lasst sie nicht aus den Augen«, sagt Falk, worauf die anderen ihre Schwerter zücken und die Klingen wie einstudiert auf uns richten. Es lohnt sich gerade, dass sie gefügige Soldaten sind. Niemand würde Falk einen Befehl verweigern.

Dieser sieht Ava und mich nacheinander an, doch sein Blick verharrt schließlich bei mir. Ist das weiterhin Angst in seinen Augen oder will ich die nur sehen, um an dem Falk festzuhalten, der er bis vor Kurzem noch gewesen ist? Der ein Vorbild war – eine Vaterfigur.

»Bis wir geklärt haben, was passiert ist«, sagt er, »seid ihr euren Aufgaben entbunden.«

Ihr seid keine gefügigen Soldaten gewesen, heißt der Satz eigentlich.

Er heißt auch das: *Nun seid ihr Gefangene.*

KAPITEL 19

Clara

Die Tablette ist aus Zucker – dieser eine Gedanke lässt mich nicht los. Weder gerade, während ich im Hof des Hotels sitze, noch gestern Nacht, als ich versucht habe, zu schlafen.

»Die Tablette existiert«, hat Mason zu mir gesagt. »Aber sie ist für Notfälle. Wir spielen nicht unnötig mit dem Löschen von Erinnerungen.«

Selbst wenn Jarik die Tablette schluckt, es wird nichts passieren. Er wird mit seinen Erinnerungen leben müssen. Ob es die sind, die ihn zu seinem Deal getrieben haben, und die ich nicht kenne, oder ob es die an uns sind. Während ich mir in letzter Zeit immer wieder gewünscht habe, mit dieser Tablette meine Erinnerungen an ihn loszuwerden, hat er keine Chance, seinen zu entfliehen. Mein Kopf debattiert noch, ob ich Mitleid mit ihm haben soll oder ob es ihm recht geschieht.

Aber wie tief und dunkel müssen seine Erinnerungen sein, damit er sich darauf einlässt, jemanden dafür auszuliefern? Ist das wirklich eine Entscheidung, die sich leicht trifft?

Mason tritt auf den Hof und läuft in meine Richtung.

»Du siehst aus, als könntest du einen Ausflug gebrauchen«, sagt er, als er näherkommt.

»Weil ich allein im Hof sitze?«, erwidere ich.

»Eher weil du aussiehst, als wären deine Gedanken ein Haufen, der sich hier nicht entwirren lässt«, sagt er und hat recht.

Auch wenn wir zwei Stunden vom Dorf der Gilde und damit gleichzeitig von Jarik entfernt sind, fühle ich seine Präsenz sogar hier in diesem Hotel. Er folgt mir, egal, wohin ich gehe, und selbst wenn ich mir einrede, die Gedanken an ihn beiseitezuschieben, Masons Worte stimmen: Sie verknoten sich bloß, weil ich nicht dahinterkomme, was sein Verhalten bedeutet.

»Und was schlägst du vor?«, gehe ich Masons Kommentar aus dem Weg, der jetzt vor mir stehen bleibt.

»Einen Ausflug in die Geschichte der Shinobi?«, fragt er mit schiefgelegtem Kopf und einem Lächeln.

Als wir aus dem Hotel treten, dämmert es bereits, aber Tokio ist so hell, dass die heranschleichende Dunkelheit lediglich am Himmel auszumachen ist, der sich in pink und lila aufplustert.

Mason führt mich durch eine Seitenstraße, weiter in eine stärker befahrene. Am Straßenrand stehen mehrere Tuk Tuks und auf das vorderste steuert er gezielt zu. Mit dem Fahrer bespricht er etwas auf Japanisch, dem er anschließend einige Geldscheine reicht und der dann hinter dem Steuer Platz nimmt.

»Nach Ihnen«, sagt Mason schließlich grinsend zu mir und bedeutet mir mit einer Handbewegung, hinten in das wackelig aussehende Fahrzeug zu steigen.

Als ich mich auf den Sitz links wage, stelle ich fest, dass es jedoch nicht so unsicher ist, wie ich vermutet habe. Trotzdem umklammere ich sicherheitshalber das Geländer und versuche, zu ignorieren, dass wir wer weiß wie lange mit diesem offenen Gefährt durch Tokio fahren werden.

»Bist du noch nie mit so einem gefahren?«, lacht Mason, der sich mir gegenüber setzt. Das Fahrzeug ist so schmal, dass unsere Knie sich berühren.

»Auf einer Skala von eins bis zehn«, sage ich, »wie sehr sieht man mir an, dass ich Angst habe, im Großstadtverkehr mit dem Ding umzukippen?«

Der Fahrer sagt etwas zu uns, was ich nicht verstehe, und rauscht dann viel zu schnell auf die Straße. Reflexartig klammere ich mich noch fester an die Metallstange, die das Planendach über unseren Köpfen hält.

Erneut stößt Mason ein Lachen aus. »Jetzt gerade? Ungefähr zwölf.«

Ich grinse und seit Tagen fühlt es sich endlich wieder nicht erzwungen an.

Wir fahren jedoch nicht durch den dichten Verkehr, wie ich schon nach wenigen Metern feststelle. Die Gassen und Seitenstraßen, die wir nehmen, sind kaum befahren und auch Fußgänger eher spärlich anzutreffen. Immer wieder erkenne ich die verstopften Hauptstraßen, wenn wir daran vorbeifahren, glaube aber, dass Mason mit dem Fahrer extra den wenig befahrenen Weg ausgemacht hat.

Ob es war, um mir keine Angst zu machen, oder aus Angst, wir könnten auf den Hauptstraßen eher gesehen werden, weiß ich nicht.

Je weiter wir fahren, umso mehr schreitet auch die Dämmerung voran, doch sie verschluckt die Stadt nicht. Selbst in den Gassen leuchten noch Werbeschilder und Namen von Restaurants oder Lampions und tauchen die Szenerie in ein warmes Licht. Über New York sagt man, sie sei die Stadt, die niemals schläft, aber Tokio ist es mindestens genauso. Nur dass ich zusätzlich das Gefühl habe, über der Stadt breitet sich, je dunkler der Himmel wird, eine Ruhe aus, die mich miterfasst.

Nach einer halben Stunde haben wir so viele Gassen und Straßen passiert, dass ich keine Ahnung mehr habe, wo wir uns befinden. Der Fahrer steuert auf eine Parkbucht zu und hält dann an. Mason tauscht noch einmal einige Worte mit ihm aus, bevor wir aussteigen und sich das Fahrzeug wieder in Bewegung setzt und davonrauscht. Meine Beine fühlen sich wackelig an, aber mein Herz ist frei.

»Wir sind gleich da«, sagt Mason.

Am Ende der Gasse biegen wir nach rechts ab und schon von Weitem sehe ich, wohin er mich führt: auf einen Tempel zu.

Das Tor davor ist nicht mal halb so groß wie das Brandenburger Tor, aber um einiges imposanter. Allein durch die orangerote Farbe und den drei Lampen zwischen den Säulen in der Größe eines Smarts wirkt es so viel majestätischer. Die Lampen links und rechts sind schwarz mit Goldverzierungen, die in der Mitte sieht aus wie ein überdimensionaler Lampion, in deren Mitte ein japanisches Schriftzeichen prangt.

»Man nennt es Hozomon«, sagt Mason, als er meinen Blick verfolgt. »Das Tor des Schatzhauses.«

Während wir unter der lampionartigen Laterne hergehen, sehe ich darunter und erkenne an ihrer tellerartigen Unterseite eine metallene Platte, auf der ineinandergeschlungene Drachen abgebildet sind.

»Die hier in der Mitte wiegt knapp vierhundert Kilo«, erklärt Mason. »Die Lampen links und rechts jeweils ungefähr eintausend.«

Wir laufen durch das Tor, weiter den asphaltierten Weg entlang. Mason steuert auf etwas zu, das mich an einen Brunnen erinnert. Darum haben sich einige Personen versammelt und fächern sich den Rauch zu, der daraus aufsteigt.

»Den Weihrauchkessel nennt man Jokoro«, sagt Mason, als wir davor stehen bleiben. Zwei der Menschen lösen sich von seinem Anblick und wir treten darauf zu. Im Inneren befindet sich Sand, in dem mehrere Weihrauchstäbchen stecken. »Der Weihrauch soll Wunden heilen und Körperteile stärken.«

Mason fächert sich den Rauch zu und streicht sich, als würde er Gel verteilen, zweimal über die Haare, wodurch seine Frisur nun viel zu streng wirkt. Ich tue es ihm gleich, fächere mir den Rauch jedoch über beide Arme, vor allem über den rechten – dem, mit dem ich kämpfe. Mason grinst, als wir von dem Kessel wegtreten und weiterlaufen.

»So wie du kämpfst, brauchst du deinen Arm nicht mit dem Rauch zu verbessern«, sagt er mit einem Seitenblick.

Ich lächle halb. »Kann nicht schaden, man weiß nie, von wem man so entführt wird.«

»Du siehst gerade allerdings eher danach aus, als würdest du unseren Ausflug genießen, nicht, als wärst du entführt worden.« Er lächelt ebenfalls.

»Vielleicht suche ich bloß nach einer Fluchtmöglichkeit«, gebe ich zurück.

Mason lacht und wendet seinen Blick wieder geradeaus. Einen Augenblick verliere ich mich in seinem Profil, das so glatt ist und für mich überhaupt nicht mit dem übereinstimmt, was die Gilde mir über die Ishikawa erzählt hat. Mason ist nicht das personifizierte Böse und er ist auch nicht der Typ, der sich hinter einer unerschütterlichen Maske versteckt – so wie ich sie oft bei Falk und Jarik wahrgenommen habe. Mason hat die Hände in den Hosentaschen vergraben, immer noch ein leichtes Lächeln auf den Lippen, wirkt losgelöst.

Er ist echt.

Plötzlich deutet er mit der Hand geradeaus, sodass ich den Blick von seinem Gesicht nehme.

»Das ist der Sensō-ji Tempel«, sagt er.

Links reckt sich ein Turm in die Höhe, ebenso in Rot. Ein goldenes längliches Gebilde ragt auf ihm in die Höhe, fast wie ein Mast, jedoch sind um ihn ebenfalls goldene Ringe geschlungen. Der Turm sieht aus wie die schmalere Version des Tempels, der etwa zwanzig Meter entfernt vor uns auftaucht und auf den Mason deutet. Er ist kleiner als der, den ich im Dorf der Gilde kennengelernt habe, wirkt aber viel moderner. Die orangerote Farbe strahlt selbst in der Dämmerung, das Dach mit seinen schwarzen Streben ist absolut symmetrisch.

Links und rechts biegt es sich etwas in die Höhe, so dass an einen Hut mit Krempe erinnert, die nach oben geklappt wurde. Fast kommt es mir vor, als wollte der Tempel sich gen Himmel recken. Eine Treppe führt hoch auf eine Ebene, die das Gebäude umrundet, und in dessen Mitte dieselbe Lampionlampe wie im Hozomon-Tor hängt. Nur dass sie hier von zwei Säulen umzäunt ist, an denen japanische Schriftzeichen von oben nach unten verlaufen.

»Im März ist es hier besonders beeindruckend«, sagt Mason, während wir uns dem Tempel weiter nähern. Er lächelt und fügt hinzu: »Zur Kirschblüte erstrahlt alles unter den pinken Blüten.«

Vielleicht denkt er, diese Information würde mich freuen, aber sie reißt bloß eine Wunde auf. Dennoch zwinge ich mich zu einem Lächeln, weil seines so ehrlich ist.

Auf dem Gelände des Tempels tummeln sich viele Leute, es herrscht jedoch kein Durcheinander, ist nicht einmal besonders laut. Vielmehr bekomme ich das Gefühl, die Menschen hier halten sich durch die spirituelle Atmosphäre zurück. Weihrauchgeruch flirrt durch die Luft.

»Was sind das für Stände?«, frage ich und sehe von links nach rechts. Auf diesen sind Holzschachteln mit runden Griffen aufgebaut, davor stehen in regelmäßigen Abständen silberne, lange Gefäße, an denen Menschen schütteln.

»Du kannst dort sowas wie japanische Horoskope ziehen«, sagt Mason.

Bevor ich etwas erwidern kann, geht er auf die Stände zu und ich folge ihm. Er holt sein Portemonnaie aus der Hosentasche, zieht eine Silbermünze daraus und lässt sie in einen eingelassenen Schlitz im Holz gleiten. Danach nimmt er eines der silbernen Gefäße, das er mir mit einem Grinsen hinhält.

»Du musst es schütteln«, sagt er. »Am unteren Ende kommt dann ein Stab zum Vorschein, auf dem eine Nummer geschrieben ist. Die steht für die jeweilige Schublade, aus der du deinen Omikuji ziehst.«

»Mein Horoskop?«, frage ich, während ich das silberne Gefäß entgegennehme.

»Exakt«, sagt Mason. »Es kann eine gute Vorhersage oder eine schlechte sein. Die schlechten werden an die Holzvorrichtungen geknotet, um sie hierzulassen.«

Er sieht über seine Schulter. Am Ende der Stände sind etwa ein Meter hohe Holzrahmen aufgestellt, die in regelmäßigen Abständen Metallstreben haben, an denen etliche zusammengeknotete längliche Briefe flattern.

»Das heißt, ich muss mein Pech nicht in eure Unterkunft mitnehmen?«, frage ich.

»Zum Glück nicht.«

»Wortwitz beabsichtigt?«

Mason grinst noch breiter und deutet dann mit einem Kopfnicken auf das Gefäß in meiner Hand. Ich schüttle es und tatsächlich rutscht ein Stäbchen heraus, das ich an mich nehme, während ich das Gefäß wieder abstelle. Allerdings kann ich die japanischen Schriftzeichen auf dem Stab nicht lesen.

Mason lehnt sich zu mir herüber und sagt: »Dreiundzwanzig.«

Er sucht die hölzernen Schubladen einige Momente ab, bis er die richtige gefunden zu haben scheint. An dem Griff zieht er sie auf und bedeutet mir mit einem weiteren Nicken, eins der Papiere des Stapels darin zu nehmen, was ich tue. Ich dachte, es würde nur ein einziger Satz darauf stehen, aber es sieht tatsächlich einem Horoskop ähnlich. Unter den japanischen Schriftzeichen ist die englische Übersetzung gedruckt. Rechts ist der Zettel unterteilt in *Liebe*, *Gesundheit* und *Arbeit*, links prangen die Worte *Daikichi - Großes Glück.*

Doch das ist nicht, was alles um mich herum plötzlich verschwimmen lässt. Es ist der in Großbuchstaben geschriebene Satz, der darunter steht: DIR WIRD EIN WUNSCH ERFÜLLT, ABER ER MUSS VON HERZEN KOMMEN ODER ER ERLISCHT.

Ein einsamer Gedanke rauscht durch meinen Kopf - und Jariks Name kommt darin vor.

KAPITEL 20

Jarik

Ava und ich werden von Jack und Kaya ins Krankenzimmer gebracht, das Falk gleichzeitig als Arbeitsplatz dient. Keiner von ihnen sagt ein Wort und auch Ava und ich schweigen, lassen uns von den eigenen Geschwistern wie Gefangene in den Raum führen. Ava nimmt neben mir auf der Krankenliege Platz, während die anderen an der offenen Tür stehen bleiben, als seien sie Polizisten, die Schwerverbrecher bewachen.

Im Tempel ist es absolut still, die Uhr über der Tür verrät, dass es kurz vor einundzwanzig Uhr ist. Knapp anderthalb Stunden sind vergangen, seit ich Ava mit in den Wald genommen habe, aber es kommt mir vor wie ein anderes Leben. Eines, das Stück für Stück auseinanderbricht, während ich bloß zusehen kann.

Nach etwa fünfzehn Minuten der Stille höre ich Schritte im Flur, kurz danach taucht Falk in der offenstehenden Tür auf.

»Wartet draußen«, weist er die anderen an, als er wortlos an ihnen, Ava und mir vorbeiläuft, zum Medizinschrank gegenüber der Tür.

Jack und Kaya tun ohne Widerrede, was er sagt, Letzterer schließt die Tür hinter ihnen. Ich lausche noch ihren Schritten, die sich ein wenig vom Raum entfernen, dann stoppen und mir sagen, dass sie tatsächlich draußen warten. Es gibt keine Chance, zu fliehen. Aber das wäre sowieso aussichtslos, mit meinem verletzten Bein komme ich niemals weit genug.

Avas Hand schiebt sich plötzlich unter meine. Als ich ihr einen Blick zuwerfe, liegen ihre Augen voller Schmerz da, den ich verstehe. Das sind vermutlich unsere letzten Stunden in der Gilde. Falk wird uns verarzten und dann werden wir den Shinobi verwiesen, müssen zurück nach Deutschland.

Ich drücke Avas Hand und versuche mich an einem Lächeln, das sie jedoch nicht erwidert. Heimlich beschließe ich, ihr meine Tablette zu überlassen, damit sie ihre Erinnerungen löschen kann. Ich lasse nicht zu, dass der traurige Ausdruck auf ihrem Gesicht für immer bleibt – schon gar nicht, weil ich sie in Schwierigkeiten gebracht habe.

Falk schließt den Schrank und zieht sich Einmalhandschuhe über, während er den Rollhocker heranzieht, sich daraufsetzt, um sich dann vor Ava zu platzieren.

»Hast du Schmerzen, Ava?«, fragt er, worauf sie den Kopf schüttelt, doch sofort danach das Gesicht verzieht. »Nicht bewegen«, setzt Falk hinzu.

Er platziert seine Handinnenflächen vorsichtig unterhalb ihrer Kiefer, tastet dann Zentimeter für Zentimeter ihren Hals ab sowie danach ihren Nacken. Währenddessen hält Ava weiterhin meine Finger umschlungen und ich bemerke, wie Falk einen Blick auf unsere Hände wirft. Vielleicht bilde ich es mir ein, aber für einen Augenblick wirkt es, als hätte er gelächelt.

»Tut das weh?«, will er wissen, als er mit den Händen wieder an ihren Kiefern angelangt ist und ihren Kopf vorsichtig hin und her bewegt.

»Ein bisschen«, gibt Ava zu.

»Bist du auf den Kopf gefallen?« Sachte dreht er ihn nach rechts und betrachtet ihre Gesichtshälfte, streift mit Zeige- und Mittelfinger den letzten Rest Erde ab, der an ihrer Haut klebt.

»Ich bin zumindest am Boden liegend aufgewacht«, sagt sie. »Die Explosion hat mich einen Moment ausgeknockt, glaube ich.«

»Ist dir schwindelig? Hast du Kopfschmerzen?«

»Definitiv Kopfschmerzen«, sagt Ava. »Nein zum Schwindel.«

Falk lässt die Hände sinken, streicht jedoch einmal vertraut über Avas Schulter und die Geste verwirrt mich noch mehr. Sie hat so viel von dem alten Falk, der er vor einigen Tagen war, bevor Clara verschwunden ist.

»Gut«, meint er, aber seine zusammengekniffenen Brauen sagen, dass es alles andere als gut ist. »Ich vermute, du hast eine leichte Gehirnerschütterung, nichts Wildes. Ich kann sonst keine Verletzungen erkennen.«

Er steht auf, fischt eine Tablettenpackung aus der mittleren Schublade seines Schreibtisches und reicht sie Ava.

»Nimm die Ibuprofen zwei- bis dreimal am Tag, je nachdem, wie du sie brauchst«, sagt er, als sie die Tabletten entgegennimmt. »Das lindert zumindest die Kopfschmerzen.« Er sieht mich an. »Du passt in den nächsten Tagen auf sie auf, ist das klar?«

»Mehr als klar«, gebe ich knapp zurück und Falk nickt daraufhin, betrachtet mich noch einen Moment. Ich habe das Gefühl, er will etwas sagen, findet jedoch nicht die passenden Worte.

»Das heißt, in ein paar Tagen bin ich wieder beim Training?«, fragt Ava.

Darauf antwortet Falk nicht, sondern streift sich die Handschuhe ab und neue über. Anschließend wendet er sich noch mal seinem Schrank zu. In eine Nierenschale packt er Verband, Tupfer, Schere und ein Glasfläschchen, dann fährt er auf dem Hocker zu uns zurück und bleibt vor mir sitzen. Er legt die Schale neben mir ab und nimmt sich die Schere daraus. Ohne einen Ton zu sagen, beginnt er, meine Hose vom Fuß an bis zum Oberschenkel aufzuschneiden. Ich beiße die Zähne aufeinander, als er am Verband ankommt, der blutgetränkt ist.

Falk sieht auf, mir genau in die Augen. »Tut mir leid.«

»Was?«, frage ich, obwohl ich es mir verkneifen wollte.

Auch darauf hat er nicht den Anstand, zu antworten. Er schneidet den Verband auf und legt dann die Wunde frei. Zum Glück blutet sie nicht mehr und scheint nicht tiefer geworden zu sein. Vermutlich ist der Schnitt durch Bents Tritt vorhin bloß aufgerissen.

»Wirst du das so weiterführen?«, frage ich, als Falk einen Tupfer mit der Flüssigkeit aus dem Fläschchen beträufelt. »Weiterhin so tun, als wären wir Fremde für dich?«

»Hast du sonst irgendwo Schmerzen?«, weicht er mir aus. Er schraubt das Fläschchen zu und stellt es neben die Schale auf die Liege.

»Wann werden wir der Gilde verwiesen? Heute noch? Oder sind wir weiterhin Gefangene?«

Falk lässt sich nicht beirren durch meine Worte, er verzieht keine Miene, sieht lediglich auf den Tupfer und meinen Oberschenkel.

»Das kann etwas wehtun, ich muss die Wunde desinfizieren.«

Als der Tupfer den Schnitt berührt, drücke ich aus Reflex Avas Finger, doch sie hält meine fest umschlungen wie zuvor, zuckt auch nicht zurück.

»Ich erneure jetzt den Verband.« Falk wirft den Tupfer in die Nierenschale. »Kannst du den Oberschenkel etwas anheben?«

Dem widersetze ich mich allerdings.

»Ist Clara nur ein Köder für irgendeinen Krieg zwischen der Gilde und den Ishikawa? Soll sie deswegen herkommen?«

Jetzt stoppt Falk tatsächlich in seiner Bewegung, doch anstatt wütend zu werden, wie oft in letzter Zeit, sieht er von meinem Oberschenkel auf, richtet seinen Blick erst auf mich, dann auf Ava und wieder zurück zu mir.

»Die Antwort liegt nicht in eurem Zuständigkeitsbereich«, sagt er fest.

Unmittelbar, nachdem er das ausgesprochen hat, macht mein Herz einen Satz – denn Falk nickt mehrmals.

»Du kennst das Sprichwort, Jarik«, sagt er und schluckt schwer, bevor er weiterspricht: »Der Mund ist die Wurzel des Unglücks. Also rede nicht von Dingen, die nicht hierher gehören.«

Mir ist sofort klar, was er damit meint: Hier werden wir abgehört. Hier können wir nicht reden. Nicht in diesem Raum, möglicherweise im gesamten Tempel nicht.

Obwohl mein Herz rast und meine Gedanken durcheinanderwirbeln, legen Falks Sätze dennoch eine Hoffnung in meiner Brust frei. Vielleicht ist er auch eine Spielfigur. Vielleicht ist er doch noch das Vorbild für mich, das ich in Erinnerung habe. Vielleicht kann ich ihm vertrauen und er ist eine Konstante in diesem Chaos.

»Was passiert, nachdem wir versorgt sind?«, frage ich ihn.

»Die Meister warten auf euch«, antwortet er.

»Um uns zurück nach Deutschland zu schicken?«

Obwohl ich es nicht zulassen will, brennen die Worte in meiner Kehle und neben mir atmet Ava tief ein und stockend wieder aus. Falk muss es auch hören, denn er legt seine Hand auf ihr Knie und schenkt ihr ein Lächeln. Ich wünsche mir so sehr für sie, dass es heißt: »Du musst nicht zurück. Du bist sicher hier.«

Aber ich habe keine Ahnung, ob das stimmt.

»Heb deinen Oberschenkel etwas an«, wiederholt er an mich gerichtet und diesmal folge ich seiner Anweisung, sodass er mir einen neuen Verband umlegen kann.

Anschließend verarztet er auch noch meinen Arm, an dem Bent mich mit dem Dolch getroffen hat. Als er seine Handschuhe in den Müll geworfen hat und sich vor Ava und mir aufbaut, huscht ein entschuldigender Ausdruck über sein Gesicht, der jedoch gleich wieder einer harten Maske weicht.

»Ich bringe euch jetzt zu den Meistern.« Er mustert erst Ava, dann mich. »Denkt daran: Der Mund ist die Wurzel des Unglücks.«

Schweigt, will er damit sagen.

Aber ich habe nicht die geringste Ahnung, warum er will, dass wir das tun.

KAPITEL 21

Clara

»Du siehst nicht aus, als wolltest du das große Glück mitnehmen«, sagt Mason.

Erst durch seine Worte realisiere ich, dass er bei mir ist und ich das Papier in meiner Hand weiterhin betrachte. Wie ein Stein liegt es zwischen meinen Fingern, aber loslassen kann ich es auch nicht. Vor allem, weil noch mehr darauf steht: *Liebe: Vergangenes verblasst und wird zu Neuem.*

Ich habe keine Ahnung, ob ich das zu Glück zählen soll, oder was es sonst bedeutet. Dass ich Jarik hinter mir lassen kann? Habe ich das nicht sowieso schon? Immerhin bin ich hier, weil er mich hintergangen hat, und zwar bewusst. Vielleicht sollte ich meinen Wunsch auf dem Zettel dafür nutzen, mir genau das zu wünschen: Ihn zu vergessen und mich darauf zu konzentrieren, herauszufinden, was Wahrheit und Lüge ist. Was Dunkelheit und Licht.

Aber nicht mal in Gedanken bringe ich es fertig, das zu formulieren.

»Bringt es Unglück, wenn man das große Glück hierlässt?«, frage ich Mason.

Der sieht mich eindringlich an, und ich hoffe, er kann nicht in meinem Gesicht ablesen, worauf ich hinauswill.

»Ich kenne niemanden, der das schon mal getan hat«, antwortet er.

»Es ist sowieso unsinnig, sich auf Glück zu verlassen«, sage ich und bemerke selbst, wie trotzig ich dabei klinge. »Es heißt nur, dass man nachlässig wird und auf etwas vertraut, das nicht greifbar ist.«

»Aber es schadet auch nicht«, widerspricht Mason. »Manchmal ist es das Einzige, was einem Halt gibt.«

Er sieht zu den anderen Menschen um uns herum, sodass ich meinen Blick ganz automatisch ebenfalls über den Platz schweifen lasse. Viele Gesichter strahlen, während sie ihre Vorhersagenzettel öffnen, und selbst wenn sie ihre Unglückspapiere an die Holzkonstruktionen knoten, wirken sie glücklich darüber. Als seien sie froh, etwas von dem Unglück gehen zu lassen, statt es mit sich herumzutragen.

Ich habe im Moment eher das Gefühl, es gibt kein Entkommen. Ob ich meine Zettel verknote und er hierbleibt oder nicht – das Unglück folgt mir.

»Der Tempel ist der älteste in Tokio und die Menschen kommen in Scharen her, um ihr Unglück hierzulassen oder das Glück mitzunehmen«, sagt Mason, während er zu mir zurücksieht. »Du kannst auf das Universum vertrauen und trotzdem auf dich selbst, das schließt sich nicht aus. Es hilft, den Kopf freizubekommen, wenn man nicht den Druck hat, ständig nur auf sich selbst zu vertrauen.«

»Das sagt sich leichter, als es ist«, erwidere ich.

»Auch das lässt sich lernen – Vertrauen haben.«

Alles würde ich schaffen, nur das nicht. Mein Kopf gibt keine Ruhe, nicht seit mein Vater verschwunden ist – und seit ich in Japan bin, erst recht nicht.

Das stimmt nicht, flüstert eine Stimme. *Unter dem Kirschbaum war das anders.*

»Ich habe es versucht«, sage ich, unfähig, meine Wut zu unterdrücken. »Die Gilde und Jarik hatten mich so weit, dass ich ihnen vertraut habe. Aber offenbar war das nur ein Lügengerüst.«

»Der Frosch im Brunnen weiß nichts vom großen Meer«, sagt Mason und ich glaube, er zitiert ein japanisches Sprichwort. »Du hast es nicht besser gewusst und deswegen vertraut, das macht dich nicht zu einer naiven Person, falls du das denkst, sondern zu einer gütigen.«

Mason beginnt, sachte zu lächeln, streckt die Hand aus und nimmt mir den Zettel ab. Er faltet ihn dreimal, sodass er so klein wie ein Teelicht ist, dann schiebt er ihn vorsichtig in meine seitliche Jackentasche.

»Nur falls du den Wunsch doch brauchst«, sagt er zwinkernd. »Man kann nie wissen, ob die Vorhersagen sich wirklich erfüllen. Ein Wunsch kann die Welt verändern.«

Er berührt meinen Oberarm und diesmal weiche ich nicht zurück, so wie vor Kurzem, als er dasselbe tun wollte, nachdem wir im Dorf der Gilde gewesen sind. Plötzlich fühlt sich das hier vertraut an.

»Ein Wunsch kann sie aber auch zugrunde richten, oder?«, frage ich.

Meine Welt zumindest, denke ich. *Wenn ich mir wünsche, Jarik zu vergessen, wird das etwas in mir zugrunde richten …*

Mason nickt, kneift jedoch die Brauen zusammen, als würde er nicht verstehen, worauf ich hinauswill.

»Deswegen musst du ihn weise wählen«, sagt er. »Aber ich habe keinen Zweifel, dass du das tust.«

Er sieht mehr in mir, als ich in mir selbst, denn ich habe im Moment keine Ahnung, ob ich das kann.

KAPITEL 22

Jarik

Etwas stimmt überhaupt nicht. Und es ist nicht die Tatsache, dass Kaya und Jack uns folgen, als würden sie warten, dass Ava und ich uns jeden Moment herumdrehen und fliehen.

Als Falk uns in die obere Etage des Tempels bringt, erwarte ich, dass er auf den Besprechungsraum am Ende des Flurs zusteuert – nicht auf eines der Zimmer der Meister. Schon gar nicht Harus Zimmer.

Mir liegt sofort die Frage auf der Zunge, was wir in Harus privaten Räumen wollen, aber bevor ich sie stellen kann, erinnere ich mich an Falks Worte von gerade. Außerdem wirft er Ava und mir einen Blick über seine Schulter zu, nachdem er an die Tür geklopft hat. Er nickt und aus einem Reflex heraus nicke ich ebenso, bestätige ihm damit, dass ich sein Spiel mitspiele.

Welches auch immer das sein mag. Aber Falk wieder vertrauen zu wollen, wuchert so sehr in mir, dass es mir richtig vorkommt, es zu spielen.

Niemand öffnet uns, stattdessen legt Falk seine Finger um die Klinke und sperrt die Tür auf, als hätte man ihm ein geheimes Zeichen dazu gegeben.

Was sich hinter der Tür erstreckt, habe ich nicht kommen sehen. Haru sitzt in dem blutroten Sessel am bodentiefen Fenster, von dem aus der Kirschbaum im Innenhof zu sehen ist. Die anderen Meister stehen in seiner Nähe, alle sehen zu uns herüber. Der Raum ist viel größer, als ich erwartet habe, und viel moderner.

Links von der Tür steht ein Schreibtisch mit mindestens anderthalb Metern Länge in dunklem Akazienholz, das perfekt lackiert wirkt. Keine Unebenheit ist zu erkennen, alles, was sich darauf befindet, hat seinen Platz – Computer, Stifteköcher, Dokumentenablage. Die Sachen wirken wie mit einer Wasserwaage positioniert. An der Wand dahinter hängen zwei Bilder. Eines zeigt die japanische Flagge, das andere den Stadtplan Tokios. Vor Aufträgen habe ich ihn mittlerweile so oft gesehen, ich könnte ihn im Schlaf aufzeichnen.

Rechts von uns steht ein Bett, jedoch halb verdeckt durch einen Raumtrenner in demselben dunklen Holz wie der Schreibtisch. Das Zimmer wirkt erdrückend, trotz der langen Fensterfront. Ich habe das Gefühl, die Wände kommen jeden Moment auf mich zu.

»Setz dich, Falk«, sagt Haru und bedeutet ihm mit einer Handbewegung, auf dem Sessel ihm gegenüber Platz zu nehmen. Falk schließt die Tür hinter uns und tut, was ihm gesagt wurde, während Ava und ich an der Tür stehen bleiben.

»Gibt es Neuigkeiten bezüglich Bents Zustand?«, fragt Falk und sieht dabei zu Eirik, der hinter Haru steht und diesem damit am nächsten.

Eiriks Blick huscht einen Moment zu mir, aber ich kann ihn nicht deuten, weil er zu schnell wegsieht.

»Er wurde in ein künstliches Koma gelegt«, sagt er.

Seine Stimme zittert kein bisschen, während mein Herz es definitiv tut. Egal, wie Bent sich benommen hat, egal, wie oft und wie sehr wir aneinandergeraten sind, das hat er nicht verdient. Ich wünschte, ich hätte den Unfall irgendwie verhindern können.

»Es tut mir leid«, sage ich deswegen, weil ich es genauso meine. »Ich wollte nicht, dass Bent -«

Nicht nur Falks Kopf wirbelt zu mir herum, auch Harus und Eiriks Blicke liegen plötzlich siedend heiß auf mir, sodass ich nicht weiterrede.

»Wurdest du aufgefordert, zu reden, Jarik?«, fragt Falk.

Wie schafft er das? Fürsorglich in einer Minute zu sein und vollkommen unterkühlt in dieser. Clara hat vor einiger Zeit gesagt, ich sei in manchen Momenten Kotzbrocken und in anderen das Gegenteil. Jetzt verstehe ich, was sie damit gemeint hat. Dennoch habe ich mich nie so unter Kontrolle gehabt wie Falk. Ich weiß nicht, was er ernst meint: Fürsorge oder dieses Verhalten hier.

Ebenso wenig weiß ich, ob ich ihm vertrauen kann oder nicht.

Plötzlich tritt Eirik einen Schritt auf mich zu. »Was wolltest du nicht?«, fragt er scharf.

Erst jetzt betrachte ich den Vierzigjährigen genauer. Die hellblonden Haare sind nicht wie sonst gegelt und akkurat in Form gebracht, vielmehr hängen ihm mehrere Strähnen ins Gesicht und lassen ihn zerstreut wirken. Seine Augen haben an Aussagekraft verloren und zusätzlich finde ich heute noch etwas anderes darin: Angst. Wenn ich raten müsste, würde ich sagen, es ist die Angst um Bent. Wie mit einem Faustschlag in den Magen wird mir bewusst, dass er vermutlich das einzige Familienmitglied ist, das Eirik geblieben ist, nachdem seine Frau von den Abtrünnigen eingesperrt wurde und im Feuer der Bibliothek umgekommen ist.

»Dass er verletzt wird«, sage ich, halte Eiriks Blick. Ich hoffe, er hört, dass diese Worte nicht leer und dahergesagt sind. »Wenn ich gekonnt hätte, hätte ich es verhindert, aber es ging zu schnell.«

Von rechts spüre ich Falks Augen auf mir, doch ich zwinge mich, nicht zu ihm zu sehen, sondern Eirik das Gefühl zu geben, dass ich das, was ich sage, so meine. Und scheinbar klappt es. Er setzt nicht dazu an, mich zurechtzuweisen oder zu rügen, so wie Falk es gerade getan hat. Stattdessen nickt er, bevor er sich abwendet. Ava und mir den Rücken zugewandt, sieht er aus dem Fenster.

»Was hat die Explosion hervorgerufen?«, bricht Haru schließlich die Stille. Sein Ton klingt bei Weitem nicht so fordernd wie der von Falk, sodass ich versuche, mich zu entspannen.

»Wissen wir nicht«, antworte ich ehrlich. »Es gab keinerlei Anzeichen dafür.«

»Was hattet ihr im Wald zu suchen?« Haru deutet erst auf mich, dann auf Ava und mir liegt die Frage auf der Zunge, was Bent im Wald zu suchen hatte. An unserer Hütte.

»Wir wollten trainieren«, antwortet Ava, bevor ich es kann.

Mit Mühe widerstehe ich dem Drang, mich überrascht zu ihr zu drehen, aber ich weiß nicht, was das gerade über mich aussagen würde. Zu viel vermutlich. Besser, ich setze die Maske auf, die ich gewohnt bin. *Keine Emotionen*, ermahne ich mich. *Lass sie nicht in deinem Gesicht ablesen, was du fühlst.*

Oder was du vorhattest im Wald.

Haru hebt die Brauen. »Heimlich heißt das?«

»Ja«, sagt sie sofort.

»Ich nehme an, das war nicht das erste Mal?« Jetzt sieht er mich an.

»Nein«, erwidere ich.

»Hast du dort trainiert, als es dir von unserer Seite aus untersagt war, zu kämpfen?«

Ich presse die Zähne aufeinander. »Ein paar Mal, ja.« Harus Augen schwenken zu Ava. »Allein«, setze ich hastig hinzu. »Ava wusste bis heute nichts von der Hütte, ich habe immer allein trainiert.«

»Warum heute nicht?«

Scheiße, schießt es mir durch den Kopf.

»Vermutlich, weil ich Ava verboten hatte, heute am Training teilzunehmen«, schaltet sich Falk ein.

Jetzt fällt es mir erst recht schwer, vor Überraschung nicht die Augen aufzureißen. Denn er lügt. Er hat Ava nie untersagt, zu trainieren – weder heute noch in der Vergangenheit. Sie hatte nie Trainingsverbot, nicht ein Mal in den letzten Jahren, seit sie und ich in der Gilde sind.

Als Haru sich Falk zuwendet, fügt Letzterer hinzu: »Sie hat sich beim Training gestern den Fuß verdreht und ich habe ihr gesagt, sie muss sich heute schonen. Aber Ava war noch nie gut darin, nichts zu tun, weswegen sie auch zu den Besten ihres Jahrgangs gehörte.« Er wirft ihr ein Lächeln zu, das sie zögerlich erwidert.

»Mich auszuruhen, ist nicht meine stärkste Disziplin«, sagt sie. »Und ich will helfen, Veit und Clara zu finden.«

In den letzten Jahren habe ich einiges von Ava gelernt – aber mit welcher Selbstverständlichkeit sie lügen kann, erschreckt mich.

»Das trifft sich außerordentlich gut«, sagt Haru. »Wir haben uns nämlich schon Gedanken darum gemacht, wie wir Clara aus den Fängen der Abtrünnigen wieder zu uns holen können.«

KAPITEL 23

Clara

Während der nächsten halben Stunde lasse ich Mason reden. Wir laufen noch einmal zurück zum Hozomon-Tor, wo er uns zwei Portionen Sushi kauft und etwas zu trinken. Während wir das Essen auf einer Bank zu uns nehmen, sehen wir lediglich den Menschen auf dem Gelände zu, ohne zu reden. Je länger ich hier bin, desto weiter driften meine Gedanken von der Gilde fort und zumindest dafür bin ich Mason mehr als dankbar.

Als wir fertig mit Essen sind, erzählt er mir die Geschichte des Tempels, während wir ihn umrunden und in seiner vollen Pracht bewundern. Ich bin erstaunt darüber, wie viel er über die Geschichte weiß und versuche, mir all die Informationen zu merken, die er mir gibt. Allerdings bräuchte ich dafür mehr als ein Notizbuch, denn er kann zu jedem kleinsten Detail des Tempels etwas erzählen, als hätte er etliche Bücher gewälzt und sich in unzähligen Stunden darüber informiert.

So erklärt er mir die Bedeutung der Statuen, die die Tore säumen, oder die der Drachen, die immer wieder in

Form von Zeichnungen oder kleinen und großen Büsten am Wegrand auftauchen. Obwohl der Tempel an sich schon sehr beeindruckend war, fasziniert mich vor allem der – wie Mason mir einige Meter hinter dem Tempel erklärt – Asakusa-Schrein. Das Tor, das wir zum Schrein durchschreiten, wirkt durch den beigefarbenen Beton nicht so plakativ und strahlt Ruhe aus. Der Schrein selbst scheint eher wie die kleinere Version des Tempels und obwohl er nicht annähernd so groß und prächtig ist, zieht mich etwas daran an. Er sieht so unaufgeregt aus mit dem leicht verblassten Rot der Fassade und dem Dach, das nicht tiefschwarz, sondern anthrazit scheint.

Er hält sich im Hintergrund zwischen all den Gebäuden um ihn herum - etwas, das ich verstehe.

Jedoch ändert sich meine Meinung, als Mason und ich ins Innere des Schreins treten. Zwar sind die weißen Wände ähnlich schlicht, wie das Äußere vermuten lässt, aber dafür sind die drei Schreine, die in akribisch perfektem Abstand nebeneinanderstehen, ein absoluter Hingucker. Ihr Anblick erschlägt mich, so pompös sind sie aufbereitet, und erst als wir nähertreten, kann ich einige Dinge besser ausmachen. Vor uns steht eine Gruppe Menschen, weswegen Mason und ich uns im Hintergrund halten und aus gut drei Metern Entfernung die Schreine betrachten.

Sie kommen mir vor wie Häuschen, haben ein schwarzes Dach, das mit goldenen Verzierungen sowie etlichen Ornamenten versehen ist. An allen Ecken des Dachs sind goldene Vogelfiguren, die ihre Flügel ausgebreitet haben und aussehen, als wollten sie die Schreine in die Luft tragen. Der

Rumpf der Schreine scheint aus massivem Gold, auf dem so viele Ornamente eingelassen sind, dass ich keine Ahnung habe, wohin ich als Erstes schauen soll.

»Ziemlich beeindruckend, oder?«, fragt Mason.

»Sag mir nicht, dass du auch alles über diese Schreine weißt«, sage ich. »Das ist unmöglich bei diesen unzähligen Verzierungen und Ornamenten.«

Er lacht. »Jeder Schrein ist ein Unikat. Diese hier werden bei Festen von Männern und Frauen durch das Viertel getragen, um der drei Männer zu gedenken, für die sie angefertigt wurden.«

»Ich wusste, das wird ein weiterer Vortrag ...« Ich werfe Mason einen Seitenblick zu, grinse jedoch. Er tut dasselbe.

»Aber vielleicht interessiert dich, was der Schriftzug unter dem Dach auf dem mittleren Schrein bedeutet?«

Wir warten einen Moment bis die zwei Personen unmittelbar vor uns zur Seite treten, sodass wir dichter an den Schrein herangehen können. Mason deutet mit dem Zeigefinger auf eine längliche Metallplatte, die golden schimmert, und jetzt, wo ich sie näher betrachte, nicht ganz ins Bild zu passen scheint.

Darauf sind japanische Schriftzeichen eingraviert, jedoch so fein, dass sie nur aus der Nähe zu erkennen sind und selbst dann nur, wenn man genau hinsieht. Neben ihnen schimmern zudem eine Kirsch-, eine Lilien- und eine Asternblüte, alle verbunden an einem Ast, der sie zusammenhält. Hätte Mason nicht darauf gedeutet, hätte ich sie zwischen den vielen Verzierungen niemals bemerkt.

Ich sehe mich zu den Schreinen links und rechts um, doch keiner davon hat eine ähnliche Platte unter dem Dach.

»Die Schriftzeichen bedeuten *Einheit*«, sagt Mason.

Aber das ist nicht das, was mich interessiert.

»Was ist mit den Blüten?«, frage ich, zeige darauf, als könnte Mason sie sonst übersehen, so fein sind sie eingestanzt.

»Sie sind angeblich Teil unserer Prophezeiung«, sagt er.

Vom Schrein sehe ich zu ihm und er hält meinen Blick.

»Auf dem Schrein sind Zeichen der Shinobi eingraviert?«, frage ich leise, aus Angst, eine der Personen neben uns könnte mich hören und für verrückt erklären.

Mason lehnt sich etwas zu mir vor. »Kein Grund, zu flüstern«, sagt er – und flüstert ebenso, zwinkert dann. »Niemand wird dich einweisen, wenn du das Wort Shinobi nutzt. Ninjas sind in der japanischen Kultur fest verankert.«

Ich hoffe, er bemerkt nicht, dass meine Wangen heiß werden, auch wenn ich es überdeutlich spüre. Unsere Finger berühren sich beinahe und mir stellen sich die Nackenhärchen auf.

»Aber darüber zu reden oder einen im Schrein zu haben, sind zwei unterschiedliche Paar Schuhe«, sage ich.

»Zwei.«

»Hm?«

»Zwei Shinobi«, sagt er, deutet erst auf seine Brust, dann auf meine. »Es sind zwei Shinobi im Schrein.«

Ich weiß nicht, ob es die Atmosphäre ist oder die Selbstverständlichkeit, mit der Mason das ausspricht, aber zum ersten Mal kann ich diese Worte annehmen. Als ich in Yamanashi mit Jarik trainieren durfte und er mir von der Prophezeiung erzählt hat, schien es, als sei ich Teil der Gilde.

Aber es schien eben bloß so.

Mason hingegen zwingt mich in keine Rolle, ich muss mich nicht beweisen, nicht trainieren oder Seishin-Lektionen absolvieren. Er gibt mir das Gefühl, dazuzugehören – doch es ist meine Entscheidung, ob ich das will.

»Aber was haben Zeichen der Shinobi auf einem Schrein zu suchen, der nichts mit ihnen zu tun hat?«, frage ich.

Mason lehnt sich zurück. »Die Prophezeiung wurde hier verschriftlicht.«

»Ausgerechnet hier?«

»Die Geschichte der Ninja ist nicht klar nachvollziehbar«, sagt Mason. »In manchen Überlieferungen werden sie schon zwischen 794 und 1192 erwähnt, in anderen erst im 12. Jahrhundert, wo sie noch Rappa oder Kusa genannt wurden. Sie sind eher im Verborgenen geblieben, anders als die Samurai, deswegen sind die Überlieferungen an die ersten Ninja mehr als schwammig. In Tokio soll allerdings die erste offizielle Gilde gegründet worden sein, von einem Shinobi namens Chiko. Sein Name bedeutet *Der Pfeil.* Er war außerdem einer der ersten Meister, wodurch Tokio immer eine besondere Bedeutung für uns haben wird.«

Ein Pfeil bricht, zehn Pfeile nicht, erinnere ich mich. Vielleicht kommt daher das Sprichwort. Weil der Ninja namens Chiko den ersten Pfeil darstellte und alle anderen in der ersten Gilde vereint hat.

»Chikos Nachfahren unter den Meistern hast du in der Gilde vermutlich schon kennengelernt«, sagt Mason.

»Haru?«, frage ich, woraufhin er nickt. »War Chiko auch für die Schriftrolle mit der Prophezeiung zuständig?«

Ich erinnere mich, dass Jarik mir erzählt hat, nur der erste Meister hätte die Prophezeiung gekannt.

»Ja«, sagt Mason. »Die Prophezeiung wurde lange Zeit nur mündlich weitergegeben. Hier wurde sie zum ersten Mal von der damaligen Gilde verschriftlich, auf Chikos Wunsch hin.«

»Falk hat mir erzählt, mein Urgroßvater hätte die Schrift mitunterzeichnet«, sage ich zu Mason.

»Das stimmt«, erwidert er. »Chiko hat sie als erste Person unterzeichnet, weswegen Haru den ranghöchsten Meister darstellt.«

»Wer kommt nach ihm?«, will ich wissen.

Mason blinzelt. »Veit. Danach folgt Eirik.«

Bents Vater. Vielleicht ist Bent deswegen so erpicht darauf gewesen, mich loszuwerden. Weil er nicht wollte, dass ich als Meisterin über ihm stehen könnte.

»Als in den eigenen Reihen der Shinobi Misstrauen und Krieg ausbrach, ist die Schrift verschwunden«, beendet Mason seine Erzählung.

»Und damit gab es zum ersten Mal etwas Handfestes, worum man kämpfen konnte«, spreche ich meine Gedanken laut aus. »Um ein Stück Papier, bei dem es bloß um Macht geht.«

Wieder nickt Mason, doch diesmal wirkt es nicht überzeugend, sondern traurig.

»Sollte es in die falschen Hände geraten, wird dieser Krieg vielleicht nie enden«, sagt er. »Solange es nur um Macht geht, wird niemand von uns frei sein. Und wenn wir nicht frei sein können, was bleibt uns dann?«

Auf ewig gefangen sein. Das spricht Mason zwar nicht laut aus, doch es schwingt inmitten seiner Frage.

»Ich weiß, dass wir dich hier nicht festhalten können«, sagt er zögerlich und sein Blick trifft meinen mit demselben Zögern. »Aber vielleicht bist du der Schlüssel zu unser aller Käfig, Clara.«

KAPITEL 24

Jarik

Ihr habt euch Gedanken darum gemacht, wie Clara aus den Fängen der Abtrünnigen befreit werden kann - oder in die Fänge der Gilde zurück?, denke ich, verschließe den Gedanken jedoch fest in meinem Hinterkopf. Zu groß ist die Angst, er könnte gehört werden.

»Wenn ihr der Gilde dabei helfen wollt«, sagt Haru, »ist das der richtige Augenblick.«

Das hier könnte der schwerste Test sein, den ich bis jetzt bestehen musste. Tue ich es nicht, werde ich Clara eventuell nicht warnen können wegen Damien. Vielleicht sehe ich sie nie mehr wieder, sollte ich durchfallen.

Einmal noch ihr Gesicht betrachten, denke ich. *Meine Hand in ihre legen. Wenigstens das.*

»Hast du dein Handy dabei, Ava?« Harus Stimme bekommt mit einem Mal einen viel zu weichen Unterton.

Falk bewahrt sein Pokerface und ich habe keine Ahnung, ob er in das, was nun folgt, eingeweiht ist.

Ohne mit der Wimper zu zucken oder sich sonst etwas anmerken zu lassen, zieht sie ihr Handy aus der Hosentasche und hält es hoch.

Haru lächelt. »Wir möchten, dass du Clara anrufst.«

Noch nie hat es mich mehr Kraft gekostet, meine Emotionen unter Kontrolle zu bringen. Eine Maske aufzusetzen, um sie zu verbergen. Mit aller Macht konzentriere ich mich darauf, niemanden dahinter sehen zu lassen, aber ich habe das Gefühl, mit jeder Sekunde, die verstreicht, rutscht sie Millimeter um Millimeter herunter.

Ich wage einen Blick auf Falk und stelle fest, dass er ihn erwidert – und dann so zaghaft den Kopf schüttelt, dass ich die Geste zwischen einem Blinzeln beinahe verpasst hätte.

Der Mund ist die Wurzel des Unglücks, erinnere ich mich an seine Äußerung von vorhin.

Also schlucke ich alle Worte hinunter, die mir auf der Zunge liegen. Obwohl sie ausgesprochen vermutlich so oder so keinen Sinn ergeben hätten, denn sie sind ein absolutes Durcheinander.

»Was soll ich ihr sagen?«, fragt Ava an Haru gerichtet. Ihre Maske sitzt perfekt und auch die Wörter kommen ohne ein Zittern oder den Anflug einer Emotion über ihre Lippen.

»Dass wir mit ihr reden wollen«, antwortet er. »Sie muss wissen, dass sie nur hier in Sicherheit ist und wir alles tun, um auch ihren Freund zu schützen.«

Obwohl ihr wahrscheinlich selbst dafür verantwortlich seid, dass er hypnotisiert wurde, denke ich.

Ava nickt, als wären diese Anweisungen klar und deutlich, dabei könnten sie schwammiger nicht sein.

Haru steht auf und geht zu seinem Schreibtisch, aus dessen oberster Schublade er einen schmalen Ordner zieht.

Ich erkenne nicht, was sich darin befindet, aber er holt einen Post-It daraus hervor und kommt damit auf Ava zu. Als ich die Zahlen und den Namen darüber sehe, wird es mir klar: Es ist Claras Handynummer. Das ist der Ordner, aus dem ich ihre Nummer habe. Falks Ordner. Ich frage mich nur, was er plötzlich in Harus Privatzimmer macht. Ob Falk ihn hergebracht hat?

Herbringen musste?

Ava nimmt den Zettel entgegen, während Haru keine Anstalten macht, zurück zu seinem Sessel zu laufen, sondern vor uns stehen bleibt. Seine Präsenz gleicht einer Betonwand – es gibt kein Hindurchkommen. Um ihn nicht ansehen zu müssen, schaue ich zu Ava, die ihr Handy entsperrt hat und die Nummer in das Eingabefeld tippt. Danach drückt sie auf das grüne Telefonsymbol und legt das Handy an ihr Ohr.

»Stell das Telefonat auf Lautsprecher«, sagt Haru.

Mein Herz beginnt, unruhig zu stolpern, Hitze breitet sich unter meinen Wangen aus und ergreift schließlich meinen gesamten Körper. Wenn ich könnte, würde ich Ava das Handy aus der Hand reißen und es zu Boden schmeißen, doch ich sehe lediglich dabei zu, wie sie tut, was der Meister sagt.

KAPITEL 25

Clara

Ich will Mason gerade antworten, dass ich nicht weiß, ob der Schlüssel überhaupt passt oder sie etwas in mir sehen, das ich nicht bin, da schreckt mich mein Handy auf, das plötzlich in meiner Hosentasche vibriert. Ich erwarte Damien oder meine Mutter, aber es leuchtet eine mir unbekannte Nummer auf dem Display auf.

»Wenn es wichtig ist, solltest du drangehen«, sagt Mason.

»Es ist eine unbekannte Nummer«, erwidere ich.

Er schiebt die Brauen zusammen, lugt auf das Display.

»Was ist, wenn es jemand aus der Gilde ist?«, frage ich.

»Möglich«, sagt er. »Aber wenn sie dich wirklich finden wollten, hätten sie unauffälligere Methoden, als dich anzurufen.«

Wahrscheinlich hat er recht.

Sekunden verstreichen, in denen ich bloß auf das Telefon starre, aber auch dann weiß ich nicht, wem die Nummer gehört, die mich anruft. Doch nicht nur mein Handy klingelt, ebenso tut es eine Vorahnung in meinem Hinterkopf.

Hastig prüfe ich, ob uns jemand beobachtet, und Mason legt – vermutlich, weil er die Geste bemerkt –, seine Hand an meinen Rücken, schiebt mich sachte aus dem Schrein und etwas abseits davon.

»Ich bleibe in der Nähe und rufe weitere Geschwister«, sagt er, bevor er sich entfernt.

Einen letzten Augenblick drücke ich mich davor, den Anruf anzunehmen, sehe stattdessen Mason hinterher. Dann aber gleitet mein Daumen über den Bildschirm.

KAPITEL 26

Jarik

Still und heimlich und verzweifelt bete ich zu irgendeiner höheren Macht, obwohl ich das noch nie getan habe. Sekunde um Sekunde verstreicht, in denen ich dem Drang widerstehe, die Hände zu Fäusten zu ballen oder sie ineinander zu falten, um die Stoßgebete zu verstärken, die ich gedanklich gen Himmel sende.

Lass sie nicht rangehen.

Lass sie nicht rangehen.

Bitte, lass sie nicht rangehen.

Bitte nicht.

Mein Herzschlag verdoppelt sich, als Ava gerade das Handy sinken lassen will, weil Clara das Telefonat nicht entgegennimmt.

Doch da meldet sich eine Stimme am anderen Ende der Leitung.

KAPITEL 27

Clara

»Berger«, sage ich mit klopfendem Herzen – aus Angst, gleich eine mir bekannte Stimme zu hören.

»Hallo Clara, hier ist Ava.«

Mein Herzschlag beruhigt sich nur wenig, auch wenn ich erleichtert bin, dass nicht Jarik am anderen Ende ist.

»Bitte leg nicht sofort wieder auf«, setzt sie hastig hinzu, obwohl ich das nicht vorgehabt habe. Aber ihre Stimme zu hören, bringt mich durcheinander. Wenn sie anruft, muss etwas passiert sein.

Kurz schiebe ich den Gedanken beiseite und frage stattdessen: »Woher hast du meine Nummer?«

»Aus den Unterlagen der Meister«, sagt sie, was ich ihr unverzüglich abnehme. Ich traue ihnen zu, alle möglichen Informationen über mich gesammelt zu haben, immerhin kannten sie auch meine Krankenakte.

Inständig hoffe ich, mein Vater hat ihnen diese Informationen nicht übergeben. Dieser Gedanke wuchert nicht nur in meinem Kopf, sondern drückt mir den Magen zusammen.

»Hören sie gerade mit?«, will ich wissen.

»Nein«, sagt sie sofort.

»Aber du rufst in ihrem Auftrag an?«

»Auch nicht.«

Weil ich sie nicht von Angesicht zu Angesicht vor mir habe, kann ich unmöglich sagen, ob sie lügt oder nicht. Ihr fester Ton lässt jedenfalls keine Lüge erahnen, aber es ist genauso gut möglich, dass das ein Trugschluss ist. Immerhin ist sie eine Shinobi und wenn sie ihre Emotionen ähnlich wie Falk, Jarik oder die Meister unter Kontrolle hat, wäre es übers Telefon erst recht ein Leichtes, mich zu täuschen.

»Hört Jarik mit?«, frage ich.

Diesmal zögert Ava. »Er ...«

»Geht es ihm gut?«, frage ich und versuche jetzt erst recht, meine Stimme nicht alarmierend klingen zu lassen.

»Ja, alles in Ordnung«, versichert sie.

Ich will es nicht, aber mein Herzschlag normalisiert sich.

Als ich mich umsehe, entdecke ich Mason, der sein eigenes Telefon ans Ohr gedrückt hält und etwas sagt, das ich wegen der mindestens zwanzig Meter zwischen uns nicht verstehe. Er sieht jedoch schnurgerade zu mir herüber und nickt, als wollte er sagen: »Ich bin hier.« Und diese Tatsache beruhigt mich.

»Was ist mit dir, Clara?«, fragt Ava, worauf ich mich von Masons Anblick löse. »Geht es dir gut?«

»Das kann nicht der Grund für deinen Anruf sein«, übergehe ich ihre Frage. »Wenn du mir nicht sagst, warum du mit mir sprechen willst, lege ich auf. Ich lasse euch nicht mein Handy orten. Das wäre nicht das erste Mal, dass ihr auf illegale Mittel zurückgreift.«

»Wir können keine Handys orten.« In ihrer Stimme schwingt sowas wie Belustigung mit.

»Ich glaube dir kein einziges Wort.«

»Es tut mir wirklich leid, wie alles gelaufen ist, ehrlich«, sagt sie.

»Weswegen rufst du an?«

»Wegen deines besten Freundes.«

Scharf ziehe ich die Luft ein, weil ich das Gefühl habe, sie bleibt mir weg. Doch nur einen Moment später ist ein Seufzer am anderen Ende der Leitung zu hören, nur kurz, als sei er jemandem über die Lippen gerutscht.

»Wer war das?«, will ich wissen, presse mir das Handy noch näher ans Ohr. Auch wenn nichts mehr zu hören ist, den Seufzer habe ich mir nicht eingebildet und ich weiß, von wem er kam.

»Niemand, das war -«

»Jarik ist bei dir, oder?«, frage ich.

Während ich die Zähne aufeinanderpresse, dröhnt die Stille nun lauter als zuvor.

Schließlich sagt Ava: »Ja, er ist hier.«

Der Vorhersagezettel in meiner Jackentasche wiegt plötzlich etliche Kilo. Aber ich lasse nicht mehr zu, dass Jarik mein Denken bestimmt. Nicht jetzt und auch nicht in Zukunft. Er kann Ava nicht vorschicken, um mich anzurufen, und glauben, dass seine Taten keine Konsequenzen haben. Wenn er meint, dieses Spiel spielen zu müssen, werde ich es hier und jetzt beenden.

»Gib ihn mir«, sage ich. Als einige Sekunden verstreichen und ich noch immer nicht seine Stimme höre, setze ich fester hinzu: »Ich habe gesagt, du sollst ihn mir geben.«

Jetzt ist es Ava, die seufzt, kurz darauf ist ein Rascheln zu vernehmen und ich wappne mich innerlich, gleich seine Stimme zu hören.

»Hallo Clara.«

Als ich es tatsächlich tue, werden all meine Bemühungen, ihn von mir zu stoßen, von Erinnerungen an ihn und mich hinfortgespült. Ich wünschte, er hätte mich Mio genannt, und gleichzeitig bin ich froh, dass er es nicht getan hat. Unendlich froh, weil es noch mehr an meinen Mauern gekratzt hätte.

Seine Tablette ist aus Zucker, erinnere ich mich. Sollte er sie geschluckt haben, ist er dennoch er selbst, und das tut umso mehr weh. Nichts ist von dem fürsorglichen Jarik übrig, nicht in seiner Stimme jedenfalls. Nicht in der Art, wie er mich Clara genannt hat.

»Ist das dein neues Ding?«, frage ich, dem Drang widerstehend, mich wegen des Kloß‘ in meinem Hals zu räuspern.

»Was meinst du?« Weil seine Stimme so eiskalt ist, kriecht mir eine Gänsehaut den Rücken hinab.

»Mich nicht nur in ein fremdes Land zu entführen, sondern auch mit Anrufen zu belästigen?«

»Rechne noch mal nach, bis jetzt war es nur einer«, korrigiert er mich unbeeindruckt.

»Ich wünschte, du wärst hier«, sage ich und setze sofort das hinzu: »Du hättest dir eine Ohrfeige verdient.«

Daraufhin sagt er nichts. Ein Pärchen läuft an mir vorbei, das sich auf Japanisch unterhält und stoppt, um Bilder vom Tempel zu schießen. Ich entferne mich einige Schritte von ihnen.

»Es bleibt bei einem Anruf«, stelle ich Jarik gegenüber klar. »Ab jetzt sind unbekannte Nummern tabu. Aber sollte die Gilde gerade schon unterwegs zu mir sein, muss ich euch enttäuschen – ich bin nicht allein.«

»Sind Abtrünnige bei dir?«

»Darauf kannst du wetten.«

»Selbst wenn ...«, sagt er. »Das macht für mich keinen Unterschied, mit ihnen werden wir fertig.«

Ich dachte nicht, dass es möglich ist, dass der Ton in seiner Stimme noch schneidender und abweisender wird, aber mit dem Satz hat er mir gerade das Gegenteil bewiesen. Und obwohl mein Herz sich zusammenzieht und schmerzt, rede ich mir ein, es ist besser so.

»Ich habe Informationen von den Meistern mitgehört, die dich interessieren könnten«, sagt er. »Deswegen habe ich Ava gebeten, dich anzurufen. Ich wusste, du würdest sofort auflegen, wenn ich dich begrüße, also habe ich sie vorgeschickt.«

»Gut geraten.« Ich schnaufe. »Hast du ihr und den anderen eigentlich mittlerweile erzählt, dass du -«

»Dein bester Freund ist auf dem Weg nach Japan«, unterbricht er mich harsch.

»Was?«

Unter meinen Füßen zerbricht gefühlt der Boden, ich drehe mich vom Tempel weg und starre auf die Häuserwand gegenüber, unterdrücke das Gefühl, mein gesamtes Inneres könnte gleich Feuer fangen.

»Lüg mich nicht an«, raune ich. Meine Stimme klingt wie zu lasch gespannte Saiten einer Gitarre.

»Tue ich nicht«, gibt er zurück.

»Sei ein herzloser Kotzbrocken, mir egal«, sage ich mit dem nun dicker werdenden Kloß im Hals. »Aber lüg mich nicht an, wenn es um meine Familie geht.«

Es ist einfacher, der Verzweiflung nachzugeben, während wir uns nicht persönlich gegenüberstehen. Abgesehen davon lässt sie sich nicht unterdrücken, sie hat längst Überhand genommen.

Lediglich Jariks Atem höre ich, doch eine Erwiderung verwehrt er mir.

»Bitte«, setzte ich hinzu. »Damien ist ...«

Da bricht meine Stimme.

Er ist alles, was ich neben meiner Mutter noch habe, beende ich, jedoch lediglich in Gedanken.

Egal, wie sehr Jarik mich angegangen ist in diesem Telefonat, egal, wie sehr er mich hintergangen hat – er muss lügen. Das kann nicht wahr sein, Damien würde niemals herkommen.

»Jarik?«

Ich warte darauf, dass er spricht, doch auch jetzt lässt er es. Es vergehen quälende Momente, in denen ich nur höre, wie er weiterhin schwer ein- und ausatmet.

»Sprich mit mir!«, fahre ich ihn an.

»Jemand hat ihn hypnotisiert und ihm eingeredet, du seist hier und würdest auf ihn warten.«

Mein Herz überschlägt sich. »Was genau heißt *hier?*«

»Yamanashi. Bei der Gilde.«

Das ist eine Falle, durchbricht ein Gedanke alle andere. *Er will mich ins Dorf locken.*

Aber kann ich das riskieren?

»Wer soll ihn hypnotisiert haben?«

»Abtrünnige.«

»Das ist nicht wahr«, stoße ich hervor. »Wieso sollten sie ihn ausgerechnet zu euch locken? Das ergibt keinen Sinn. Das würden sie nicht tun, du hast keine Ahnung von ihnen, niemand von euch hat das. Also erzähl mir nicht schon wieder Lügen! Sag nur ein einziges Mal die Wahrheit! Sei einmal ein guter Mensch!«

Weil sich aufgrund meines Brüllens mehrere Menschen zu mir umdrehen, entferne ich mich weiter vom Tempel, hinter einen der Stände mit den Vorhersagezetteln. An einen lehne ich mich mit dem Rücken, aus Angst, sonst umzukippen.

»Es gibt keinen Grund, zu lügen«, sagt Jarik schneidend. »Wir haben kein Interesse daran, dass er herkommt, wir können uns nicht auch noch um ihn kümmern, wenn es Wichtigeres gibt. Deine Sicherheit zum Beispiel.«

Krampfhaft versuche ich, ein Schluchzen zu unterdrücken, allerdings bleibt es beim Versuch, denn als ich einatmen will, verlässt es meine Lippen. Sofort presse ich mir die freie Hand auf den Mund, aber Jarik muss es am anderen Ende der Leitung mehr als deutlich gehört haben. Wieder höre ich ihn schwer ein- und ausatmen.

Es verstreichen ewige Momente, in denen weder er noch ich etwas sagen - und das ist fast schlimmer, als würde er reden. Die Stille zerschneidet meine letzte Hoffnung, dass er lügt. Und sie zerschneidet mein Herz.

Als ich die Hand sinken lasse, hoffe ich, mich nun unter Kontrolle zu haben.

»Ich hasse euch«, sage ich, auch wenn das letzte Wort nur erstickt meinen Mund verlässt. »Ich hasse dich.«

Dafür klingen diese drei Wörter umso gnadenloser, obwohl sie sich nach einer Lüge anfühlen.

»Das Kompliment gebe ich zurück«, erwidert er emotionslos.

Laut wie eine Lawine, so zerbricht mein Herz.

»Ich lasse nicht zu, dass ihr mir auch Damien nehmt«, sage ich.

»Dann sehen wir uns ja bald im Dorf wieder, nehme ich an?«, fragt Jarik überheblich.

Ich beiße die Zähne aufeinander und presse hervor: »Was von dir kommt, kehrt zu dir zurück.«

»Forsche siebenmal nach, bevor du jemanden verdächtigst«, antwortet er ebenfalls mit einem Sprichwort.

Bilde ich mir das ein oder ist die Überheblichkeit aus seiner Stimme verschwunden?

»Ich sorge dafür, dass deine Lügen zu dir zurückkommen«, übergehe ich seine Worte. »Ich breche eure Pfeile eigenhändig, wenn es sein muss. Versprochen.«

Damit lege ich auf.

KAPITEL 28

Jarik

Ich hoffe, sie hat es verstanden – *forsche siebenmal nach, bevor du jemanden verdächtigst*. Ich hoffe, sie denkt darüber nach. Ich hoffe, sie kommt darauf, dass das am Telefon gerade nicht aus mir selbst kam. Dass ich sie schützen will. Dass ich keine andere Wahl hatte, als sie erneut anzulügen. Dass – immer noch – die Augenpaare der Meister und Falks auf mich gerichtet sind.

Dass sie mich in die Knie zwingen.

Zuerst nehme ich das Handy vom Ohr, dann reiche ich es Ava, während ich versuche, mir nicht anmerken zu lassen, wie meine Finger zittern und dass dieses Zittern droht, auf mein Herz überzuspringen.

Haru schenkt mir ein Nicken. »Das war harsch, aber notwendig«, lobt er.

Obwohl es weniger ein Zittern ist, sondern mehr ein Zerbrechen. Wie die Fassade eines Hauses nach einem Erdbeben hat mein Herz plötzlich Risse bekommen, und sie sind an allen Seiten verteilt. Es macht keinen Sinn mehr, sie zu kitten. Drei Wörter lassen sie nur tiefer werden: *Ich hasse dich.*

Falk sehe ich erst gar nicht an, ich will nicht wissen, was in seinem Gesicht steht. Stolz, Überheblichkeit, Verständnis? Es ist mir egal.

Ich hasse dich.

Drei Wörter und ein ganzer Trümmerhaufen, der über mir zusammenbricht. Zurecht.

»Wann wird Damien hergebracht?«, fragt Ava tonlos.

»Gar nicht«, antwortet Haru. »Er wird weiterhin in Deutschland von uns bewacht, zur Sicherheit vor den Abtrünnigen. Er ist hier nicht mehr in Gefahr als dort.«

Wut brodelt in meiner Kehle empor und findet ihren Weg ins Freie: »Das alles war nur Scharade? Wolltet ihr, dass ich Clara wegen ihrem Freund belüge, damit sie herkommt?«

Harus Miene wirkt wie versteinert. »Wir haben dir nicht gesagt, dass du ihr von ihrem Freund erzählen sollst«, erklärt er, »sondern Ava lediglich gebeten, Clara mitzuteilen, dass er in Sicherheit ist.«

»Sei einmal ein guter Mensch!«, rauscht Claras Stimme durch meinen Kopf.

Das kann ich offenbar nicht. Diese Chance wird mir wie eine rettende Hand immer wieder hingehalten, aber ich schlage sie unermüdlich beiseite und wundere mich, warum ich langsam ertrinke.

»Ist er überhaupt hypnotisiert worden?«, bringt Ava hervor, bevor ich es kann.

»Zweifelst du daran?«, fragt Haru, lässt Platz für Sekunden der Stille, fährt dann jedoch fort: »Wir arbeiten daran, die Hypnose rückgängig zu machen.«

Keine Silbe glaube ich ihm. Nicht eine einzige.

Er wendet sich an die übrigen Meister und an Falk. »Wir lassen die Wachen um das Dorf verstärken, um Clara abzufangen.«

Ich frage mich, was das Schauspiel soll. Warum sie mir nach ihrem Verschwinden gesagt haben, man müsste erst Veit finden und könnte sich nicht auf Clara konzentrieren. Man hätte ihr eine falsche Bedeutung beigemessen. Warum soll sie nun hergelockt werden?

Was haben die Meister rausgefunden, das ich übersehen habe?

Mein Blick fällt jetzt doch auf Falk, auch wenn er mich nicht ansieht – was weiß er?

Während die Meister zurückbleiben, werden Ava und ich von Falk aus dem Raum begleitet. Ansonsten sind wir offenbar von Bewachung befreit, denn weder im Tempel noch auf unserem Weg zu den Unterkünften folgen uns weitere Geschwister, so wie es vorhin der Fall gewesen ist.

Wir sind kurz vor meiner Unterkunft, da spüre ich Falks Hand auf meiner Schulter, doch ich trete sofort einen Schritt von ihm weg und funkle ihn an.

»Sag's ruhig«, raune ich und ahme in den nächsten Sätzen seine Stimme nach: »Du warst dumm genug, mir die Sache mit Damien zu glauben, aber ich bin stolz, dass du Clara mit der Geschichte köderst. Danke, dass du auf dich nimmst, dass sie dich hasst. Zum Wohle aller.«

Sollte er sich durch mein respektloses Verhalten aus der Fassung bringen lassen, zeigt er es nicht.

»Dass er nicht hergeholt wird, habe ich gerade selbst zum ersten Mal erfahren«, sagt Falk.

»Das glaube ich dir nicht.«

»Das tut mir leid.«

Mir tut es weh.

Wir sehen einander lange an.

»Irgendetwas stimmt nicht«, sage ich schließlich. Mit dem Zeigefinger deute ich auf Falks Brust. »Und ich weiß, dass du mit drinsteckst. Du weißt, was …«

Du weißt, was sie mir bedeutet.

Ich sehe ihm stur in die Augen. »Ich habe dir alles anvertraut und du trittst es mit Füßen.«

»Jarik …«, sagt Ava.

Ich wirble zu ihr herum und deute nun mit dem Finger auf sie, weil ich nicht weiß, wohin mit meiner Wut. Meine Hand zittert. Während ich zwischen Falk und Ava hin und her sehe, gehe ich zwei Schritte rückwärts zu meiner Unterkunft.

»Lasst es«, zische ich. »Spart euch alles, was ihr zu sagen habt. Egal, welche beruhigenden Antworten ihr auf Lager habt, lasst sie da, wo sie gerade sind. Ich will sie nicht hören.«

Mit immer noch zitternden Fingern umschließe ich den Türknauf und bin froh, meiner Hand etwas zu tun zu geben. Ava und Falk betrachten mich stumm.

»Nichts will ich hören«, füge ich hinzu und öffne die Tür.

In Avas Augen glitzern Tränen. Obwohl sie mindestens fünf Schritte entfernt steht und es dunkel ist, erkenne ich es im Licht der Laternen. Sie ist meine Schwester und ihr Schmerz ist meiner – aber den Schmerz, den ich gerade fühle, kann sie nicht nachvollziehen, und ich kann ihn ihr nicht erklären. Hastig blinzle ich meine eigenen aufsteigenden Tränen weg.

»Ich will nie wieder von ihr hören«, sage ich, meine damit Clara, will ihren Namen aber nicht mal aussprechen. »Kein Wort. Und wenn sich die Prophezeiung doch erfüllt, bin ich längst weg. Ich lasse mich nicht weiter benutzen. Nichts hält mich mehr hier.«

»Was ist mit mir?«, fragt Ava und wischt sich mit dem Handrücken über die nasse Wange.

Beinahe breche ich ein, beinahe laufe ich auf sie zu, um sie in den Arm zu nehmen. Doch in mir ist nur das Gefühl, ausgehöhlt geworden zu sein, und es stampft das Beinahe in den Boden.

»Es tut mir leid«, sage ich, drehe mich um und gehe schließlich in meine Unterkunft, ohne mich noch einmal umzusehen. Hinter mir schließe ich die Tür und bleibe mit dem Rücken daran gelehnt stehen, starre in die Dunkelheit.

Ich horche auf Avas und Falks Schritte, die an meiner Unterkunft vorüberziehen. Erst dann erlaube ich mir, zu weinen.

KAPITEL 29

Clara

Vier klägliche Versuche benötige ich, um Damiens Profil in meinen Kontakten anzutippen. Als ich es schließlich schaffe und das Telefonsymbol berühren will, rutscht mir das Handy aus den Händen, die mittlerweile genauso beben wie der Rest meines Körpers. Mit dem Display voran schlägt das Telefon auf dem Asphalt auf.

»Scheiße!«, fluche ich zwischen einem Schluchzen.

Gerade beuge ich mich herunter, um es aufzuheben, da ist jemand schneller. Mason steht neben mir, hält das Handy nun in seinen Händen und sieht mich besorgt an.

Nichts will ich weniger, als mich vor ihm verweint und schwach zu zeigen, aber die Sorge um Damien schnürt mir die Luft zum Atmen ab. Ich stoße sie hektisch aus und sauge sie genauso hektisch wieder ein. Mit der Handinnenfläche hoffe ich, mir die Tränen von den Wangen wischen zu können, aber ich zittere so sehr, dass ich die Finger stattdessen ineinanderschlinge, um dem Zittern zu entgehen.

»Was ist passiert?«, fragt Mason und die Tatsache, wie besonnen er bleibt und wie aufmerksam er mich ansieht, als sei ich der Mittelpunkt des Geschehens, lässt mich ruhiger werden. Vorsichtig streckt er eine Hand aus und berührt meine Schulter, mit der anderen reicht er mir mein Handy. Es hat zwar einen Sprung im Display, scheint aber ansonsten zu funktionieren.

»Könnt ihr Menschen hypnotisieren?«, frage ich.

Masons Brauen schieben sich zusammen und bilden eine Falte in ihrer Mitte. »Was meinst du damit?«

»Ob ihr Menschen durch Gedankenmanipulation etwas tun lassen könnt«, sage ich, diesmal schärfer. »Ob ihr nicht nur Erinnerungen löscht, sondern auch Hypnose beherrscht.«

Er schüttelt den Kopf. »Niemand von meinen Leuten beherrscht Hypnose.«

»Dann war es bloß eine weitere Lüge ...«

Das auszusprechen, macht es unwiderruflich. Ich habe damit gerade selbst das Wort *Ende* unter Jariks und meine Geschichte gesetzt – und das Buch zugeschlagen.

Ich habe es gewusst. Bereits während des Telefonats habe ich mich an Falks Worte vor einigen Wochen erinnert, als Damien eine Postkarte geschickt worden war: »Den Ishikawa wird nachgesagt, Erinnerungen löschen zu können, nicht aber Menschen zu hypnotisieren.«

»Wer war das am Telefon?«, fragt Mason.

»Jarik«, antworte ich. »Er hat gesagt, mein bester Freund wäre von euch hypnotisiert worden und würde nach Yamanashi kommen.«

Hinter Mason nehme ich eine Bewegung wahr und sehe Yuna einige Meter entfernt stehen, hinter ihr wiederum erkenne ich weitere Ishikawa. Mason hat mich nicht belogen, er hat sie herbestellt. Er sorgt tatsächlich für meinen Schutz.

»Das ist eine Falle«, sagt er.

Er sieht sich um, vermutlich Yuna an, denn sie nickt wie auf ein Zeichen hin und entfernt sich dann. Die anderen hingegen bleiben, wo sie sind, sehen sich jedoch nach links und rechts um, als würden sie nach jemandem Ausschau halten. Ich tue es ihnen gleich, kann aber niemanden ausmachen.

Erst als Mason meine Schulter drückt, realisiere ich, dass seine Hand noch immer dort liegt, und sehe zurück zu ihm.

»Im Moment wissen wir nicht, ob dein Freund wirklich herkommt. Vielleicht will die Gilde dich nur ins Dorf locken und hat deinen Freund als Ausrede benutzt«, sagt er und fügt zu meiner Erleichterung sofort hinzu: »Hast du ein Foto von ihm, das ich den anderen senden kann? Dann schicke ich Geschwister zum Dorf, um das Gebiet darum zu bewachen. Wenn er wirklich herkommt, muss er irgendwie ins Dorf gelangen, und das bleibt nicht unbemerkt.«

Jetzt lässt Mason seine Hand sinken, doch als ich mein Handy entsperren will, legt Mason seine Finger auf meine.

»Wir müssen erst hier weg«, sagt er. »Ich habe keine Ahnung, wer sich hier gerade aufhält und uns vielleicht beobachtet. Sobald wir im Hotel sind, kümmern wir uns um deinen besten Freund, versprochen.«

Im Gegensatz zur Gilde glaube ich ihm, also umklammere ich mein Handy, um es nicht noch einmal fallen zu lassen, und folge Mason dann vom Gelände des Tempels.

Während Yuna zwischen den vielen Menschen untergetaucht ist, erblicke ich jedoch die kleine Gruppe Ishikawa, die Mason und mir unauffällig folgt. Sie passen aufeinander auf – bedingungslos.

Nachdem wir zurück im Hotel sind, schicke ich Mason ein Foto von Damien, mit dem er vier der Ishikawa beauftragt, zum Dorf zu fahren, um eine mögliche Ankunft von Damien zu beobachten.

Fünf Stunden sind seitdem vergangen und ich habe noch nichts von Mason oder der Gruppe gehört. Nachdem er sich mit den anderen besprochen hat, hat er entschieden, selbst mit ins Dorf zu fahren, um seine Geschwister zu unterstützen. Mittlerweile fällt es mir schwer, die Tränen zurückzuhalten. Mit jeder Minute steigen sie weiter in mir auf. Vor allem, weil ich wieder und wieder durch meine Bilder auf dem Handy scrolle und so viele von Damien und mir finde. Jedes einzelne lässt mein Heimweh ins Unermessliche schießen. Es tut körperlich weh, an ihn oder meine Mutter zu denken.

Seit fünf Stunden bin ich mir sicher: Geliebte Menschen zu vermissen hinterlässt Muskelkater. Jedes Mal, wenn man an sie denkt, etwas mehr.

Wenigstens ist der Innenhof mitten in der Nacht leer. Von hier aus versuche ich ständig, Damien zu erreichen, auch wenn es aussichtslos ist – er schaltet sein Handy vorm Schlafengehen aus und erst wieder ein, sobald er um sieben Uhr aufsteht. Ich lasse mein Display aufleuchten. In Deutschland ist es fünf nach Sieben, sodass ich mein Handy entsperre und noch einmal Damiens Nummer antippe.

Endlich ertönt ein Freizeichengeräusch.

Mit jedem davon drückt mein Herz härter gegen meine Brust.

Er ist schon wach.

Noch ein Freizeichengeräusch.

Er muss wach sein. Er ist zu Hause.

Ein weiteres.

Bitte geh ran. Bitte, bitte geh ran.

Als ein Klicken in der Leitung ertönt, springt mein Herz in die Höhe – bis ich kurz danach die Mailbox höre.

Mein Magen dreht sich, ich lege auf, probiere es erneut, warte etliche Sekunden, warte Minuten, gefühlte Stunden, es vergehen Ewigkeiten, ich will bloß seine Stimme hören und wissen, dass er in Sicherheit ist, mehr verlange ich nicht - doch nur die Mailbox ist zu hören. Nichts geschieht.

Nur dass ich dachte, Hoffnung zerbricht mit einem Knall. Aber sie zerspringt so leise wie ein Flüstern.

Ich tippe die nächste Nummer an, die mir einfällt - die seiner Mutter. Dreimal ertönt das Freizeichen. Dann drückt sie mich weg.

Ich starre auf das Display, aber es dauerte einige Momente, bis die Tatsache in meinem Kopf ankommt, dass sie den Anruf offenbar absichtlich nicht entgegengenommen hat. Ich probiere es erneut. Wieder drückt sie mich weg, und auch beim dritten Mal entscheidet sie sich dafür, das Gespräch nicht anzunehmen. Aus lauter Verzweiflung versuche ich es bei Damiens Vater, obwohl ich ihn noch nie angerufen habe, selbst wenn ich seine Nummer für Notfälle gespeichert habe – und das hier ist einer.

Aber auch er drückt den Anruf weg.

Mein Herz presst sich hart zusammen, als ich die Nummer meiner Mutter raussuche. Mit bebenden Fingern tippe ich ihre Nummer an und anschließend den grünen Telefonhörer.

Ein Freizeichen.

Von der anderen Seite des Innenhofs sehe ich Mason durch die offene Glasfront auf mich zuschreiten. Er sieht aus, als würde er mir eine schlechte Nachricht überbringen, seine Augen finden meine nur zögerlich, er fährt sich mit der rechten Hand über den Nacken. Ich kenne Mason nicht wirklich, aber die Geste wirkt nicht wie der selbstbewusste junge Mann, der er sonst ist.

Zweites Freizeichen.

Mason ist nur noch etwa fünf Meter von mir entfernt.

»Es gibt ein Problem, Clara.«

Drittes Freizeichen.

»Ich kann gerade nicht«, sage ich, drehe mich von ihm weg, presse das Telefon näher ans Ohr, aus Angst zu verpassen, sollte meine Mutter den Anruf entgegennehmen.

Aber auch diese Hoffnung zerspringt, denn sie tut es Damiens Eltern gleich.

KAPITEL 30

Clara

Selbst einen Tag später weiß ich nicht, wie ich verarbeiten soll, was Mason mir vor knapp zehn Stunden mitgeteilt hat. Ich habe mich aus dem Hotel zurückgezogen und zum Glück hat Mason mich gehen lassen. In einem kleinen Stadtpark in der Nähe sitze ich auf einer Bank und beobachte vorbeikommende Menschen. Wobei ich eher durch sie hindurchsehe. Vielleicht fühlt mein Kopf sich wie mit Watte gefüllt an, weil ich letzte Nacht nur drei Stunden geschlafen habe. Vielleicht ist es aber auch das Gespräch mit Mason, das mir die Gedanken vernebelt.

Es war Riku. Er hat meine Familie, Damien und seine Eltern hypnotisiert, um sie von mir fernzuhalten.

»Wir wissen nicht, wer ihn beauftragt hat«, hat Mason gestern Abend zu mir gesagt.

Aber als wir uns angesehen haben, wussten wir beide, wer Rikus Auftraggeber ist. Er ist Teil der Gilde, hat mit Jarik zusammengearbeitet, wieso sonst hätte dieser einen Brief von ihm gehabt, in dem stand, ich solle ihm vertrauen? Es muss die Gilde gewesen sein, die Riku beauftragt hat.

»Seid ihr wirklich sicher, dass es Riku war?«, habe ich Mason gefragt.

»Als ich das Dorf bewacht habe, konnte ich ein Gespräch zwischen zwei Fuma hören«, hat er geantwortet. »Ich bin, so schnell es geht, zurückgekommen, um es dir persönlich zu sagen.«

»War einer der Fuma Falk?«

»Nein«, sagt er. »Die Gilde will dich allerdings offenbar ins Dorf locken, wir wissen nur nicht, weshalb. Es ist einfach ...« Zum ersten Mal, seit ich Mason kennengelernt habe, hat er verwirrt gewirkt, hat nach Worten gerungen und den Blick von mir genommen. »Es muss mit der Prophezeiung zu tun haben, aber ich bekomme die Puzzleteile noch nicht zusammen. Vielleicht ...«

»Vielleicht was?«

Seine Augen fanden meine. »Vielleicht haben sie die Schrift gefunden und wollen dich deswegen ins Dorf holen. Aber ich kann mir nicht vorstellen, dass sie mit dir verhandeln wollen.«

Mason hat zwar gesagt, es ist besser, momentan erst mal abzuwarten und zu schauen, ob sich die Gilde erneut bei mir meldet, aber mit jeder Minute, die verstreicht, verstärkt sich meine Unruhe nur. Wenn sie Damien, seine Eltern und meine Mutter wirklich hypnotisiert haben, werden sie auch vor anderen Dingen nicht zurückschrecken.

Sie haben mich in der Hand. Der Gedanke schmerzt wie Finger auf einer heißen Herdplatte, aber er ist wahr. Sie nutzen das, was mir am meisten bedeutet. Ich war mir nie sicherer als jetzt, dass die Gilde auch für die Entführung meines Vaters verantwortlich ist. Sie wollen mich schwächen, tun dasselbe mit meiner übrigen Familie.

Und es klappt.

Ich wünschte, das würde es nicht, doch mir geht langsam die Puste aus, dieser Sprint dauert schon zu lange an. Seit Wochen habe ich das Gefühl, zu rennen, und komme trotzdem nicht von der Stelle. Noch nie ist es mir so schwergefallen, morgens aufzustehen. Schlaf finde ich nur stundenweise, oft schrecke ich hoch und brauche ewig, um wieder einzuschlafen. Es sind immer andere Gesichter, die mich in meinen Albträumen anbrüllen: Jarik, Falk, Haru, Bent. Sie lassen mich selbst nachts nicht in Frieden und zeigen mir, wie schwach ich bin.

Dass auch Riku mich hintergangen hat, nagt zusätzlich an mir. Jahrelang hat er mich zum Training gefahren, ich habe ihm vertraut. Aber vielleicht hätte ich längst ahnen müssen, dass es so weit kommt, immerhin kannte er Jarik und hat zugelassen, dass er mich mit seinem Dienstwagen abholt, um mich zu entführen. Riku *muss* in den Plan eingeweiht gewesen sein. Warum also enttäuscht sein von ihm?

Weil er eine der letzten Personen war, die ich dachte, einschätzen zu können, denke ich bitter. Aber sie alle spielen ein falsches Spiel. Ich stecke inmitten eines Irrgartens fest – vollkommen verloren. Während ich nach dem Ausgang suche oder wenigstens nach der richtigen Richtung, wachsen hinter mir die Hecken zu und lassen keinen Blick zurück. Ich kann lediglich warten.

Ein glühend heißer Gedanke schießt mir durch den Kopf: Ich kann nach vorne preschen, obwohl der Weg fremd ist.

Wie dicht die Hecken bewachsen sind, weiß ich erst, wenn ich versuche, sie zu durchlaufen.

Ich habe es Jarik gesagt: Ich breche ihre Pfeile eigenhändig. Die Gilde wird mich nicht schwächen. Sie bestimmen nicht über mein Leben.

Ich ziehe mein Handy aus der Hosentasche und scrolle durch meine letzten Anrufe. Obwohl ich weiß, dass es sinnlos war, habe ich in den vergangenen Stunden öfter versucht, meine Mutter und Damien anzurufen, als ich vor mir selbst zugeben will. Sie haben mich jedes Mal weggedrückt, und auch meine Nachrichten sind unbeantwortet geblieben. Wenn ich mir vorstelle, dass die Gilde dafür verantwortlich ist, um mich zu brechen, kocht Wut in meiner Kehle empor.

Es gibt zwei Möglichkeiten: Entweder ich lasse sie bestimmen – oder ich gebe die Richtung vor.

Ich tippe die Nummer an, mit der Ava mich angerufen hat, und halte mir das Telefon ans Ohr.

»Clara?«, ertönt ihre Stimme wenige Sekunden später.

»Ich will Falk sprechen«, sage ich knapp.

Vielleicht sagt mein Ton ihr, dass ich keine Widerworte akzeptiere, denn sie antwortet: »Gib mir zwei Minuten.«

Dumpf höre ich Schritte, kurze Zeit später ist ein Klopfen zu vernehmen, schließlich ein »Herein«, das nach Falk klingt, dann eine sich öffnende Tür, die leise quietscht.

»Clara ist am Telefon, sie will dich sprechen«, sagt Ava.

Ein Rascheln verkündet mir, dass das Handy seinen Besitzer wechselt.

»Hallo Clara«, begrüßt mich Falk.

»Ist jemand bei dir?«, frage ich.

»Nur Ava, sonst niemand«, antwortet er.

»Schick sie weg.«

»Ich will mit Clara allein reden, Ava. Warte in deiner Unterkunft.«

Wieder ist das Quietschen der Tür zu hören, danach, wie sie ins Schloss fällt und Ava somit hoffentlich den Raum verlassen hat.

»Sie ist gegangen«, erklärt Falk.

»Jarik hat gesagt, Damien sei von den Abtrünnigen hypnotisiert worden und kommt ins Dorf«, sage ich und hoffe, er nimmt mir den zittrigen Ton in meiner Stimme ab. Soll er ruhig denken, ich bin schwach. Er und Jarik sind nicht die Einzigen mit Schauspieltalent.

Er antwortet mir nicht.

»Ich weiß, dass nicht die Ishikawa dahinterstecken, sondern ihr«, füge ich hinzu. »Und ich weiß, dass ihr mich belügt.«

»Interessant«, sagt Falk. »Woher?«

»Ich habe einen Deal für euch«, setze ich unbeirrt fort.

»Das alles muss nicht sein, Clara.«

»Ich komme ins Dorf und bleibe dort, aber -«

»Tu das nicht -«, funkt Falk dazwischen.

»Aber nur, wenn ihr Damien und meinen Vater im Gegenzug an die Ishikawa ausliefert.«

Sekundenlang ist nichts zu hören am anderen Ende der Leitung.

»Wir haben deinen Vater nicht, wir suchen ihn«, sagt Falk.

»Spar dir das Lügen.«

»Ich lüge dich nicht an. Dein Vater war ... Er ist mein bester Freund. Er ist mir wichtig. Ich tue alles, um ihn zu finden, und -«

Wieder unterbreche ich ihn: »Wenn du nicht entscheiden kannst, Damien und meinen Vater im Gegenzug für mich auszuliefern, will ich, dass du mir einen der Meister ans Telefon holst«, sage ich. »Sofort.«

»Das ist leider nicht möglich.«

»Das war keine Frage«, stoße ich durch zusammengebissene Zähne hervor.

Stille breitet sich noch einmal aus und einen Moment glaube ich, sie bleibt zwischen Falk und mir hängen, stattdessen spricht er erneut.

»Ich weiß.« Plötzlich flüstert er. »Aber ich lasse nicht zu, dass du dich ihnen hilflos ausliefern willst. Nicht unter meiner Aufsicht.«

Dann bricht er das Gespräch ab.

KAPITEL 31

Jarik

Es hat Stunden gedauert, bis ich vor Erschöpfung eingeschlafen bin, denn meine Gedanken wollten nicht aufhören, kontinuierlich um Clara zu kreisen. Doch zwischen Albträumen, in denen Haru sie von mir wegzerrt, und Tiefschlaf schrecke ich auf, weil sich ohne Vorwarnung eine Hand auf meinen Mund legt.

Ich reiße die Augen auf, in der Dunkelheit im Zimmer erkenne ich jedoch kaum etwas. Aus Reflex will ich mit der rechten Hand zu einem Schlag ansetzen, doch eine fremde umschließt sie und hält mich zurück. Gerade, als ich die andere heben will, mache ich die Person aus, die sich über mich beugt.

Falk hebt den Zeigefinger an seine Lippen und mahnt mich damit zur Ruhe. Mein Herz rast so schnell, dass ich Angst habe, es springt mir jeden Moment aus der Brust. Mehrere Sekunden verstreichen, in denen wir uns bloß in die Augen sehen.

»Ich lasse die Hand jetzt sinken und du gibst keinen Ton von dir, damit du uns nicht verrätst«, flüstert er. »Vertrau mir.«

Mit der Panik, die mir aufgrund des unsanften Weckens in den Adern pulsiert, ist es schwer einzuschätzen, ob ich tun sollte, was er sagt, oder ob ich ihm nicht meine Faust oder mein Knie in den Magen rammen und ihn überwältigen sollte. Doch die Intensität von Falks Blick lässt mich schließlich nicken.

Als er die Hand sinken lässt, tritt er einen Schritt von meinem Bett zurück, ich streife die Decke beiseite und schwinge danach die Beine über die Kante. Falk schaut über seine Schulter und da erst sehe ich Ava, die sich neben der Tür postiert hat. Kein Lächeln ziert ihre Lippen, anders als sonst, sie ist ernster, als ich sie jemals erlebt habe. Komplett in schwarz gekleidet, wirkt sie beinahe, als würde sie mit dem Schatten, der sie umhüllt, verschmelzen.

Falk hebt den Finger erneut an die Lippen und dreht den Kopf Richtung Balkontür, als würde er auf etwas lauschen. Doch bis auf den leichten Wind, der über die Scheiben summt, ist kein Geräusch auszumachen. Trotzdem will mein Herz sich nicht beruhigen. Ich bin sicher, Falk hat noch nie zwei Geschwister mitten in der Nacht aus dem Schlaf gerissen.

»Zieh dich um«, wispert er bestimmend.

Ohne Widerrede tue ich, was er verlangt, steige aus meiner Schlafkleidung in die schwarze Jeans und den Pullover plus Jacke, die in meinem Schrank verstaut sind. Als Letztes streife ich mir Sneaker über.

Sobald ich fertig bin, tritt Falk auf mich zu. »Kein einziges Wort, bis ich es sage. Fragen werden später beantwortet, versprochen. Ist das klar?«

Ich nicke.

»Gut«, sagt er, legt mir die Hand auf die Schulter und drückt sie, bevor er sich abwendet.

Ava weicht meinem Blick aus, als wir Falk zur Balkontür folgen, und das schlechte Gefühl in meinem Magen wächst unaufhörlich.

Falk drückt die Klinke absolut lautlos herunter und tritt als Erster auf den Balkon. Aus dem Dorf scheinen zwar einige der Laternen, die die Wege säumen, aber zu schwach, als dass sie den Wald hinter den Unterkünften vollkommen ausleuchten könnten. Falk steigt über die Brüstung und hangelt sich das Seil hinunter, das ich an der Balustrade angebracht habe, um leichter nach unten zu gelangen. Ava macht es ihm nach und ich folge ihnen als Letzter.

Unten umhüllt uns die Schwärze der Nacht, doch Falk schlägt seinen Weg absolut zielstrebig ein, vermutlich, weil er nicht nur das Dorf, sondern auch das Gebiet darum so gut kennt, dass er sich schlafend umherbewegen könnte. Ava und ich sind immer nur einen Schritt hinter ihm, beide darauf bedacht, möglichst lautlos zu sein.

Nach etwa hundert Metern bleibt Falk abrupt stehen und hält eine Hand hoch, sodass auch Ava und ich stoppen. Er deutet auf einen breiten Baum, hinter dem wir uns verstecken, während Falk in seiner Position ausharrt und offensichtlich Ausschau hält.

Ich dachte nicht, dass mich nach dem Vorfall mit den Ishikawa im Tunnel oder der Explosion, bei der Bent verletzt wurde, noch etwas aus dem Konzept bringen könnte.

Aber hier mit Falk und Ava, um uns Dunkel- und Ungewissheit, fühle ich mich wie zur Jagd freigegeben.

Allerdings weiß ich nicht, durch wen. Auch nicht, wer Jagd auf uns macht.

Oder ob es dieselben Personen sind.

Nach quälenden Minuten weist Falk uns an, ihm wieder zu folgen. Den gesamten weiteren Weg gibt es keinen Vorfall mehr, der uns stoppen lässt, aber immer mal drehe ich mich einem Gefühl folgend herum.

Und manchmal glaube ich, etwas hinter uns in der Finsternis aufleuchten zu sehen.

Nach einer knappen Stunde Fußmarsch lichtet sich der Wald und eine Straße taucht vor uns auf. In einer Parkbucht steht ein schwarzer Nissan, auf den Falk zusteuert. Er läuft auf die Front des Autos zu, schlägt mit der Faust gegen das Licht, sodass die Verkleidung aus ihrer Halterung rutscht und Falk einen Schlüssel herausfischt. Er setzt die Halterung wieder ein und schließt den Wagen auf. Während ich auf die Beifahrerseite rutsche, nimmt Ava auf der Rückbank Platz.

Falk startet den Wagen, ohne das Licht anzumachen, und bugsiert ihn auf die Straße. Weg vom Dorf der Gilde.

»Geht es euch gut?«, fragt er und sieht erst mich, dann Ava im Rückspiegel an.

Ich werfe ihr über meine Schulter ebenfalls einen Blick zu, sie sitzt in der Mitte, in ihrem Gesicht zeichnet sich absolute Sorge ab. In meinem ebenso, dessen bin ich mir sicher.

»Alles okay«, antwortet Ava, jedoch mit belegter Stimme.

»Ich wollte dich vorhin nicht so erschrecken«, sagt Falk. »Das tut mir leid.«

Wenn ich schon in Panik verfallen bin, will ich mir nicht ausmalen, was es mit Ava gemacht hat, sollte Falk sie ebenso aus dem Schlaf gerissen haben. Vor Jahren hat sie mir erzählt, dass es bei ihr zu Hause mit einer Ohrfeige begonnen hat. Dass sie den Streit ihrer Eltern schlichten wollte und dass ihr Vater sie zu Bett geschickt hat. Dass er kurz darauf zu ihr gekommen ist, um seine Wut an ihr auszulassen.

Ava hat sich an die Dunkelheit gewöhnt, so wie ich, aber die Schwärze und die Erinnerungen machen mit jedem von uns etwas anderes.

Jeder trägt seine eigenen Schatten in der Brust.

Ich strecke meine Hand zu ihr nach hinten. Sofort greift sie mit ihrer danach und während ich mich wieder nach vorne wende, halte ich Avas Finger dennoch, um ihr zu zeigen, dass ich da bin.

»Alles okay bei dir, Jarik?«, fragt Falk, der mich flüchtig aus den Augenwinkeln mustert.

»Geht so«, antworte ich ehrlich. »Ich bin es nicht gewohnt, mitten in der Nacht vom ranghöchsten Fuma geweckt und dann entführt zu werden. Schon gar nicht, wenn er in letzter Zeit nicht er selbst war.«

»Du hast recht«, erwidert er. Seine Stimme ist voll mit Bedauern.

»Dürfen wir jetzt Fragen stellen?«

»Nur zu.«

»Wem gehört das Auto?«

»Es ist meins«, sagt Falk. »Ich habe es gekauft.«

»Seit wann hast du ein eigenes Auto?«, will ich wissen und spiele darauf an, dass es in der Gilde insgesamt vier Wagen gibt, die wir nach Absprache nutzen können. Außer den Meistern besitzt niemand ein eigenes. In der Gilde wird alles gemeinschaftlich geteilt – dachte ich zumindest.

Falk lugt zu mir herüber. »Seit letzter Woche.«

»Hast du es dir für diese Aktion hier zugelegt?«

Er nickt, was mich gleichermaßen beruhigt und beunruhigt. Wenigstens beantwortet er endlich meine Fragen, statt mir auszuweichen, aber dass er sich heimlich ein Auto angeschafft hat, um Ava und mich aus Yamanashi zu bringen, ist alles andere als Falks normales Verhalten.

Seinem Verhalten, das sonst immer *gefügiger Soldat* brüllt.

»Wohin fahren wir?«, frage ich.

»Tokio.«

»Wieso?«

»Weil ich Clara dort vermute.«

Mein Herz macht einen unangenehmen Sprung. »Woher die Vermutung?«

»Als sie mit dir telefoniert hat«, sagt Falk, »haben im Hintergrund zwei Personen über den Sensō-ji Tempel gesprochen. Ich denke nicht, dass sie sich weit entfernt davon befindet.«

»Wir fahren also mitten in der Nacht nach Tokio? Mit einem Nissan, der so weit außerhalb der Gilde geparkt war, wie es nur geht?«

Falk schluckt. *Bingo*, denke ich. Das waren die richtigen Fragen.

»Ich kann keinen der Jeeps aus dem Dorf nehmen, weil ich nicht will, dass man weiß, dass wir weg sind«, antwortet er.

Und plötzlich ergibt der Großteil seines Verhaltens in den letzten Tagen Sinn. Warum er mich zur Stille angehalten hat, als ich in seiner Unterkunft war und ihn mit dem Vorhaben bezüglich Damien konfrontiert habe. Warum er nicht mehr der Falk war, den ich kannte. Vielleicht war das alles nur Show.

Viel zu sehr wünsche ich mir, dass es das war, denn ich kann Falk nicht auch noch verlieren.

»Also weiß niemand, wohin wir unterwegs sind und weshalb?«, frage ich, obwohl ich mir sicher bin, die Antwort zu kennen.

»Nur die Personen, die sich gerade hier im Wagen befinden«, sagt Falk.

»Würdest du das schwören?«

»Auf alles«, erwidert er, ohne zu zögern.

»Weswegen nimmst du ausgerechnet Ava und mich mit?«

»Weil ich glaube, ihr ahnt, dass etwas nicht stimmt«, sagt er und sieht wieder zu mir herüber. »Warum sonst seid ihr im Wald gewesen, als die Hütte explodiert ist? Was konntet ihr nicht in euren Unterkünften besprechen?«

Schweigen drängt sich zwischen uns.

»Kann ich dir wirklich vertrauen?«, frage ich schließlich, weil es mir seit Tagen unter der Zunge brennt.

»Immer«, sagt Falk.

»Du hast dich in letzter Zeit nicht so verhalten.«

»Weil ich musste«, gibt er offen zu. »Ich konnte euch nicht eher einweihen und mir vor den Meistern nicht in die Karten schauen lassen, aber ... Dinge haben sich geändert und ich weiß, ihr beide spürt es ebenso.«

»Ist es wegen Clara?«, frage ich kratzig.

Ava drückt meine Hand, doch ich schaffe es nicht, meinen Blick von Falk zu lösen, aus Angst, irgendeine Reaktion von ihm zu verpassen.

»Auch«, sagt er lediglich.

»Was noch?«, will Ava wissen.

Sie lässt meine Hand los und beugt sich vor, stützt sich dabei links und rechts an den Lehnen ab. Als ich ihr einen Blick zuwerfe, sehe ich, dass ihrer nicht mehr verklärt ist. Sie hat vermutlich nur einen Moment gebraucht, um ihre Erinnerungen abzuschütteln.

Ich kenne das.

Falks Augen huschen in den Rückspiegel. »Dass Wahrheit und Lüge nicht mehr so leicht zu unterscheiden sind, wie ich mal gedacht habe.«

Er spricht damit exakt den Gedanken aus, der sich in den letzten Tagen wie eine Schlinge in meinem Kopf festgezogen hat.

»Wir waren im Wald, um zu besprechen, wie wir Clara warnen können«, gebe ich zu. »Um zu verhindern, dass sie ins Dorf kommt. Ich habe Ava mit in den Wald genommen, weil ich nicht wusste, wer uns dort hört.« Nach einem tiefen Atemzug setze ich hinzu: »*Ab*hört.«

Zu meiner Überraschung lächelt Falk, doch da ist eine Traurigkeit, die seine Mundwinkel umspielt.

»Du witterst den Sturm, bevor er hereinbricht«, sagt er zu mir. »Du wärst ein sehr guter Fuma gewesen.«

Manchmal hatte ich in der Vergangenheit das Gefühl, er wollte mich auf die Rolle eines Fuma vorbereiten, doch jetzt klingt es anders. Ein feiner Unterschied liegt in seinen Worten. *»Du* wärst *ein sehr guter Fuma gewesen«*, hat er gesagt. Nicht: *»Du* wirst *einer sein.«* Ich bin mir nicht sicher, ob Falk noch will, dass ich einer werde, und warum dem so ist.

»Wie genau sieht das weitere Vorgehen in Tokio aus?«, frage ich.

»Clara aufzusuchen«, sagt er.

Ich richte mich in meinem Sitz auf und beuge mich ein Stück zu Falk. »Hast du Kontakt zu ihr?«

»Hatte«, antwortet er. »Sie hat mich gestern angerufen und mir einen Deal vorgeschlagen. Sie glaubt, wir wären an Veits Entführung beteiligt und will Damien und ihn gegen sich selbst austauschen, um die beiden in Sicherheit zu wissen.«

»Das ist nicht ihr Ernst«, sage ich.

»Bei deinem Telefonat mit ihr hast du ihr keinen Grund gegeben, vom Dorf fernzubleiben«, sagt Falk vorsichtig, als wüsste er, welchen Tornado diese Worte in mir auslösen.

»Ich habe sie belogen, weil ich keine andere Wahl hatte«, verteidige ich mich. »Die Meister haben zugehört und wenn ich nach Deutschland geschickt werde, kann ich erst recht nichts mehr für sie tun. Ich habe versucht, sie zu warnen«, setze ich hinzu und spiele auf das Sprichwort an, mit dem ich mich verabschiedet habe.

»Ich weiß«, sagt Falk verständnisvoll. Er greift mit der rechten Hand zu mir herüber und drückt meinen Unterarm. »Aber sie wird vermutlich ebenso wenig Wahrheit von Lüge unterscheiden können wie wir.«

»Wer weiß, was die Ishikawa ihr erzählt haben«, sagt Ava.

Sie hat recht. Wenn ich schon Probleme habe, beides einzuordnen, will ich mir nicht vorstellen, wie es Clara geht. Außerdem hat mein Deal vermutlich noch dazu beigetragen, dass sie aus dem Nebel an Wahrheit und Lüge nicht herausfindet.

»Möglich, dass die Abtrünnigen ihr etwas erzählt haben, was falsch ist, ja«, stimmt Falk Ava zu. »Aber auch die Gilde ist nicht unschuldig daran, dass Clara Dinge überstürzen will.«

»Wegen Damien?«, frage ich.

Falk nickt. »Dass du ihr von Damien erzählt hast, hat ihnen in die Karten gespielt.«

Die Art, wie Falk plötzlich über die Meister redet, als seien sie Personen, die absichtlich etwas verbergen, verstärkt meinen Eindruck, dass ich ihnen nicht mehr trauen kann.

»Könnten sie das geplant haben?«, fragt Ava. »Dass Jarik von Damien erfährt und Clara davon erzählt? Ich habe Bent über Damiens Entführung reden gehört, und zwar nicht besonders unauffällig. Er hat sich schon immer damit profiliert, durch Eirik an mehr Infos zu kommen, das ist doch kein Geheimnis. Genauso wenig für die Meister. Jarik hätte früher oder später auch ohne mich davon erfahren.«

Clara gegenüber habe ich behauptet, Dinge in der Gilde zu hinterfragen, aber jetzt wird mir klar: Ich habe viel zu viele Türen absichtlich verschlossen gehalten, anstatt sie aufzureißen und dahinter zu sehen.

»War ich nur ein Spielball?«, rutscht es mir gepresst heraus.

Falk stößt einen tiefen Seufzer aus. »Vielleicht nicht nur du. Vor mir haben die Meister behauptet, sie wollten Damien herholen, weil er in Gefahr ist. Aber ich habe mit Riku telefoniert, der gesagt hat, dass bei Damien und seinen Eltern seit Wochen alles unauffällig ist.«

»Was heißt unauffällig?«, fragt Ava.

»Nichts spricht dafür, dass er in Gefahr ist oder in der Vergangenheit in Gefahr war. Weder er noch seine Eltern oder Claras Mutter. Ich glaube nicht, dass die Meister ihn je herholen wollten, es war nur ein Vorwand, um Clara ins Dorf zu locken.«

»Was ist mit der Postkarte, die Damien bekommen hat?«, frage ich. »Mit dem Zeichen der Ishikawa darauf? Die klang, als sei er damals in Gefahr gewesen.«

»Wenn sie echt war«, sagt Falk.

Und mit diesen vier Worten nimmt ein bitterer Verdacht mit uns im Wagen Platz.

KAPITEL 32

Jarik

Erst als Falk nicht nur das Dorf, sondern auch Yamanashi hinter sich gelassen hat, schaltet er das Licht des Nissans ein, sieht jedoch so oft in den Rückspiegel, dass ich es ihm im Außenspiegel gleichtue. Aber niemand folgt uns, oder zumindest nicht so, dass es auffällig wäre.

»Kann ich ganz offen sprechen, ohne dass Informationen diesen Wagen verlassen?«, fragt Ava.

»Natürlich«, erwidert Falk.

»Sagen wir, die Meister haben die Postkarte an Damien gefälscht«, äußert sie, allerdings langsam, als wollte sie die Worte zunächst testen. Erst als Falk nickt, fährt sie fort: »Weswegen sollten sie?«

Das muss Falk nicht beantworten, denn mir wird in diesem Moment siedend heiß klar, wieso.

»Um Clara Angst zu machen und sie zu schwächen«, sage ich, sehe rasch zu Falk und wiederhole dann die Worte, die ich auch damals so ähnlich ausgesprochen habe: »Um sie zu brechen. Durch geliebte Menschen wird man gefesselt.«

Neben mir zuckt Falk zusammen, jedoch so kurz, dass ich glaube, es mir eingebildet zu haben.

»Claras Schwachstelle ist ihre Familie«, sage ich.

Und das Kirschblütenmädchen ist meine. Genau das nutzen die Meister aus. Dieser Gedanke zieht wie Blei an mir.

»Es ist leichter, einen geschwächten als einen gestärkten Gegner auszuschalten«, sagt Falk, wobei in seinen Worten sowas wie Vorsicht mitschwingt. Als wollte er immer noch nicht den endgültigen Schritt tun, die Meister mit expliziten Vorwürfen zu beschuldigen.

»Aber weshalb sie erst schwächen und nun wieder herholen wollen?«, frage ich. »Vor Kurzem haben die Meister noch gesagt, sie hätten ihre Rolle falsch eingeschätzt, Clara hätte nicht oberste Priorität. Fast, als sollte sie in Vergessenheit geraten. Was ist in der Zwischenzeit passiert, dass sie jetzt wieder wichtig zu sein scheint?«

»Ich weiß es nicht«, sagt Falk. »Nachdem die Abtrünnigen und Clara im Dorf waren, hat sich etwas verändert. Ich habe es am selben Abend noch an Magda bemerkt, aber erst gedacht, es sei der Stress.«

»Magda?«, frage ich.

»Weil sie Clara aus dem Nichts heraus angegriffen hat«, sagt er. »Niemand hat ihr den Befehl dazu gegeben und sie schien ... Ich kenne sie seit fünf Jahren, aber sie war an dem Tag nicht sie selbst.« Falk stockt, bedenkt erst Ava, dann mich mit einem schnellen Blick. »Fast, als sei sie hypnotisiert worden. Nur hatte ich keine Chance mehr, nach ihr zu sehen oder mit ihr zu sprechen, um etwas herauszufinden. Wenige Stunden nach dem Angriff ist sie aus dem Dorf verschwunden.«

»Was heißt verschwunden?«, fragt Ava.

In meinen Erinnerungen der letzten Tage krame ich nach Informationen, wann ich Magda zuletzt gesehen habe, doch da ist nichts. Wir haben zwar bis auf ein paar Trainingseinheiten kaum miteinander zu tun, aber in letzter Zeit ist sie mir weder beim Essen noch sonst wo aufgefallen. Ich war so fokussiert auf Falk und dass er vermeidlich den Befehl zum Angriff gegeben hat, dass ich nicht ein einziges Mal an Magda gedacht habe.

»Sie ist zurück nach Polen versetzt worden«, sagt Falk. Er presst die Lippen aufeinander, bevor er hinzufügt: »Angeblich auf eigenen Wunsch.«

Angeblich. Ein so winziges Wort. Drei Silben, aber dazwischen schwingt eine unausgesprochene Beschuldigung.

»So kurz nach dem Angriff?«, frage ich.

Falk zieht eine Braue in die Höhe. »Von Haru wurde mir mitgeteilt, dass ihr der Vorfall leidtat und sie das Dorf deswegen verlassen hat.«

»Wenn Magda weit weg von Japan ist, ist es schwieriger, sie auszuhorchen und herauszufinden, was an dem Abend mit ihr passiert ist«, sage ich, worauf Falk lediglich nickt.

»Seitdem kommen mir die Meister nervöser vor«, sagt er. »Sie haben uns Fuma an den meisten Entscheidungen teilhaben lassen – seit Clara und die Ishikawa im Dorf waren, bleiben sie jedoch komplett unter sich.«

Falk kneift die Brauen zusammen, sieht starr aus der Frontscheibe, aber in Gedanken wirkt er Ewigkeiten weit entfernt. Wenn es für mich schon schwer zu begreifen ist, was passiert, ist es unmöglich, mir vorzustellen, was in Falk vor sich geht.

Er hat nie ein schlechtes Wort über die Gilde verloren, er ist das treuste Mitglied, das ich kenne, und ich wollte immer sein wie er. Schon seit diesem einen Tag im September vor über zwei Jahren, als er mich beim Selbstverteidigungskurs angesprochen hat. Später hat Falk mir erzählt, Taio, der damalige Kursleiter, hätte mich bereits tagelang beobachtet. Als Veit und Falk mir von der Gilde berichtet haben, habe ich nicht gezögert, mit ihnen nach Japan zu kommen. Es war mein einziger Ausweg.

Ich dachte, die Gilde wäre meine Freiheit, aber jetzt zerfällt diese Vorstellung zu Staub.

Weil Falk auch nach mehreren Momenten nicht antwortet, frage ich: »Du hast gesagt, Wahrheit und Lüge sind nicht mehr so leicht zu unterscheiden. Wieso nicht?«

Statt zu antworten, beugt er sich vor und öffnet das Handschuhfach, zieht einen Umschlag hervor, den er mir reicht. Ich schiebe die Lasche hoch und hole einen dünnen Stapel Fotos heraus.

Mit einem Knopfdruck schaltet Falk das Licht im Wagen an, sodass ich die Bilder besser sehe. Ava lugt über meine Schulter und ich halte sie etwas höher.

Das erste zeigt Clara und mich im Wald auf der Lichtung, kurz nachdem sie herkam und ich mit ihr in der Hütte im Wald trainiert habe.

Das zweite zeigt Falk in seiner Unterkunft, wie er auf seinem Bett sitzend ein Foto betrachtet, dessen Motiv mir verborgen bleibt.

Das dritte Bent mit Eirik im Tempel, in ein Gespräch vertieft.

Auf dem vierten sind Veit und Falk zu sehen, voreinander stehend vor Falks Unterkunft, offenbar sauer aufeinander. Während Falk die Hände vor der Brust verschränkt hat, hat sich auf Veits Stirn eine tiefe Falte gebildet.

Das fünfte Foto bildet Ava, Bent und mich vor der Hütte ab, kurz bevor diese explodiert ist. Ein Schaudern erfasst meinen gesamten Körper.

»Die Fotos lagen vor einer Woche auf meinem Kopfkissen«, erklärt Falk. »Ohne einen Briefumschlag, ohne irgendeine Erklärung.«

Ich sehe zu Falk herüber. »Das heißt, sie kommen von jemandem aus der Gilde?«

»Sehr wahrscheinlich. Und sie können nur hier im Dorf aufgenommen worden sein. Das Bild von mir und Veit muss einige Tage vor seinem Verschwinden entstanden sein. Alle anderen sehen aktuell aus.«

»Das Foto von Bent, Jarik und mir ist kurz vor der Explosion geschossen worden«, sagt Ava. »Jemand muss uns beobachtet haben.«

»Vielleicht jemand, der eine Bombe gezündet hat«, sage ich.

Die Bilder bestätigen mir nur noch mehr, dass wir im Dorf mittlerweile vermutlich nicht nur abgehört, sondern auch beobachtet werden.

»Dreh das Foto von dir und Clara um«, fordert Falk, was ich sofort tue. Auf der Rückseite des Bildes sind mehrere japanische Schriftzeichen gekritzelt, die ich noch nie zuvor gesehen habe. Sie sehen aus, als seien sie hastig darauf geschmiert worden, nicht mit besonderer Sorgfalt. So, als hätte sich jemand Notizen gemacht. Hinter den unteren Schriftzeichen steht ein Fragezeichen.

Ich sehe zu Falk herüber, der die stumme Frage in meinem Kopf offenbar gehört hat.

»Ich habe die Schriftzeichen schon mal gesehen«, sagt er.

»Was bedeuten sie?«, fragt Ava.

»Das untere bedeutet Lilienblütenjunge«, sagt Falk. Ehe er weiterspricht, sieht er mir intensiv in die Augen. »Das obere Kirschblütenmädchen.«

Mein Herz stolpert unangenehm.

»Wo hast du die Zeichen gesehen?«, frage ich.

»Auf dem Griff an Veits Katana«, antwortet er. »Er hat sie auf Claras und seines eingravieren lassen.«

KAPITEL 33

Jarik

Einige Augenblicke bleibt es still im Wagen. Falk schaltet das Licht wieder aus und sieht in den Rückspiegel, dann zurück auf die Straße.

»Das heißt«, überlege ich laut, »die Zeichen haben mit der Prophezeiung zu tun?«

»Sehr offensichtlich«, erwidert Falk. »Ich habe allerdings keine Ahnung, was Veit dazu gebracht hat, diese Zeichen eingravieren zu lassen. Oder warum er überhaupt von einem Lilienblütenjungen weiß. Ich habe noch nie davon gehört.«

Ich drehe das Bild herum, betrachte Clara und mich, dann sehe ich mir erneut die Schriftzeichen an.

»Wenn die oberen Kirschblütenmädchen bedeuten und auf Clara anspielen«, sage ich, »haben die unteren etwas mit mir zu tun?«

Falk zuckt unbestimmt mit den Schultern. »Ich wünschte, ich könnte dir eine Antwort darauf geben, aber ich habe keine Ahnung.«

»Glaubst du, Veit kennt die Schrift?«, fragt Ava, worauf Falk jedoch wieder lediglich mit den Schultern zuckt. Die

Geste kommt mir fremd vor, er hat nie so verloren und unsicher gewirkt.

»Möglich, wenn er die Zeichen auf seines und Claras Katana hat eingravieren lassen, aber sicher sein kann ich mir nicht«, sagt er.

»Warum weißt du überhaupt von den Zeichen auf Veits Katana?«, frage ich.

»Zum ersten Mal habe ich sie beim Training mit ihm gesehen«, sagt Falk. »Er hat mir erzählt, sie würden Vater und Tochter bedeuten – was offensichtlich nicht wahr ist, nachdem ich die Zeichen nun selbst übersetzt habe.«

»Wissen die Meister davon?«, frage ich.

»Weder von den Zeichen noch ihrer Übersetzung«, sagt Falk. »Jedenfalls nicht von mir. Ich dachte, es hätte einen persönlichen Wert für ihn und Clara, deswegen habe ich nicht weiter nachgefragt und die Zeichen auch nicht übersetzt.«

»Aber solange nicht geklärt ist, wer dir die Fotos in deine Unterkunft gelegt hat, können wir Clara unmöglich bei den Ishikawa lassen«, werfe ich ein.

»Wir können sie allerdings genauso wenig ins Dorf kommen lassen, ohne ihr über diese Entwicklungen Bescheid zu geben.« Und als wäre es kein Geheimnis, fügt er plötzlich hinzu: »Außerdem weißt du besser als jeder andere, dass sie ihr nichts tun werden, richtig?«

Mein Blick bleibt an ihm kleben, ich bin unfähig, mich zu rühren oder etwas zu sagen. Mein Mund fühlt sich staubig an, meine Kehle ebenso, weswegen ich mich räuspere, doch das bringt nichts.

»Wie meinst du das?«, fragt Ava in die aufgeladene Stille im Auto. »Woher wissen wir, dass sie Clara nichts tun?«

Mir ist heiß und kalt zugleich und am liebsten würde ich mich abschnallen und bei voller Fahrt dieses Auto verlassen, mich nicht dem stellen, was Falk impliziert. Was er schon vor Tagen impliziert hat, als er vor meiner Unterkunft gewartet hat, um mich zu den Meistern zu bringen.

»Ich kann dir nur helfen, wenn ich die Wahrheit kenne«, hat er gesagt.

»Welche Wahrheit?«

»Was tatsächlich im Tunnel passiert ist, als Clara und du von der Gruppe getrennt wurden.«

»Nicht wir«, sage ich auf Avas Frage hin. »*Ich* weiß, dass sie ihr nichts tun. Oder ich ahne es zumindest.«

Zwar spüre ich ihren Blick auf mir, aber ich schaffe es nicht, ihn zu erwidern.

»Woher?«, will sie wissen.

Das ist der Moment, vor dem ich mich gefürchtet habe: den Satz erneut aussprechen zu müssen. Die Erinnerung, wie ich ihn erst vor Kurzem zu Clara gesagt und sie damit endgültig fortgetrieben habe, überrollt mich noch immer, obwohl ich dachte, die Welle längst aufgehalten zu haben. Aber sie hat sich bloß einen Moment zurückgezogen, um Schwung zu holen.

»Ich habe nicht nur darüber nachgedacht, einen Deal mit den Ishikawa einzugehen«, sage ich tonlos und sehe mich nun zu ihr um. »Ich bin ihn eingegangen. Ich sollte Clara ausliefern und sie sollten im Gegenzug meine Erinnerungen löschen.«

Avas Worte kommen mir in den Sinn: »*Tausch nicht ein Elend gegen das andere.*«

Genau das ist längst passiert.

»Und darauf hast du dich eingelassen?«, fragt sie spitz.

Ich schlucke. »Ich habe den Deal selbst vorgeschlagen, als ich gehört habe, dass Clara nach Japan geholt werden sollte.«

»Du hast dir das zunutze gemacht?«, fragt sie. Den eiskalten Vorwurf in ihrer Stimme habe ich mehr als verdient.

»Ja«, bringe ich hervor.

»Das war nicht richtig«, sagt sie, plötzlich heiser. »Ich verstehe, dass du ...« Sie unterbricht sich, ihre Augen werden trüb, als würden Erinnerungen davor vorbeihuschen. »Es ist nicht Claras Schuld, was deine Eltern dir angetan haben. Sie da mit reinzuziehen, war nicht richtig – das war egoistisch.«

Ich wünschte, das hätte sie mir viel früher so an den Kopf geworfen, vielleicht hätten mich ihre Worte genauso getroffen wie jetzt. Vielleicht hätten sie mich überzeugt, diesen Deal nicht einzugehen. Ein besserer Mensch zu sein.

Stattdessen bin ich in die Dunkelheit übergetreten und habe mittlerweile keine Ahnung mehr, wie ich aus ihr herausfinden soll; ob es überhaupt einen Ausgang gibt. Ich kann kaum die Hand vor Augen sehen, so finster ist es um mich herum.

»Weiß Clara von dem Deal?«, fragt Ava.

Ich schaue zu Falk und zumindest die Tatsache, dass er meinen Blick mit Mitgefühl erwidert, lässt mein Herz nicht mehr ganz so schwer wiegen.

»Sie ist meinetwegen überhaupt erst weggelaufen«, sage ich. Obwohl ich dachte, es würde guttun, das endlich loszuwerden, zieht sich mein Hals nur weiter zusammen, sodass es mir schwerfällt, weiterzusprechen. Aber ich erzähle ihr dennoch, was im Wald passiert ist, kurz bevor die Ishikawa mich betäubt und ich Clara aus den Augen verloren habe.

»Du hättest es ihr früher sagen müssen, Jarik«, sagt Ava, doch in ihrer Stimme klingt nun Fürsorge.

»Ich weiß«, erwidere ich, ohne den Blick von der Straße zu nehmen. »Ich will es ihr erklären, mehr als alles andere, aber stattdessen ... Alles, was in letzter Zeit passiert ist, hat sie nur weiter davongetrieben.«

Falk meldet sich mit einem Räuspern zu Wort.

»Ava hat recht«, sagt er. »Es war nicht richtig, was du getan hast, aber du kannst es nicht rückgängig machen. Solltest du Clara wirklich schützen wollen« – er wirft mir einen Seitenblick zu und ich nicke, worauf er ein schmales Lächeln zustande bringt - »dann ist es nicht zu spät dafür. Gutes ist am besten gleich getan, also sollten wir sofort damit beginnen.«

KAPITEL 34

Jarik

»Solltest du irgendetwas Auffälliges bemerken, rufst du sofort an«, sagt Falk zu Ava, während sie ihre Waffen unter ihrer Jacke und am Gürtel verstaut.

Falk hat den Kofferraum des Nissans geöffnet und unter einer Plane mehrere Waffen präsentiert. Da eines der Katana zu auffällig für Ava wäre, hat sie sich für Wurfsterne und Dolche entschieden.

Wir stehen mit dem Wagen in einer Parkbucht am Takeshiba Pier. Von hier aus sehe ich das Wasser, Boote und Schiffe ebenso, und irgendetwas an der Weite des Ozeans, von der ich weiß, dass sie sich dahinter erstreckt, beruhigt mich. Vielleicht ist es auch die Tatsache, dass Falk und ich hier in der Nähe bleiben, während Ava sich mit Clara im nicht weit entfernten Shibarikyū Park trifft. Der Park ist kaum von Touristen besucht und weitsichtig. Sollte Clara, entgegen ihrer Aussage, doch nicht allein kommen, hat Ava zumindest die Umgebung gut im Blick und kann schnell fliehen, sollte es nötig sein.

»*Egal* was«, sagt Falk um einiges eindringlicher, weil Ava lediglich genickt hat. »Ava, hast du das verstanden?«

Sie sieht von dem Dolch auf, den sie in die Halterung ihres Gürtels schiebt.

»Mich auszuruhen, ist nicht meine stärkste Disziplin«, sagt sie mit einem Grinsen und spielt damit auf die Worte an, die sie vor Kurzem so auch bei den Meistern benutzt hat. »Deswegen war ich eine der Besten meines Jahrgangs. Und ausnahmsweise mal nicht den großen Bruder dabei zu haben, der einen behandelt, als sei man zerbrechlich, tut auch ganz gut.«

Sie grinst mir entgegen und beinahe hätte ich mitgegrinst. Sie liebt die Aufträge, sie ist wie gemacht dafür. Ava behält immer einen kühlen Kopf, kann kämpfen, verliert dabei aber nie ihren Humor, egal, wie aussichtslos die Situation erscheint.

»Unterschätz deinen großen Bruder niemals«, sagt Falk lächelnd. »Hinter seiner Fassade lauert viel mehr, als er zugibt.«

»Das stimmt«, erwidert Ava, deren Grinsen ebenso einem Lächeln weicht.

»Aber wehe, das sagst du irgendwem«, warne ich sie spielerisch und zeige mit dem Finger auf sie.

Sie formt Zeige- und Mittelfinger der rechten Hand zu einem V. »Ninja-Ehrenwort.«

Für einen Moment fühle ich mich an die Zeit zurückerinnert, bevor Veit verschwunden und Clara noch kein Thema innerhalb der Gilde gewesen ist – oder für mich zumindest. Die Zeit, in der Ava und ich immer so ausgelassen miteinander umgegangen sind und in der auch Falk deutlich ungezwungener wirkte. In der wir beim Essen zusammengesessen haben und es sich tatsächlich so angefühlt hat, als hätte es zwischen Fuma und Geschwistern der Nacht keinen Unterschied gegeben.

Mittlerweile treiben wir immer weiter auseinander und während ich anfangs noch versucht habe, das zu verhindern, überkommt mich im Moment mehr und mehr das Gefühl, dass ich für diesen Graben zwischen uns verantwortlich bin.

Alles würde ich geben - alles, was ich habe -, um Clara zurückzuholen und diesen Zustand der scheinbaren Sorglosigkeit wieder zu erreichen. Durch sie.

Mit ihr.

Denn die Momente in den letzten Wochen, in denen ich die Sorgen wirklich los war, waren die Momente mit ihr. Mir fehlt ihr Herz, das so farbenfroh und prächtig geblüht hat, dass es meins miterfasst hat, obwohl ich dachte, es wäre längst verkümmert gewesen. Jetzt kann ich die Lilien- und Asternbüsche im Hof verstehen, die welk werden, seitdem der Kirschbaum seine Blüten verliert.

Genauso wie sie ist mein Herz zu Boden gegangen, um dort langsam zu vertrocknen.

»Pass auf dich auf«, sage ich zu Ava.

Sie kommt den Schritt auf mich zu, der uns trennt, und legt mir die Hand über das Herz. Familie – das bedeutet die Geste. Es hat sich eingebürgert, als Ava zum ersten Mal nachts in meine Unterkunft kam, weil die Albträume sie nicht haben schlafen lassen. Als die Panik kam und sie ihr Gesicht an meine Schulter gedrückt und ihre Hand sich in mein Shirt gekrallt hat – genau über meinem Herzen.

»Ich gehe niemals zurück«, hat sie durch Tränen hervorgepresst.

»Musst du auch nicht«, habe ich sie beruhigt. »Die Gilde ist dein Zuhause.«

Sie tritt zurück, nickt Falk zu und entfernt sich dann vom Nissan. Ich sehe dabei zu, wie ihre Gestalt immer kleiner wird und schließlich hinter einer Ecke verschwindet. Ich müsste noch etwas anderes fühlen außer Sorge. Stolz vor allem, weil Ava diesen Auftrag allein durchführt. Weil sie Clara überzeugt hat, sich mit ihr zu treffen. Nicht, wie ich sie überzeugt habe, mir zu vertrauen – mit einem egoistischen Gedanken im Hinterkopf. Ava war alles, was ich mir sicher bin, nicht mehr zu sein: mitfühlend, fürsorglich und vorsichtig.

Sie hat Clara nicht gedrängt, stattdessen hat sie ihr am Telefon grob erklärt, was Falk herausgefunden hat und dass sie nichts überstürzen soll. Sie hat ihr die Wahrheit gesagt, zumindest die, die wir bisher kennen.

Nach einer Viertelstunde hat sie eingewilligt, sich zu treffen, allerdings nur mit Ava und bloß, um sich die Bilder mit der Schrift selbst anzusehen. Falk hat mindestens genauso besorgt ausgesehen, wie ich mich gefühlt habe, aber schließlich hat er zugestimmt, Ava allein losziehen zu lassen.

»Lass uns zum Wasser gehen«, höre ich Falk sagen, doch erst, als er mich an der Schulter berührt, reiße ich mich aus der Richtung los, in die Ava verschwunden ist.

Nur fünf Minuten später stehen wir am Geländer einer Aussichtsplattform mit Blick aufs Wasser. Während Falk die Unterarme auf die Metallbrüstungen gelegt hat, umschlinge ich sie mit den Fingern, um mir damit ein wenig der Anspannung zu nehmen. Es klappt bloß nicht, ich denke ununterbrochen an Ava und auch daran, dass Clara und sie gerade nicht besonders weit von uns entfernt sind.

»Kein Wort, okay?«, sage ich irgendwann zu Falk, als sein Blick zum wiederholten Mal auf mir ruht.

»Was glaubst du denn, was ich sagen will?«, erwidert er.

Ich muss nicht zu ihm herübersehen, um zu wissen, dass er mich wahrscheinlich mit seinem typisch verständnisvollen Blick ansieht.

»Du bist zu weit gegangen, Jarik«, ahme ich seine tiefe Stimme nach. »Du hast dir deine Chancen endgültig verbaut, Jarik. Und außerdem bist du ein wandelndes Klischee, weil du tust, als hättest du deine Gefühle unter Kontrolle, aber ununterbrochen an ...«

Da bricht meine Stimme.

»An Clara denkst?«, vervollständigt Falk den Satz für mich.

Jetzt traue ich mich erst recht nicht, zu ihm zu sehen.

»Hast du davon gewusst oder es nur geahnt?«, frage ich.

»Von deinem Deal?«

Es dauert mehrere Sekunden, bevor ich zu ihm herübersehe und nicke.

»Geahnt«, sagt er. »Nicht, dass du einen Deal mit den Abtrünnigen geschlossen hast, aber dass etwas nicht stimmt.

Spätestens, als du Clara nicht beim Auftrag dabeihaben wolltest. Ich habe euch zusammen gesehen in der Woche und du hast weder gewirkt, als seist du unzufrieden mit ihr gewesen, noch hat sie sich schlecht angestellt.«

»Trotzdem hast du mich ernstgenommen und sie vom Auftrag ausgeschlossen?«

»Ich war mir sicher, du hattest deine Gründe. Ich vertraue dir«, setzt er fest hinzu.

Das befeuert mein schlechtes Gewissen, dass ich ihm in den letzten Wochen mehr und mehr misstraut habe, auch wenn ich mittlerweile weiß, ich hätte nichts dagegen tun können. Er hat es darauf angelegt – zu meinem Schutz. Und zu Claras. Dafür kann ich Falk nicht sauer sein.

»Der Tag des Auftrags, bei dem sie mitkommen sollte«, sage ich, »war der Tag, an dem ich sie hätte ausliefern müssen. Die Ishikawa haben mir einen Abend zuvor eine Postkarte zukommen lassen.«

»So habt ihr kommuniziert?«

»Ja«, sage ich.

»Wie bist du an die Ishikawa herangetreten?«

Wenn ich nun alles offenlege, dann auch das.

»Haruto«, antworte ich. »Aber er hat mir nie erzählt, woher er den Kontakt zu ihnen hat.« Ich seufze. »Anfangs dachte ich, es sei leicht, Clara auszuliefern. Ich habe mir eingeredet, sie wäre nichts weiter als ein Auftrag. Als diese Postkarte in meinem Zimmer lag ... Ich konnte sie den Ishikawa nicht übergeben. Es ging nicht.«

»Ich weiß«, sagt Falk, die Stimme voller Verständnis. »Es war richtig so, du wolltest sie schützen, du hattest Angst um sie. Nichts ist offensichtlicher als das, was du verbergen willst.«

»Dann hat sich die Mühe also nicht gelohnt, so zu tun, als ob?«, frage ich in Anspielung auf das Sprichwort. Ich grinse halb und Falk tut dasselbe. »Aber Clara musste sich natürlich unbedingt über deinen Befehl hinwegsetzen.«

Falk lacht und blickt aufs Wasser. »Sieht ihr ähnlich, wenn ich an Veit denke. Er hat sich nie etwas sagen lassen, sobald er sich Dinge in den Kopf gesetzt hatte. Das hat er definitiv an sie vererbt.«

»Sie hat mich damit fast umgebracht, meine Sorge um sie im Tunnel war endlos«, sage ich. »Es gab diesen Punkt, an dem ich mir sicher war, wir schaffen es nicht - und es wäre allein meine Schuld gewesen.«

»Was ist im Tunnel tatsächlich passiert?«, will Falk wissen.

Zu viel, denke ich. Aber ich versuche, die Worte endlich in Einklang zu bringen.

»Es war alles unauffällig, was mich schon stutzig gemacht hat«, erzähle ich. »Ich wollte einem Umweg nehmen, weil die Ishikawa mich angewiesen hatten, zur Shibuya Kreuzung zu kommen. Doch plötzlich hat Veit nach Clara gerufen.«

Falks Arme auf dem Metallgeländer spannen sich an, seine Augen weiten sich.

»Bist du sicher, dass es Veit war?«, fragt er.

»Nein«, gebe ich zu. »Die Stimme war zu weit weg und ich habe ihn nicht gesehen. Clara ist in die Richtung gelaufen, aus der der Ruf kam, ich bin ihr hinterher und habe die anderen angewiesen, den Tunnel zu sichern. Kurz danach gab es eine Explosion, die Clara und mich von den Geschwistern getrennt hat, weil der Weg versperrt war. Wir mussten weiter über Shibuya. Ich dachte, die Abtrünnigen locken uns gezielt dorthin.«

»Haben sie dort auf euch gewartet?«

Ich schüttle den Kopf, was Falk die Brauen zusammenkneifen lässt.

»Irgendwer hat Feuer gelegt und Clara und mich in die Enge getrieben«, sage ich. »Es gab kein Vor und Zurück mehr. Im Tunnel vor uns sind vermummte Gestalten aufgetaucht, aber sie hatten kein Erkennungszeichen, oder ich habe es in der Aufregung nicht gesehen. Es gab eine weitere Explosion und die Decke ist eingebrochen.« Ich atme tief ein und aus, weil die nächsten Worte sich selbst in meinem Kopf völlig absurd anhören: »Daraufhin sind Abtrünnige in den Tunnel gestürmt und haben uns gerettet. Mason, einer von ihnen, hat mir geholfen, Clara aus dem Tunnel zu tragen, nachdem sie von einem Stein am Kopf getroffen wurde.«

Jetzt, da es ausgesprochen ist, dachte ich, erleichtert zu sein, aber die Situation im Tunnel ergibt noch immer keinen Sinn für mich. Egal, wie ich es drehe und wende. Manchmal, wenn ich darüber nachdenke, glaube ich, etwas übersehen zu haben. Ein Teil, das im Chaos verloren gegangen ist, und das das Puzzle nun nicht vervollständigt.

»Mason hat gesagt, sie retten uns vor unseren eigenen Leuten«, teile ich Falk mit. »Und ich habe keine Ahnung, ob das stimmt, weil ich nicht weiß, wer die vermummten Gestalten waren. Aber Mason hat nicht gelogen – er und die anderen Isahikawa haben uns gerettet. Clara und ich waren so gut wie tot, Falk. Ich konnte nichts tun, außer ihnen zu vertrauen.«

»Du hast absolut richtig gehandelt«, sagt er. »Claras und dein Leben standen auf dem Spiel, du musst dir keine Vorwürfe für deine Entscheidungen machen.«

»Mittlerweile bin ich mir nicht mal sicher, ob die Abtrünnigen die Postkarte überhaupt geschrieben haben, damit ich Clara nach Shibuya bringe«, gebe ich zu.

»Du meinst, jemand anderes hat sie geschrieben, um dich in die Irre zu führen?«, fragt Falk.

Ich nicke. »Warum sonst haben sie uns geholfen und dann einfach gehen lassen?«

Falk seufzt, kann mir aber keine Antwort darauf geben. Stattdessen fährt er fort: »Das heißt, sollten die Ishikawa nicht für das Feuer und die Explosion im Tunnel verantwortlich gewesen sein ... waren es die Auftraggeber eurer Mission, weil nur sie wussten, wo ihr euch aufgehalten habt.«

»Hast du den Auftrag mit den anderen Fuma allein organisiert oder ...«

Ich traue mich nicht, weiterzusprechen, muss es aber auch nicht, denn Falk übernimmt das für mich: »Die Meister haben ihn angeordnet.«

Noch immer sind Falks Augen geweitet und auch sein Mund ein wenig geöffnet, als wollte er etwas hinzufügen, wüsste aber nicht, was. Ich kann es ihm nicht verübeln. Auch wenn ich hunderte Male über den Auftrag im Tunnel nachgedacht habe, Sinn ergibt er nicht. Er hat lediglich Fragen aufgeworfen. Jetzt noch mehr.

Vergiss nie, wer euch gerettet hat, kommen mir die Worte von dem Zettel in den Sinn.

Vergiss nie, wer euch töten wollte, müsste es eigentlich heißen.

Aus meiner Jackentasche ziehe ich das Foto und den Zettel hervor, den Mason mir zugesteckt hat, bevor er mit den anderen verschwunden ist. Aus Angst, jemand könnte ihn in meiner Unterkunft finden, trage ich beides immerzu bei mir.

Ich halte ihn Falk hin, der ihn entgegennimmt. Er liest zuerst den Zettel mit der Botschaft und dem Zitat darauf, anschließend betrachtet er das Foto. Und irgendwas verändert sich plötzlich an ihm. Mit einem Mal wirkt er weit weg, scheint mich nicht mehr wahrzunehmen, sondern streicht mit dem Zeigefinger über das Bild, als wollte er sichergehen, dass es echt ist und sich nicht jeden Augenblick in Luft auflösen könnte.

Mindestens eine Minute vergeht, in der er nichts sagt. Falks Blick ist auf eine einzige Person gerichtet und wenn ich raten müsste, würde ich sagen, es ist Veit. Möglich dass sie mehr als Freunde sind, so wie Ava und ich. Vielleicht sind sie Brüder, zumindest sieht Falk aus, als würde es etwas mit ihm machen, Veit zu sehen.

»Kennst du das Bild?«, frage ich.

Obwohl ich alles andere als schreie, schreckt Falk wie aus einem Traum geweckt auf und sieht zu mir herüber. Er hält das Foto so fest zwischen den Fingern der rechten Hand, dass es an der Seite knittert.

»Ich habe es damals geschossen«, sagt er.

KAPITEL 35

Ich finde den Shibarikyū Park nicht auf Anhieb. Zweimal biege ich in die falschen Gassen ab, nur um wieder umkehren zu müssen. Währenddessen beschleicht mich das Gefühl, beobachtet zu werden. Mit Mason und den Geschwistern habe ich mich am Tempel sicher gefühlt, nachdem ich mit Jarik telefoniert habe. Jetzt bin ich auf mich allein gestellt, und zwar, weil ich es so wollte. Auch Falks und mein Telefonat habe ich für mich behalten, als ich zurück ins Hotel gekommen bin. Weder Mason noch sonst jemand hat mich gefragt, warum ich so lange unterwegs war, was mir allerdings ein schlechtes Gewissen beschert hat.

Niemand der Ishikawa hat mir seit unserem Zusammentreffen im Tunnel mit Jarik einen Grund gegeben, ihnen zu misstrauen – aber ich habe mir geschworen, nicht denselben Fehler mit ihnen wie mit der Gilde zu machen. Momentan bin ich die Einzige, der ich vertraue, und sobald ich herausgefunden habe, was Ava mir zu sagen hat, werde ich entscheiden, ob ich die Abtrünnigen einweihe.

Als ich den Park schließlich erreiche, sehe ich Ava bereits von Weitem, Laternen säumen den Weg zu ihr. Sie steht auf einer Holzbrücke, die über den See in der Mitte des Parks gebaut ist. Ihr streng gebundener Pferdeschwanz passt so gar nicht zu dem offenen Lächeln, das sie auf den Lippen trägt.

Nur noch wenige Meter entfernt, hebt sie die Hand zur Begrüßung und bei ihrer freien und lockeren Art, will ich es ihr erst gleichtun. Dann rufe ich mir jedoch ins Gedächtnis, dass ich keine Ahnung habe, ob ich ihr trauen kann. Wem ich gerade überhaupt trauen kann.

»Hallo«, sagt Ava, als ich mit zwei Metern Abstand vor ihr auf der Brücke stehen bleibe. Sie lehnt den rechten Unterarm locker auf das Geländer, nichts an ihr deutet auf Kampf hin, was mich zumindest ein wenig entspannen lässt. Ich hätte keinerlei Waffen, um mich zu verteidigen.

»Bist du allein hier?«, frage ich, sehe einmal an ihr vorbei, dann flüchtig über meine Schulter.

Außer uns sind zwar noch einige Menschen im Park, aber Falk und Jarik oder sonst jemanden aus der Gilde erkenne ich nicht. Obwohl das nichts zu bedeuten hat, denn die Geschwister sind darauf trainiert, sich zu verstecken.

»Jarik und Falk sind am Pier geblieben«, sagt Ava.

»Und sonst ist niemand hier?«

Sie schüttelt den Kopf. »Nur wir drei sind hergekommen.«

Das lässt mich stutzen. »Heißt das, in der Gilde weiß niemand, dass ihr hier seid?«

»Nein«, antwortet sie. »Falk hat mich und Jarik heute Nacht geweckt und ist mit uns hergefahren, um dich wegen deines besten Freundes zu warnen und dir neue Informationen zu überbringen.«

Bei der Erwähnung von Damien zieht sich mein Herz zusammen.

»Ich lasse nicht zu, dass ihr ihn missbraucht«, sage ich. »Und ich lasse ihn nicht bei euch, damit ihr mich mit ihm erpresst.«

»Musst du nicht«, erwidert Ava sofort. »Damien wird nicht hergebracht.«

Ihre Aussage lässt mich meine Brauen zusammenschieben. »Jarik hat gesagt, er soll hergeholt werden, weil er von den Ishikawa hypnotisiert wurde und im Dorf in Sicherheit sei. Aber er wurde von euch hypnotisiert.«

Plötzlich ist es Ava, deren Brauen sich zusammenschieben und dazwischen eine Falte hinterlassen.

»Von uns?«, fragt sie.

»Riku hat ihn hypnotisiert«, sage ich. »Die Ishikawa haben das Dorf wegen Damien beobachtet und ein Gespräch zwischen zwei Fuma gehört, die von Riku erzählt haben.«

»Das ist unmöglich«, sagt Ava, beinahe wie zu sich selbst.

Sie lässt den Blick abrupt hinter mich schweifen, worauf ich automatisch dasselbe tue, aus Angst, jemand könnte sich dort befinden. Aber es ist nur ein Pärchen, das den Weg entlangschlendert. Als ich zurück zu Ava schaue, sind ihre Augen wieder genau in meine gerichtet, ihre Brauen noch immer zusammengeschoben.

»Falk hat mit Riku telefoniert«, sagt sie. »Der hat ihm versichert, seit Wochen nicht Auffälliges in Damiens oder der Nähe deiner Mutter gesehen zu haben. Er sollte vermutlich nie ins Dorf geholt werden, sondern war der Köder für dich.«

In meinem Kopf bildet sich ein solches Knäuel an Gedanken, dass ich kaum mitkomme, ihn zu entwirren. Also kann es nicht Riku gewesen sein, der meine Familie hypnotisiert hat. Oder er hat Falk angerufen und spielt bloß ein falsches Spiel.

»Wer hat den Köder ausgelegt?«, frage ich, um wenigstens einen der Gedanken zu ordnen. »Die Meister?«

Ava schluckt, als würden die Worte ihr schwerfallen, dann nickt sie zögerlich. »Bent hat mit jemandem darüber geredet, dass Damien hergeholt werden sollte, und ich habe Jarik davon erzählt. Der wollte dafür sorgen, dass du nicht ins Dorf kommst und der Gilde in die Hände läufst.«

Mein Mund ist zu trocken, um darauf zu antworten. Einen Augenblick lasse ich Avas Worte auf mich wirken, doch sie ergeben keinen Sinn, wie ich sie auch drehe und wende.

»Warum hat Jarik mich dann angerufen und mir erzählt, Damien sei von den Ishikawa hypnotisiert worden?«, will ich wissen. »Das passt nicht zusammen.«

»Es war nicht unsere Entscheidung, dich anzurufen«, sagt sie. »Haru und die anderen Meister wollten es. Jarik und ich konnten vor ihnen nicht offen reden, es ging nicht.«

»Forsche siebenmal nach, bevor du jemanden verdächtigst«, hat Jarik am Telefon zum Abschluss zu mir gesagt.

Sollte das eine Warnung sein?

»Wir haben bloß ihr Spiel mitgespielt«, sagt Ava. »Hätten wir das nicht, wären wir der Gilde mit Sicherheit sofort verwiesen worden, und dann hätten wir keine Chance mehr gehabt, dich zu warnen.«

Mit den Gedanken an die Worte, die ich Jarik entgegengeschleudert habe bei dem Telefonat, sehe ich auf den See. So glatt wie seine Oberfläche ist, so durcheinander sind meine Gedanken.

Während er mich warnen wollte, habe ich ihm gesagt, ihn zu hassen.

»Wie lange bist du schon in der Gilde?«, frage ich Ava.

»Über zwei Jahre«, antwortet sie.

»Glaubst du, deine Geschwister könnten etwas vor dir verheimlichen? Etwas, das du nie erfahren sollst?«

Ava stockt und schweigt.

»Die Ishikawa denken, die Gilde hat meinen Vater entführen lassen«, sage ich. Diese Worte schweben kurz zwischen uns, doch Ava erwidert nichts darauf, weswegen ich fortfahre: »Sie glauben, jemand aus den Reihen der Geschwister hat sich die Finger dreckig gemacht, nicht die Meister selbst.«

Ihre Augen wandern umher, als würde sie in Gedanken nach einem Namen kramen. Doch etliche Momente verstreichen, ohne dass sie etwas erwidert. Stattdessen fährt sie sich mit der Hand über die Haare, dann in den Nacken.

»Das ergibt alles keinen Sinn«, sagt sie. Mit den Fingern massiert sie ihre Schläfe. »Ich kriege die Puzzleteile einfach nicht in die richtige Reihenfolge gelegt.«

»Da sind wir schon zwei«, erwidere ich und meine still und heimlich auch Jarik, aus dem ich nicht schlau werde.

Ava lässt ihre Hand sinken, während sich ihre Gesichtszüge nun glätten.

»Jarik hat nicht ernstgemeint, was er am Telefon zu dir gesagt hat«, sagt sie. »Ich kenne ihn.«

»Kannst du Gedanken lesen?«, frage ich.

Auf ihren Lippen erscheint ein Lächeln. »Das muss man nicht. Du und er, ihr seid viel zu oft wie ein aufgeschlagenes Buch, seit ihr euch kennt.«

Jarik hat ständig verlauten lassen, Emotionen seien hinderlich, doch so wie Ava es betont, klingt es nach etwas Positivem, sie offenzulegen. Nicht, als müsste man sie verstecken.

»Er hat gesagt, das ist keine gute Eigenschaft für einen Shinobi«, erwidere ich.

»Für die Gilde nicht, nein«, sagt Ava. »Aber was bleibt von einem Leben ohne Emotionen?«

Dunkelheit, antworte ich gedanklich.

All das, was mich seit dem Verschwinden meines Vaters begleitet hat und durch Jarik zu Licht geworden ist.

Ich seufze, auch wenn meine Brust sich weiterhin zugeschnürt anfühlt.

»Du hast am Telefon gesagt, Falk hätte Bilder mit Symbolen bekommen, die ich kenne«, lenke ich das Gespräch von Jarik auf Avas und mein Telefonat und den Grund für unser Treffen.

Aus ihrer Jackentasche holt sie einen Umschlag, sieht sich kurz um, als wollte sie sicher sein, dass niemand in der Nähe ist. Erst dann zieht sie die Fotos daraus hervor. Sie reicht sie mir, damit ich sie betrachten kann.

»Wer hat die geschossen?«, frage ich.

»Falk weiß es nicht«, erwidert Ava. »Dreh das Bild von dir und Jarik um.«

Ich tue, was sie sagt, und entdecke auf der anderen Seite japanische Schriftzeichen, die ich sofort und ohne jeden Zweifel erkenne. Nicht nur auf dem Griff meines Schwerts habe ich sie hundert Mal gesehen, auch auf dem Katana meines Vaters. Seit er verschwunden ist, habe ich es so oft in der Hand gehalten und betrachtet, ich könnte die Zeichen hier und jetzt zu Papier bringen, ohne sie anzusehen.

»Ich kenne die Zeichen«, sage ich. Vom Foto aufschauend, begegne ich Avas Blick. »Mein Vater hat sie in den Griff seines und meines Katanas eingravieren lassen.«

»Ich weiß«, antwortet sie zu meiner Überraschung. »Falk wusste von den Zeichen, er hat sie auf Veits Katana selbst gesehen. Er hat nachgesehen, was sie bedeuten, als er die Bilder bekommen hat.«

»Vater und Tochter«, sage ich. »Aber ich verstehe nicht, warum sie auf einem Bild von Jarik und mir -«

»Das bedeuten sie nicht«, unterbricht mich Ava.

Von ihr schaue ich noch einmal auf die Rückseite des Bildes in meiner Hand und die Schriftzeichen, aber es sind exakt die, die auch auf meinem und dem Katana meines Vaters zu erkennen sind. Nur dass unter dem unteren hier ein Fragezeichen aufgemalt ist.

»Warum sollte mein Vater mich belügen?«, frage ich, als ich wieder zu Ava sehe.

»Ich weiß es nicht«, sagt sie ehrlich. »Falk hat sie auf jeden Fall übersetzt. Das obere bedeutet Kirschblütenmädchen« – sie streckt die Hand aus und fährt die besagten

Zeichen vorsichtig mit dem Finger nach – »das untere Lilienblütenjunge.«

»Lilienblütenjunge?«, wiederhole ich. Ich weiß nicht, weshalb, aber der Name rollt mühelos über meine Zunge, als hätte ich ihn schon etliche Male ausgesprochen.

»Falk sagt, es hat wahrscheinlich etwas mit der Prophezeiung zu tun.«

Ich überlege, ob der Name als Gegenpart zum Kirschblütenmädchen gedacht ist, und ob Jarik damit gemeint ist. Denn immerhin sind es wir zwei, die auf dem Bild zu sehen sind. Außerdem frage ich mich, ob mein Vater mehr von der Schrift weiß.

Und weshalb er mich mit der Bedeutung der Zeichen belogen hat.

»Duck dich!«, raunt Ava plötzlich.

Bevor ich überhaupt reagieren kann, wirft sie den Arm um meine Schulter, nimmt mir in einer fließenden Bewegung die Bilder ab und schiebt mich hektisch über die Brücke. Hinter uns höre ich im Holz etwas aufkommen und als ich mich zum Geräusch herumdrehe, sehe ich einen Wurfstern darin stecken. Genau dort, wo wir gerade noch gestanden haben.

Auf einer Anhöhe, kaum zwanzig Meter entfernt, sieht mir eine Gestalt in die Augen. Während Ava mich an der Hand nun mit sich zerrt, hebt die Gestalt ihre, um erneut etwas nach uns zu werfen.

Als sie ausholt, zieht Ava mich scharf nach rechts und wir weichen dem zweiten Wurfstern aus, ehe wir hinter einer Hecke verschwinden.

KAPITEL 36

Jarik

»Das Bild war sozusagen für private Zwecke?«, frage ich Falk.

Mittlerweile laufen wir den Pier entlang, während Falk das Foto wieder und wieder betrachtet, als könnte er darin Informationen finden, die ihm bei den ersten Malen nicht aufgefallen sind. Doch sofern er welche gefunden hat, spricht er es nicht laut aus.

»Es ist wie das Foto der neuen Geschwister, die geschossen werden«, sagt er. »Es kommt in die Unterlagen. Nichts als Bürokratie.«

Damals wurde auch von mir ein Bild geschossen und ich weiß noch, dass es für mich wie ein Lichtbildausweisfoto war, keine große Sache.

»Warum hat Mason ein aus Bürokratiegründen aufgenommenes Bild bei sich?«, frage ich.

Falk sieht auf den Zettel. »Um zu zeigen, dass es die Meister sind, die junge Bäume biegen?«

»Und wie ist er da rangekommen?«

Aus den Augenwinkeln schaut er mich an. »Das ist die interessantere Frage.«

Dass Falk genauso im Dunkeln tappt wie ich, beruhigt und beunruhigt mich zugleich. Es heißt, wir stehen offenbar doch auf derselben Seite, aber wohin der Weg führt, ist uns beiden nicht klar.

»Oder soll es bloß so aussehen, dass die Meister junge Bäume biegen?«, frage ich.

»Möglich«, erwidert er. »Aber sicher sein können wir nicht. Im Moment habe ich das Gefühl, wir können nur uns selbst trauen, bis wir etwas anderes herausgefunden haben.«

»Und wie tun wir das?«

Er bleibt stehen und ich folge seinem Beispiel.

»Indem wir versuchen, die Puzzleteile Stück um Stück zusammenzusetzen«, sagt er. »Die japanischen Schriftzüge für Kirschblütenmädchen auf Veits Katana sind kein Zufall. In der Prophezeiung wird von der Ersten gesprochen, die geboren wird, wenn der Kirschbaum seine ersten Blüten trägt. *Die* Erste«, fügt er deutlich hinzu. »Weiblich. Ein Mädchen wird geboren. Wurde geboren.«

Mio, geht es mir durch den Kopf.

»Damit ist Clara gemeint«, sage ich. »Der Teil der Schrift ist bekannt. Aber was ist mit den anderen Schriftzeichen? Mit dem Lilienblütenjungen?«

»Es ist das erste Mal, das ich von ihm höre«, sagt Falk, wie zuvor im Auto. »Wenn die Schriftzeichen für das Kirschblütenmädchen – für Clara – etwas mit der Prophezeiung zu tun haben, gehe ich davon aus, die anderen Zeichen haben das ebenso. Und dann sprechen wir von einem Teil der Schrift, der nicht bekannt ist, oder zumindest nicht mir.

Allerdings könnte er Veit tatsächlich bekannt gewesen sein.«

»Vielleicht ist er deshalb entführt worden«, sage ich. »Weil jemand etwas darüber aus ihm herausbekommen will.«

Bei dem Gedanken überkommt mich eine Gänsehaut. Ich hoffe, es geht ihm gut, wo auch immer er gerade ist, ich hoffe, ihm ist nichts angetan worden. Falk wirkt mit seinen zusammengeschobenen Brauen, als würde ihm Ähnliches durch den Kopf gehen.

»Als Clara und ich in Yokohama waren, hat sie etwas zu mir gesagt.« Ich nestle am Saum meiner Jacke. »Sie hat sich gefragt, ob es möglich ist, dass Veit sie und ihre Mutter aus Angst nicht über die Gilde unterrichtet hat. Weil er vielleicht jemanden in den eigenen Reihen vermutet hat, der ihnen etwas hätte antun wollen. Was ist, wenn das nicht alles ist, was er eventuell geheimgehalten hat?«

»Es würde zu Veit passen«, sagt Falk. »Das Meiste mit sich selbst auszumachen.«

Ich frage mich, was Falk damit meint, aber unser Gespräch wird vom Klingeln seines Handys unterbrochen. Sofort zieht er es aus seiner Hosentasche und geht ran.

»Was ist los, Ava?«, fragt er. Bei ihrem Namen verdoppelt sich mein Herzschlag. »Wo seid ihr?«

Pause. Ich höre Ava etwas sagen, das nach »Jemand verfolgt uns« klingt.

»Könnt ihr über einen anderen Weg weiter? Was ist mit dem Tunnel der Yokosuka Bahn?«

Reflexartig lasse ich meinen Blick über die weitläufige Umgebung gleiten, erkenne aber keine auffälligen Personen.

Allerdings könnten sie ebenso in den Wolkenkratzern hocken, von den verspiegelten Scheiben verdeckt.

Falk läuft los und weist mich mit einer Handbewegung an, ihm zu folgen.

»Nehmt den U-Bahn-Schacht an der Abzweigung zur Yokosuka Station«, sagt er zu Ava. »Er wird gerade von der Gilde ausgebaut und ist abgesperrt, aber die Seitentür steht für die Geschwister offen. An der dritten Biegung ist eine Tür, die zu einer U-Bahn-Station führt. Ihr müsst über die Schienen zur gegenüberliegenden Tür. Wir warten dahinter auf euch.«

Erneut spricht Ava und gibt ihr Okay.

»Wir sehen uns gleich«, sagt Falk und beendet das Gespräch.

KAPITEL 37

Clara

»Wohin gehen wir?«, frage ich Ava.

Sie drängelt sich mit mir durch einige Menschentrauben, wofür wir ernste Blicke ernten, aber unseren Weg unbeirrt fortsetzen.

»Über den Zojoji Tempel, da ist zu der Zeit noch am meisten los«, sagt sie. »Wir verschwinden in der Masse. Setz das hier auf.«

Sie zieht eine Mund-Nasen-Maske aus ihrer Jackentasche, drückt sie mir in die Hand und holt eine zweite hervor, die sie sich überstreift.

»Wofür ist die?«, frage ich.

»Um nicht so schnell erkannt zu werden«, sagt sie, während wir die Hauptstraße entlanglaufen. Die Menschenmassen verdichten sich und aus der Ferne kann ich bereits die Spitze eines Tempels erkennen. »Die sind hier in Japan ziemlich normal, niemand wird dich komisch ansehen dafür.«

Die hellblaue Papiermaske liegt zwar erst wie ein Fremdkörper über meiner Nase und dem Mund, aber es lässt sich leichter dadurch atmen, als ich erwartet habe. Ava löst ihren strengen Pferdeschwanz und lässt sich die Haare tief ins Gesicht fallen. Mit einer flinken Bewegung streift sie sich zudem die Jacke von den Schultern und dreht sie auf links, wodurch sie nicht mehr schwarz ist, sondern in einem grellen Orange leuchtet.

»Wendejacken sind bei Aufträgen sehr praktisch«, sagt sie bei meinem Blick, als sie sich die Jacke wieder überstreift. Ich sehe durch die Maske nicht, ob sie grinst, aber ihre Stimme klingt belustigt.

»Tarnung?«, frage ich.

»Oder Verwirrung«, erwidert sie. »Bind dir deine Jacke um die Hüfte, dann wirkt es zumindest fast wie ein anderes Outfit.«

Sofort tue ich, was sie verlangt.

»Demnächst bekommst du dann deine eigene Wendejacke«, sagt Ava mit einem Lachen.

Ich habe keine Ahnung, wie sie in dieser Situation noch lachen kann, aber es beruhigt mich, dass sie es tut.

Mittlerweile sind etliche Menschen um uns herum, sodass Ava und ich im Slalom um sie laufen. Irgendwann greift Ava nach meinem Unterarm und zieht mich sachte mit sich, wofür ich ihr dankbar bin. Sollte ich sie verlieren, kenne ich mich hier zu wenig aus, als dass ich sie schnell wiederfinden würde.

Vor uns taucht der Tempel auf und tatsächlich hatte Ava recht: Menschen schieben sich auf ihn zu, sodass es ein Leichtes ist, zwischen ihnen unterzugehen.

Ava zieht mich mitten durch die Menge, sagt mehrmals etwas auf Japanisch, wovon ich annehme, dass es eine Entschuldigung ist. Im Tor zum Tempel bleibt sie vor einem verglasten Schrein stehen, legt mir die Hand an den Rücken, um mich ebenfalls vor dem Glas zu positionieren. Als sei sie an der Statue dahinter interessiert, betrachtet sie sie.

»Achte auf die Verspiegelung«, flüstert sie mir zu.

Zuerst erkenne ich nur uns zwei und die Menschen hinter uns, die das Tor passieren, um zum Tempel zu gelangen.

Doch plötzlich betreten zwei weitere Personen das Tor. Komplett in schwarz gekleidet, die Kapuzen ihrer Jacken ins Gesicht gezogen. Eine ist definitiv die Gestalt aus dem Park, seine Jacke trägt dasselbe Tarnmuster. Die Personen unterscheiden sich lediglich durch ihre Größen, beide sind männlich – und sie sehen sich ausgiebig nach links und rechts um, bleiben im Tor stehen. Sie werfen sich ein Nicken zu, ehe einer von ihnen in unsere Richtung kommt. Mein Herz setzt aus. Am liebsten würde ich mir die Jacke wieder überstreifen und mir die Kapuze ins Gesicht ziehen, doch nichts ist vermutlich auffälliger als das.

»Jiin wa utsukushī«, sagt Ava plötzlich absolut akzentfrei auf Japanisch zu mir.

Als ich sie anschaue, nicht wissend, was ich darauf erwidern soll, nicke ich bloß. Sie lacht viel zu hoch und überschwänglich, was gar nicht nach ihr klingt, und als hinter uns eine Gruppe von sechs Frauen das Tor betritt, hakt Ava sich bei mir unter und zieht mich hinter die Gruppe, als gehörten wir dazu – genau vorbei an einem der

Männer, die uns suchen. Doch er sieht über unsere Köpfe hinweg, als seien wir gar nicht anwesend, so sehr gehen wir in der Gruppe Frauen unter.

Ich spiele Avas Spiel mit, obwohl meine Beine zittern und ich es gerade so schaffe, mich vorwärts zu bewegen.

»Nicht umdrehen«, raunt sie mir zu, nachdem wir uns etwa zehn Meter entfernt haben, und scheint damit wieder in meinen Gedanken zu lesen. »Ist schwer, ich weiß, aber tu ihnen nicht den Gefallen, uns doch noch zu erkennen. Wir sind schon so gut wie weg.«

Als die Gruppe, in der wir uns mittreiben lassen, den Tempel erreicht, bugsiert Ava uns nach links daran vorbei. Wir passieren mehrere Gassen, in denen ich endgültig jegliche Orientierung verliere, weil Ava nun nicht mehr gemächlich läuft, sondern ihr Tempo erhöht. Dass ich in den letzten Tagen nicht regelmäßig trainiert habe, macht sich darin bemerkbar, dass meine Kondition nachgelassen hat. Zwar kann ich mit Ava mithalten, bin aber nach etwa hundert Metern mehr aus der Puste als gewöhnlich.

Kommentarlos passieren wir eine U-Bahn-Station, rein in eine Seitengasse, an dessen Ende ein Zaun ist. Bevor ich fragen kann, ob wir darüber klettern müssen, steuert Ava auf eine Tür rechts von uns hinter einem Mülleimer zu und öffnet sie.

Ich zögere, als ich die Treppe vor mir sehe, die von Dunkelheit umgeben in eine Art Gang führt. Vor meinem inneren Auge sehe ich den Tunnel, das Feuer, in meinen Ohren rauscht die Explosion, ich fühle Jariks Hand in meiner, die sie fest umschlungen hält. Mich hält.

Ich hätte den Zettel mit dem Glück im Tempel lassen sollen, als ich die Chance dazu hatte. Oder ich hätte mir wünschen sollen, dass ich Jarik endlich hinter mir lassen kann. Aber irgendetwas zieht und zerrt mich selbst in Gedanken ständig in seine Richtung. Wie ein Gummiband, das zu weit gespannt wurde – jedes Mal, wenn ich versuche, wegzulaufen, werde ich wieder in seine Richtung katapultiert.

Ich reiße mir den Mundschutz herunter, weil ich das Gefühl habe, plötzlich keine Luft zu bekommen. Ava tut dasselbe. Meine Lungen drücken sich zusammen und je mehr ich versuche, ruhig zu atmen, desto mehr bleibt mir die Luft weg.

Es war kurz vor knapp. Der Rauch damals hat meine Lungen geflutet und wären die Abtrünnigen nicht gewesen, wäre ich jetzt nicht hier. Man hat Jarik und mich in die Enge getrieben. Man hat in Kauf genommen, dass wir in diesen Tunneln ersticken.

Eigentlich dachte ich, die Erinnerungen loszusein, aber die Schwärze, das Unbekannte, das sich vor mir erstreckt, holt sie alle zurück. Bevor ich es bemerke, habe ich einen Schritt von der Tür weggemacht.

»Ich kann nicht«, sage ich zu Ava.

Sie schluckt und mit einem Mal legt sich ein entschuldigender Ausdruck über ihr Gesicht.

»Wir haben keine andere Wahl«, erwidert sie. Vorsichtig kommt sie einen halben Schritt auf mich zu, aber ich weiche vor ihr zurück, aus Angst, sie könnte mich packen. »Auf den Straßen ist es zu auffällig.«

Wie zur Bestätigung ist ein heranfahrendes Auto zu hören. Nur Sekunden später biegt ein Nissan um die Ecke in die Gasse und kommt direkt auf uns zu. Ich springe zur Seite, aus Angst, er würde genau auf mich zurasen, doch mit einem Mal stoppt er abrupt, die Türen werden aufgerissen und heraus treten zwei Personen, die ich kenne – Falk und Jarik.

KAPITEL 38

Clara

Sie hat mich gezielt hergebracht, schießt es mir zuerst durch den Kopf. Ava hat mich hergeführt, um mich Jarik und Falk auszuliefern. Um mich erneut zu entführen, wieder zurück nach Yamanashi.

»Hast du mich mit Absicht hergebracht?«, frage ich sie, als sie meinen Unterarm zu packen bekommt und ich mich gerade so aus ihrem Griff winden kann.

»Nein«, erwidert sie sofort. »Ich will dir helfen, Clara.«

Meine Gedanken überschlagen sich. Während Falk am Kofferraum des Wagens steht und etwas herausholt, was ich aus meiner Position nicht erkenne, sieht Jarik schnurgerade zu mir herüber. Er hält ein Katana in der linken Hand, in der rechten einen Dolch. Für einen winzigen, brüchigen Moment glaube ich, eines davon fliegt gleich in meine Richtung. Aber er rührt sich nicht, sagt nicht einmal etwas, er sieht mich lediglich an.

Ich bin froh, als Falk am Auto vorbeitritt und ich meinen Blickkontakt zu Jarik brechen kann.

»Was soll das hier?«, frage ich.

»Jarik und ich wurden von zwei Motorrädern verfolgt«, sagt Falk. »Wir haben sie abgehangen, aber es ist sicherer, wenn wir zu Fuß weitergehen.«

»Wer sind *sie?*«

»Das versuchen wir noch, herauszufinden«, erwidert er.

Ich sehe ihm dabei zu, wie er einen Dolch an seinem Gürtel befestigt und ebenso, wie Jarik ein Katana umschlungen hält. Falk wirft den Kofferraum zu und kommt damit auf mich zu, Jarik bleibt hinter ihm. Wie gerade vor Ava weiche ich nun vor Falk zurück.

»Woher weiß ich, dass ihr mich nicht in eine Falle lockt?«, frage ich.

Falk tritt einen weiteren Schritt auf mich zu, aber dadurch, dass ich bereits die Wand im Rücken habe, kann ich nicht mehr weichen. Doch statt Anstalten zu machen, mich am Arm zu packen, wie ich es erwarte, fasst er am unteren Ende des Griffs des Katanas an und hält es mir schließlich hin.

Auf dem Griff sehe ich sofort die japanischen Schriftzeichen, von denen Ava mir erzählt hat. Von denen ich dachte, sie würden Vater und Tochter bedeuten, weil mein Vater es behauptet hat.

Es ist das Katana meines Vaters.

Ich fasse danach. Der Griff schmiegt sich perfekt in meine Finger, als hätten sie längst Abdrücke darauf hinterlassen. Mich durchströmt ein Glücksgefühl, das Schwert endlich wieder in den Händen zu halten. Fast so, als sei ich meinem Vater dadurch näher.

»Wo hast du das her?«, frage ich Falk.

»Ich habe es aus Harus Zimmer genommen«, antwortet er.

»Mit oder ohne seine Erlaubnis?«

»Ohne. Es ist nicht seins, sondern deins, immerhin steht dein Name drauf.«

Mit den Fingerkuppen fahre ich die Schriftzeichen nach, von denen ich nun weiß, was sie bedeuten: Kirschblütenmädchen und Lilienblütenjunge.

Zwar passt das zu der Geschichte, die Ava mir erzählt hat, aber ein Blick auf Jarik hinter Falk und ich bin mir unsicher, ob ich Letzterem glauben soll. Denn ich bin schon mal auf Lügen hereingefallen. Auf einen Jarik, der mir etwas vorgespielt hat. Dessen Augen wandern langsam über mein Gesicht, als wollte er es sich genau einprägen.

Plötzlich hallt Motorenröhren durch die Gasse und lässt uns alle zusammenzucken. Falk ist der Erste, der zu mir zurücksieht.

»Ich weiß nicht, wer uns und euch verfolgt hat«, sagt er, »aber ich lasse nicht zu, dass sie dir oder Ava und Jarik etwas tun. Bitte.«

In einer versöhnlichen Geste streckt er die Hand nach mir aus. Hinter ihm gehen Ava und Jarik bereits zur Tür, Ava tritt als Erste über die Schwelle. Die Dunkelheit dahinter verschließt meine Kehle, doch es ist meine einzige Chance.

Also ergreife ich Falks Hand und lasse mich sachte, aber bestimmend von ihm mitziehen. Erneut röhren Motoren auf, worauf Falk seine Schritte Richtung Tür beschleunigt. Jarik hält sie weiterhin auf und als wir die

Tür passieren, habe ich für einen Moment das Gefühl, er streift mit seiner Hand meine, die das Katana hält.

Dann tritt Falk mit mir in die Dunkelheit, Jarik schließt die Tür hinter uns und die Schwärze verschluckt mich.

Mein Herz hämmert in meiner Brust, in meinen Ohren rauscht das Blut im selben Takt. Das Katana fest mit der rechten Hand umschlungen, hält Falk weiterhin meine linke. Ich habe das Gefühl, es sind nur meine Schritte, die in der Dunkelheit zu hören sind, Jarik, Falk und Ava hingegen sind lautlos. Nicht mal ihre Atmung ist zu vernehmen, während ich versuche, meine unter Kontrolle zu bringen. Aber die Panik sitzt mir wie ein Raubtier im Nacken und könnte sich jederzeit auf mich stürzen.

Meine Arme sind von einer Gänsehaut überzogen, weil ich nur ein Shirt trage. Die Jacke habe ich weiterhin um meine Hüfte geschlungen, und hier im Tunnel sind es mindestens zehn Grad weniger als draußen. Schon jetzt ist meine Haut eiskalt, mein Inneres hingegen fühlt sich heiß an durch das Adrenalin, das mir durch den Körper schießt.

Ohne Vorwarnung leuchtet plötzlich etwas vor uns auf. Mir entfährt ein spitzer Aufschrei. Erschrocken reiße ich mich von Falk los und stolpere zurück, doch da sind eine Hand und eine Brust, die mich abfangen und zu denen ich mich herumdrehe. Jariks Finger liegen an meinem Oberarm, seine Augen bohren sich in meine. Hastig löse ich meinen Blick von ihm und erkenne, dass das Licht von Ava kommt, die eine Taschenlampe eingeschaltet hat.

»Alles okay?«, fragt Falk. Im Schein der Lampe sehe ich, dass er absolut konzentriert ist. Seine Augen huschen von mir zu Jarik, der mich weiterhin hält und dessen Finger eine warme Spur auf meiner nackten Haut hinterlassen.

»Alles okay«, sage ich.

Obwohl es einiges an Kraft kostet, mache ich mich von Jarik los und versuche, mir nicht anmerken zu lassen, wie sehr meine Beine zittern. Ich kann jetzt nicht schwach sein, nicht vor Jarik und erst recht nicht vor Falk. Nicht, wenn ich nicht weiß, was ich von ihnen halten soll.

Wir laufen einige Meter in einen schmaler werdenden Tunnel und ich verbanne das Feuer aus meinen Gedanken und auch die Vermummten, die Jarik und mich in die Enge getrieben haben. Mit aller Macht lenke ich meine Gedanken in eine andere Richtung und denke an Damien und meine Mutter. Sie wiederzusehen ist das, was mich antreibt, neben der Tatsache, meinen Vater zu finden.

Dass Jarik genau in meinem Rücken ist, macht mich allerdings nervös. Meine Fingerspitzen kribbeln, die Härchen in meinem Nacken stellen sich auf, jedes Mal, wenn wir für einige Sekunden stehen bleiben und er nur wenige Zentimeter hinter mir steht. Entweder mein Körper spielt mir einen Streich oder ich spüre seinen Atem tatsächlich in meinem Nacken.

An einer Abzweigung hält Ava die Hand in die Höhe, worauf wir stoppen und sie das Licht löscht. Jetzt im Dunkeln nehme ich es erst wahr: Am Ende des Tunnels leuchtet ebenfalls ein Licht und es wirkt ebenso wie eine Taschenlampe.

»Zurück«, höre ich Falk flüstern, kurz darauf spüre ich eine Hand in meinem Rücken und vermute, dass es Jariks ist. Meine Augen gewöhnen sich langsam an die Dunkelheit, sodass ich unseren Sprint zurücklege, ohne zu stolpern.

»Hier rein«, raunt Falk leise.

Ava und Jarik scheinen sofort zu verstehen, während ich mich von Letzterem schieben lasse. Wir treten in einen deutlich schmaleren Tunnel, in dem zwei Einbuchtungen eingelassen sind, die wirken, als seien Türen zugemauert worden. Er endet mit einer Betonwand etwa zwei Meter hinter der letzten Einbuchtung. Sollten die Personen im abzweigenden Tunnel uns also finden, gibt es keine Flucht, dann müssen wir angreifen.

Ava und Falk stellen sich in die erste Einbuchtung, während Jarik und ich uns mit dem Rücken an die Wand in die zweite drücken.

Jetzt lässt sich mein Herzschlag endgültig nicht beruhigen. Jarik steht so dicht neben mir, dass unsere Schultern und Unterarme sich berühren. Ich traue mich nicht, zu ihm zu sehen, konzentriere mich stattdessen darauf, keinen Ton von mir zu geben und lautlos zu sein wie er. Es dauert mehrere Momente, bis ich ein Atemtempo gefunden habe.

Kurz danach spüre ich, wie er sich zu mir beugt.

»Du bist eiskalt«, flüstert er und sein Atem an meiner Wange jagt ein Schaudern über mich hinweg.

Erst als er es ausspricht, wird mir bewusst, dass ich zittere und meine Arme so kalt sind, dass sie zu prickeln begonnen haben.

»Schon gut«, bringe ich leise hervor, presse dann die Lippen aufeinander, damit meine Zähne nicht klappern.

Mit der rechten Hand halte ich das Katana so fest umschlungen, dass meine Handfläche und Knöcheln schmerzen. Den Rücken presse ich weiterhin an die Wand, in der Hoffnung, in ihr zu versinken und unsichtbar zu werden. Rechts von mir höre ich Ava und Falk atmen, leise nur, aber in meinen Ohren klingt gerade jedes Geräusch wie ein Donnergrollen.

Von links schiebt sich überraschend eine Hand um meine und hält sie umschlungen.

Ich drehe meinen Kopf zu Jarik, sein Gesicht ist nur Zentimeter von meinem entfernt. Mein Blick gleitet von seinen leicht geöffneten Lippen über die Wangenknochen hin zu seinen Augen – und einmal in das Tiefbraun geschaut, ist es unmöglich, mich davon abzuwenden. Als hätte er den Gedanken gehört, lächelt er.

Mein Kopf schreit danach, ihn loszulassen. Ich will nicht, dass er diese Wirkung auf mich hat, ich will meinen Wunsch dafür abtreten, ihn zu vergessen, und ich wünschte, seine Pille wäre nicht aus Zucker, damit er das Gleiche tun kann.

Aber seine Finger zwischen meinen lässt all das verpuffen.

Er ist der Einzige, der meine Angst nachvollziehen kann, weil er mit mir im Tunnel war und sich dem Feuer gestellt hat. So wie er meine Hand hält – wie ein Ertrinkender auf der Suche nach Rettung – sagt mir, dass die Angst nicht nur mich überrollt.

Sein Herz und meins schlagen im gleichen Takt.

Plötzlich beugt er sich noch weiter zu mir vor und ich bin unfähig, zu reagieren.

»Kada«, flüstert er, seine Lippen viel zu nah an meinem Ohr. »Kannst du ausnahmsweise auch mutig für mich sein?«

Jariks dunkle Augen bohren sich tief in meine, sie schwappen über vor Sorge und Angst. Er hat die Brauen zusammengekniffen, als hätte es ihn Kraft gekostet, die Worte auszusprechen und als würde er sie zurücknehmen wollen. Doch nun sind sie gesagt und sie hallen wie ein Versprechen zwischen uns nach: Hat unser Erlebnis im Tunnel genauso viel mit ihm gemacht wie mit mir? Sind wir die Einzigen, die einander verstehen?

Vielleicht sollten wir nicht auf unterschiedlichen Seiten stehen, sondern uns an den Händen halten, so wie in diesem Augenblick. Denn nichts fühlt sich für mich realer an als das. Jetzt gerade, während wir einander ansehen, weiß ich nicht mal mehr, weswegen wir auseinandergedriftet sind. Recht und Unrecht verschwimmen in seiner Nähe. Licht und Schatten ebenso.

Ich winde meine Finger aus seinen und sehe, wie Verzweiflung in seinem Blick aufleuchtet. Doch da nicke ich und umschließe seine Hand mit meiner.

Diesmal halte ich ihn.

Die Schritte im Tunnel verstummen, als würden die Personen abwägen, in welche Richtung sie nun gehen sollen, und ich hoffe, sie kommen nicht in unsere. Von Ava und Falk ist nichts zu hören, sodass ich das Gefühl habe, sie stehen gar nicht mehr in der Einbuchtung, jedoch traue ich mich auch nicht, zu ihnen zu sehen.

»Aber ich muss kurz ohne dich mutig sein«, flüstert Jarik.

Bevor ich fragen kann, was er meint, stellt er sich genau vor mich. Er lässt meine Hand los, streift sich seine Jacke leise von den Schultern und nimmt mir mein Katana aus den kalten Fingern. Unfähig vor Kälte und Überraschung zu reagieren, lasse ich zu, dass er mir in seine Jacke hilft, sie schließt und mir mein Katana zurückreicht.

»Jarik?«, haucht Ava.

Doch der reagiert nicht auf sie, starrt mich weiterhin an, wodurch die Zeit stehenzubleiben scheint.

»Weil du mich gerettet hast, Mio ...«

Ich habe dich nicht gerettet, will ich am liebsten sagen. *Ich habe es verschlimmert, weil ich nicht hinter deine Fassade gesehen habe, obwohl du hinter meine geschaut hast. Du bist kein schlechter Mensch.*

Ich bin es.

Er schiebt mir die Haare hinters Ohr. »... ist es nur fair, wenn ich dasselbe für dich tue.«

Mit einem Mal verstehe ich, was er vorhat, aber es ist zu spät. Ich versuche noch, seine Hand zu greifen, da rennt er nicht nur an mir, sondern auch an Falk und Ava vorbei. Ich höre, wie er die Klinge des Dolchs auf die des Katanas schlägt, dann ein »Hey Trottel!« schreit – und in dem Moment ertönen die Schritte im Tunnel erneut.

Mehrere Sekunden verstreichen, in denen ich nur zuhören kann, wie Jariks Schritte sich entfernen und die anderen näherkommen. Intuitiv presse ich mich wieder mit dem Rücken an die Wand und greife nach dem Wunschzettel in meiner Hosentasche, den ich immer mit mir herumtrage. Mit der Faust umklammere ich ihn, während aus dem Tunnel rechts das Licht einer Taschenlampe und Schritte vorbeirauschen, an Ava, Falk und mir vorbei, Jarik hinterher.

Dir wird ein Wunsch erfüllt, aber er muss von Herzen kommen oder er erlischt.

Ich presse die Augen zusammen, während ich gedanklich fünf Worte ununterbrochen wiederhole: Lass ihn zu mir zurückkommen.

KAPITEL 39

Jarik

Sie sind hinter mir – das ist, was mein Herz beruhigt, obwohl meine Lungen genau das nicht tun, weil ich so schnell ich kann durch den Tunnel sprinte. Aber wenn sie hinter mir sind, heißt das, sie sind auf mein Manöver hereingefallen und Clara, Ava und Falk in Sicherheit. Ich hoffe, sie sind längst in die andere Richtung unterwegs oder haben den Tunnel schon verlassen.

Das Licht der Taschenlampe hinter mir wirft hier und da Schatten an der Wand und flackert bedrohlich auf. Doch je weiter ich laufe, desto schwächer wird es. Ich bin den Angreifern einen Schritt voraus. Das Einzige, das mich trotz schmerzender Muskeln noch vorantreibt, sind die Gedanken an Clara und Ava.

Zum Glück taucht vor mir die Treppe auf, die zur Tür ins Freie führt. Ich haste hinauf, aber da die Schritte der Angreifer noch weit entfernt sind, lausche ich kurz, ob ich Schritte oder Stimmen hinter der Tür vernehme. Doch nichts ist zu hören, weswegen ich die Klinke umfasse und sie herunterdrücke, um den Tunnel zu verlassen.

Allerdings ist sie verschlossen.

Ohne zu zögern, wirble ich herum, strecke mein Katana von mir, bereit für einen Angriff. Erneut lausche ich, diesmal auf die Angreifer im Tunnel. Doch das Problem ist: Ihre Schritte sind zwar zu hören – aber sie entfernen sich.

Ich bin selbst in eine Falle getappt. Sie laufen zurück.

Hastig stürme ich die Treppe hinunter.

»Falsche Richtung, ihr Möchtegern-Ninja!«, brülle ich, so laut ich kann, in der Hoffnung, sie kehren um.

Doch es ist eine verlorene Hoffnung, denn während ich weiter renne, müssen sie mir längst voraus sein, ihre Schritte sind kaum noch zu hören. In wenigen Minuten werden sie Clara, Falk und Ava erreicht haben und ich kann nur beten, dass Falk einen geheimen Ausgang kennt, der sie in Sicherheit bringt.

Schon wieder habe ich Personen mit meinem Verhalten in Gefahr gebracht.

Ich zwinge meine Füße noch schneller vorwärts, aber sie brennen von dem Sprint und zittern vor Anstrengung. Jeder Schritt sticht in meinen Muskeln, ich beiße die Zähne aufeinander. Von Weitem sehe ich die Stelle, an der wir uns vorhin versteckt haben, und steuere darauf zu. Im Rennen zücke ich mein Handy und als ich an der Abzweigung zum Stehen komme, schalte ich die Taschenlampe ein und leuchte hinein.

Nichts. Sie sind weg. Wenigstens das.

»Du suchst Clara, nehme ich an?«

Fast lasse ich mein Handy fallen, so erschrocken drehe ich mich herum. Die Klinge meines Katanas schwankt, als ich sie auf die Person richte, zu der die Stimme gehört.

Mason steht einige Meter entfernt im Tunnel. Soweit ich es im Schein der Taschenlampe des Handys ausmachen kann, trägt er keine Waffe bei sich. Allerdings hat er seine Hände hinter dem Rücken gefaltet und ich habe keinen blassen Schimmer, ob er etwas dahinter versteckt.

»Ich würde ja behaupten, es ist schön, dich zu sehen«, sage ich, »aber ich habe beschlossen, mit den Lügen aufzuhören.«

»Klingt nach einer guten Entscheidung«, erwidert er. »Weit gebracht hat es dich ja nicht.«

»Dich schon?«, frage ich provozierend.

»Ich lüge nicht, ich decke Lügen auf.«

»Vielleicht kannst du Clara täuschen, aber mich nicht«, raune ich.

»Das mit dem Täuschen muss ich nicht mal übernehmen, das machen eure eigenen Leute ziemlich gut.«

Während er einen Moment schweigt, tue ich dasselbe, um ihm vorzumachen, über das gerade Gesagte nachzudenken. In Wahrheit lausche ich auf Geräusche, kann aber nichts ausmachen. Weder Schreie von Clara oder Ava noch Schritte.

Ich wage den Versuch und gehe mit ausgestrecktem Katana auf Mason zu, doch er weicht nicht zurück, sondern bleibt an Ort und Stelle. Die Klinge lasse ich auf Höhe seines Herzens schweben.

»Wenn du nicht aufhörst, in Rätseln zu sprechen, wirst du gleich gar nicht mehr sprechen«, warne ich.

»Wir wollen nur, dass Clara nichts zustößt«, sagt Mason ruhig. »Und dass endlich die Wahrheit ans Licht kommt.«

»Welche Wahrheit?«

»Dass Clara wegen ihrer Rolle als Meisterin in der Gilde in Gefahr ist.«

Ich muss mich zusammenreißen, nicht schwer zu schlucken. Die heimlich geschossenen Fotos, die Falk bekommen hat, sagen mir, dass jeder in der Gilde in Gefahr sein könnte.

»Geht es um die Prophezeiung?«

Mason nickt.

»Ihr kennt sie?«

Jetzt schüttelt er den Kopf. »Aber wir haben vor Kurzem einen Anhaltspunkt bekommen, wo sich ein Teil von ihr befinden könnte.«

»Was für einen Anhaltspunkt?«

»Ich gebe meine Quellen genauso wenig preis, wie du es tun würdest«, sagt Mason. »Nicht, wenn ich nicht weiß, ob ich dir wirklich trauen kann.«

Das kann ich ihm nicht einmal übelnehmen.

»Es ist unmöglich, dass irgendjemand weiß, wo sich die Schrift befindet«, sage ich.

»Warum nicht? Ihr seid nicht die Einzigen, die dazu recherchieren«, sagt Mason. »Der Unterschied zwischen euren und unseren Geschwistern besteht bloß darin, dass die Meister euch ziemlich gut ablenken. So habt ihr gar keine Chance, groß über die Schrift nachzudenken. Oder wie oft seid ihr tatsächlich zu Aufträgen für die Prophezeiung zugeteilt worden?«

Ich kann es an einer Hand abzählen, denke ich.

In etwas über zwei Jahren bin ich mit den anderen vielleicht dreimal zu Aufträgen bezüglich der Schrift geschickt worden. Angeblich wurden so viele Aufträge mehr geplant –

aber jederzeit kamen andere dazwischen. Allen voran solche, um die Ishikawa zu schwächen, sie auszuhorchen, auszuspionieren.

Mein Magen zieht sich zusammen, als mir etwas klar wird: Diese Aufträge zu den Ishikawa führten immer in Sackgassen. Alles, was ich über sie weiß, habe ich nicht bei Missionen herausgefunden, sondern es wurde mir von der Gilde beigebracht.

Was ist, wenn diese Missionen wirklich nur Ablenkung waren? Wenn wir Geschwister gar nichts über die Schrift herausfinden sollten, weil Dinge darin stehen, die wir nicht lesen sollten?

Dinge, die die Meister zu Fall bringen könnten?

»Was sagt Clara zu alldem?«, frage ich.

»Gar nichts«, sagt Mason. »Ich habe mit den Geschwistern der Ishikawa darüber gesprochen und wir waren uns einig, dass es im Moment zu gefährlich ist, es ihr zu sagen. Denn wir vermuten einen Teil der Schrift im Dorf und es kann kein Zufall sein, dass Clara dorthin gelockt werden soll. Wir gehen auf Nummer sicher.«

»Ich dachte, du lügst nicht, sondern deckst Lügen auf.«

»Hast du nie etwas verheimlicht, um jemanden in Sicherheit zu wissen?«, hält Mason dagegen.

Ich verkneife mir jegliche Reaktion zu dieser Frage. Er soll nicht sehen, dass er damit genau ins Schwarze trifft.

»Die Schrift kann nicht im Dorf sein«, sage ich stattdessen.

»Weshalb nicht?«, fragt Mason. »Würdest du sie dort erwarten?«

Aus einem Reflex heraus schüttle ich den Kopf.

»Ist es dann nicht das perfekte Versteck?«

Seine Augen sehen in einer trüben Art in meine, als hätte er Mitleid mit mir, weil ich nicht halb so viel der vermeintlichen Wahrheit kenne wie er. Meine Finger schlingen sich noch fester um den Griff meines Katanas.

»Was für eine Rolle spielst du in diesem Spiel?«, frage ich. Als ich weiter auf ihn zulaufe, weicht er zu meiner Genugtuung zurück.

»Die Ishikawa wollen dasselbe wie du«, sagt er. »Die Vergangenheit hinter sich lassen und von vorne beginnen.«

Die Tablette in meiner Hosentasche wiegt gefühlt drei Kilo, als er das sagt.

»Eine Neuordnung der Dinge zum Besseren«, setzt Mason hinzu. »Gerechtigkeit. Nicht mehr im Schatten leben müssen.«

»Euch steht es frei, zu gehen, wohin ihr wollt«, sage ich. »Niemand zwingt euch, Shinobi zu bleiben und im Schatten zu leben.«

»Würdest du aufgeben, wer du bist?«, erwidert er.

Vor wenigen Wochen hätte ich die Frage bejaht. Ich hätte alles getan, um genau das zu tun: Aufzugeben, wer ich bin.

Jetzt stiehlt sich mir Claras Gesicht vor Augen, wenn ich daran denke.

»Und glaubst du wirklich, man würde uns einfach ziehen lassen?«, fährt Mason fort.

»Für wen würden sich Dinge bei einer Neuordnung bessern?«, weiche ich ihm aus. »Euch?«

»Für alle Shinobi.«

»Und du weißt, was das Beste für uns alle ist?«, frage ich.

»Ist es in der Gilde gerade gut so, wie es ist?«, stellt er eine Gegenfrage. »Bist du dort zufrieden? Behandelt man dich mit Respekt?« Als ich auch nach mehreren Sekunden nicht antworte, setzt er hinzu: »Dachte ich mir.«

»Wie wollt ihr diese Einigkeit erreichen?«

»Indem wir alle zusammenarbeiten«, sagt Mason.

»Die Ishikawa und die Gilde?«

Er schüttelt den Kopf. »Wir Geschwister.«

Es ist seltsam, ihn das so sagen zu hören. Auch wenn ich weiß, dass die Vorfahren der Ishikawa Geschwister der Nacht waren, hat man uns in der Gilde so oft eingeredet, dass sie nicht dazugehören, dass ich es mittlerweile verinnerlicht habe. Mason allerdings hier vor mir zu haben, erweckt in mir den Eindruck, dass er es doch ist – einer der Geschwister. Er kommt mir seltsam vertraut vor.

Oder es liegt an der Tatsache, dass ich der Gilde gerade wenig vertraue. Meine Intuition lässt mich im Stich, habe ich das Gefühl, auch wenn ich dagegen ankämpfe, um die Wahrheit zu erfahren.

Mason jedoch hat sein Wort im Gegensatz zur Gilde gehalten. Er hat mir die Pille gegeben, hat Clara und mich aus dem Tunnel gerettet und ihr offenbar nichts getan.

»Gegen wen wollt ihr arbeiten?«, frage ich, obwohl ich glaube, die Antwort bereits zu kennen.

»Die Meister«, sagt Mason, ohne auch nur ansatzweise die Miene zu verziehen. Als würde er das nicht zum ersten

Mal sagen. »Aber wir brauchen jemanden, der die Geschwister der Nacht einen kann.«

Er muss ihren Namen nicht aussprechen, ich weiß, dass er Clara meint.

»Ich lasse nicht zu, dass ihr sie auch missbraucht«, raune ich. »Sie ist kein Gegenstand, der für euren Krieg herhalten kann, wie ihr wollt.«

»Wir wollen sie schützen«, sagt Mason. »Sie ist ein wichtiger Teil der Schrift. Für die Meister ist sie eine Bedrohung, etwas, das nie vorher da gewesen ist.«

»Durch sie weicht das Unrecht«, sage ich, fast wie zu mir selbst.

Vielleicht meint die Schrift damit nicht die Abtrünnigen.

Sondern die Meister.

Mason nickt langsam. »Mit der Schrift könnten wir nur eine Armlänge davon entfernt sein, sie zu schwächen, um etwas Neues und Besseres aufzubauen. Mehrere Gilden, so wie vor dem Krieg mit den Samurai. So wie die Vorfahren der Ishikawa es danach wollten, bevor die Meister sie verstoßen haben.«

»Woher weißt du, dass das besser ist?«

»Der Vogel im Käfig sehnt sich nach dem Himmel«, sagt er und zitiert ein japanisches Sprichwort.

Ich bemerke, wie das Herz in meiner Brust beginnt, unruhiger zu schlagen. Niemals hätte ich gedacht, mich gegen die Gilde zu stellen, oder die Meister an sich. Als Clara hergekommen ist, habe ich noch versucht, ihr zu erklären, was es mit unserer Gemeinschaft auf sich hat, und damals habe ich jedes Wort ernstgemeint.

Aber nun kommen mir die Erzählungen wie eine Fassade vor. Bloß das Gerüst eines Hauses, hinter dem der Putz bröckelt. Zu viel ist in den letzten Wochen passiert, was mich in Zweifel gestürzt hat. Sie krallen sich mittlerweile um das letzte bisschen Hoffnung, das ich in die Meister hatte.

Ich weiß, dass etwas nicht stimmt, selbst Falk hat es bemerkt: *»Du witterst den Sturm, bevor er hereinbricht.«*

»Dein Mentor könnte uns neben Clara ebenfalls behilflich sein«, sagt Mason. »Vorausgesetzt, wir können ihm trauen.«

»Falk? Was weiß Falk, was euch behilflich sein könnte?«

»Wir glauben, er hat Informationen zu Veit.«

Bei dem Satz verliere ich die Kontrolle über meinen Arm und lasse das Katana von Masons Brust sinken. Mir war nicht bewusst, dass sich meine Gedanken noch weiter verknoten könnten, aber in diesem Augenblick tun sie es, und zwar so sehr, dass ich nicht glaube, jemals wieder Ordnung hineinbringen zu können.

»Woher sollte er?«

»Als wir mit Clara im Dorf waren, haben wir mehrere Zimmer nach ihren Habseligkeiten durchsucht«, sagt Mason. »In Falks haben wir ein Bild gefunden.«

»Was für ein Bild?«

»Das ist nicht meine Geschichte zu erzählen«, erwidert er. »Aber es wirkte, als hätte er das Foto bewusst versteckt und würde damit etwas unter Verschluss halten.«

»Wenn er Dinge wüsste, die uns helfen, Veit zu finden, hätte er uns das mitgeteilt«, sage ich in einem verzweifelten Versuch, Falk zu verteidigen. »Mehr als jeder andere war er auf der Suche nach ihm. Wieso sollte ich euch anstatt ihm vertrauen?«

»Das musst du nicht«, sagt Mason simpel. »Aber vielleicht weiß er mehr, als du denkst.«

»Wozu braucht ihr Veit überhaupt, wenn ihr Clara habt?«

»Laut Gerüchten, die uns zugetragen wurden, ist in der Schrift von zwei Personen die Rede, die zusammen agieren. Möglich, dass nur Veit sie ausbilden kann.«

Kirschblütenmädchen und Lilienblütenjunge – deswegen die Schriftzeichen auf ihren Katana?

»Außerdem wird Clara ohne ihn niemals kooperieren«, sagt Mason.

Daran muss ich keine Sekunde lang zweifeln. Clara hat es oft genug selbst gesagt und auch ich habe es vorhin im Wagen mit Falk und Ava betont: Ihre Familie ist ihre Schwachstelle.

»Vielleicht glaubst du noch, die Geschwister der Gilde und die der Ishikawa sind grundverschieden«, unterbricht Mason meine Gedanken, »aber das stimmt nicht. Die Gilde hält vermutlich einen Teil der Schrift unter Verschluss und sie haben Clara auch nie schützen wollen.«

»Warum hat man sie nicht sofort beseitigt?« Das letzte Wort rollt wie ein Stein über meine Zunge, so schwer wiegt es.

»Du bist nicht erst seit gestern in der Gilde«, sagt Mason, hebt dabei eine Braue. »Was ist den Meistern wichtiger als alles andere?«

Darüber muss ich nicht nachdenken.

»Ihre Außenwirkung.«

»Also …«, sagt er langgezogen. »Wenn sie ein armes ahnungsloses Mädchen nach Japan holen, um sie vor den angeblich so teuflischen Mächten der Abtrünnigen zu beschützen, die sie töten wollen - wie stehen die Meister dann da?«

Als müsste man nicht die geringsten Zweifel an ihnen haben, antworte ich stumm.

Mason macht eine Pause und ich wünschte, er täte es nicht, denn meine Gedanken kreischen dadurch nur umso lauter.

»Warum sollten sie Clara zu offensichtlich beseitigen und damit die Aufmerksamkeit auf sich lenken? Es wäre viel leichter, sie in einem Tunnel bei einem Auftrag loszuwerden und es wie einen Unfall aussehen zu lassen.« Er sieht mir genau in die Augen und setzt, mit dem Finger auf mich deutend, hinzu: »Und auf ein totes Mitglied der Gilde kommt es auch nicht an, wenn man sich nach außen hin gut präsentieren kann, richtig?«

Mir läuft ein Schaudern den Nacken hinab. Ich kann Mason lediglich anstarren, bin nicht imstande, etwas darauf zu erwidern. Die Erklärung ist so banal, aber sie passt perfekt.

»Doch was wäre«, fährt Mason fort, »wenn wir dem Ansehen der Meister gemeinsam einen Riss verpassen?«

KAPITEL 40

Jarik

Als ich den Tunnel verlasse, bricht bereits der Morgen an. Über den Dächern Tokios wirkt der Himmel wie ein aufgeplatztes Farbenmeer an Orange- und Pinktönen. Auf den Hauptstraßen herrscht reges Treiben, in das ich mich einreihe, während ich eine Nachricht an Haruto schreibe, ob er in der Nähe einen Roller für mich hat, mit dem ich zurück nach Yamanashi kommen kann. Zum Glück stellt Haruto nie Fragen, was aber vermutlich auch daran liegt, dass er von der Gilde eingeweiht wurde und uns deswegen seine Fahrzeuge nutzen lässt, wenn wir sie brauchen.

Während er mir einen Standort per SMS durchgibt, hoffe ich, dass die Meister ihn gut behandeln und ihn nicht zu etwas zwingen. Nach dem Gespräch mit Mason bin ich mir allerdings nicht mehr sicher, ob das der Fall ist.

Eigentlich habe ich all die Dinge, die mir in der Ausbildung beigebracht wurden, nie hinterfragt – selbst wenn ich vor Clara mal das Gegenteil behauptet habe. Der Gedanke verfolgt mich auch noch, als ich den Roller einige Straßen weiter in einer Gasse hinter einem Mülleimer stehen sehe. Wie die anderen, die Haruto uns zur Verfügung stellt, ist auch dieser nicht verschlossen, sondern sein Schlüssel liegt im offenen Sitzfach.

Gerade als ich mich auf den Roller setzen will, vibriert mein Handy. Ich nehme es aus meiner Hosentasche und sehe Falks Namen auf dem Display aufleuchten. Darunter steht eine Nachricht: *›Clara geht es gut, sie bleibt in Tokio. Ava und ich sind auf dem Weg ins Dorf. Pass auf dich auf.‹*

Kurz überlege ich, hierzubleiben, aber selbst wenn ich Clara in dieser riesigen Stadt ausmachen würde, da stehen noch immer zu viele ungesagte Dinge zwischen uns. Vielleicht wäre es das Beste, wenn wir es dabei belassen.

Als ich mein Handy zurückstecke, berühre ich die Tablette in dem Plastiktütchen. Mein Ausweg. Aber nicht für heute.

Ich setze den am Lenkrad baumelnden Helm auf und steuere den Roller kurze Zeit später in den Verkehr.

Irgendetwas fehlt, denke ich, als ich an den Hochhäusern vorbeifahre.

Irgend*wer*.

Heute drückt sich Claras Körper nicht gegen meinen Rücken, ihre Hände sind nicht um meine Hüfte geschlungen. Dafür klingen ihre und meine Worte von damals umso lauter in meinem Kopf.

»Ich tue, was ich kann.«

»Und was du musst, oder?«

Wahrscheinlich wusste sie es vor mir, oder ich habe es bereits geahnt, aber nicht wahrhaben wollen: dass etwas schiefläuft. Ich dachte, ich sei es, weil ich den Deal mit den Ishikawa eingegangen bin. Doch das Problem lag vielleicht viel tiefer. Jetzt, Tokio hinter mir lassend, Wind im Gesicht, der meine Gedanken klärt, glaube ich, nie wirklich in die Gilde gepasst zu haben. Falk und Veit haben mich immer in Schutz genommen und an mich geglaubt und ich habe so sehr versucht, dasselbe zu tun. Mich anzupassen, jemand anderes zu sein. Sein zu *müssen*.

Clara hatte recht, ich habe getan, was ich musste.

Allerdings hat es nichts gebracht. Egal, in welches Kostüm Falk und Veit mich vor den Meistern gesteckt haben, es hat gekratzt und sich zu klein angefühlt, obwohl ich vor mir selbst und anderen das Gegenteil behauptet habe. Ich war nichts als ein Schauspieler und die Rolle, mit der ich Clara hinters Licht geführt habe, war meine größte. Mit ihr habe ich gedacht, zu bekommen, was ich wollte: gelöschte Erinnerungen. Aber das war nie das Problem, es war ebenfalls nur Ablenkung. Und das Schlimmste ist, dass ich Clara dadurch verloren habe.

Ich werde immer der Junge sein, der seine Erinnerungen loswerden will – aber die ihn nicht loslassen. Der Junge mit den Narben, die niemand kennt und die wie Straßen auf seiner Haut liegen, die zu unterschiedlich dunklen Orten führen. Trotzdem will ich nicht wie die Gilde sein und so tun als ob. Dieses Ansehen, das die Meister aufrecht halten wollen, das bin nicht ich.

Ich will echt sein. Ich will endlich frei sein.

Der Vogel im Käfig sehnt sich nach dem Himmel.

Wahrscheinlich sollte ich unauffälliger sein und nicht demonstrativ auf dem Parkplatz des Dorfs parken, doch gerade ist es mir egal, wer mich sieht oder Fragen stellen könnte. Wie ein Schwert durchschneidet ein Gedanke mein Herz: *Das hier ist nicht mehr mein Zuhause.*

Das Dorf hat sich gefühlt über Nacht verändert und ich kann nicht glauben, dass es mir zuvor nie aufgefallen ist: das stellenweise morsche Holz der Wege, die zu unseren Unterkünften führen, die abgeblätterte Farbe der Fensterläden, der Wald, der keinen Schutz bietet, sondern uns wie eine Mauer gefangen hält. Der Tempel mit seinem drachenähnlichen Rumpf, der jeden Moment Feuer speien und uns in der Glut verbrennen könnte.

Bevor ich den Tempel aufsuche, lege ich das Katana und den Dolch in den Schrank in meiner Unterkunft. Als ich wieder hinaustrete, steht Falk einige Meter entfernt und bedeutet mir mit einem Kopfnicken, ihm zu folgen.

Er hat die Tür seiner Unterkunft offengelassen, sodass ich eintrete, sie hinter mir schließe und an Ort und Stelle stehenbleibe. Die Balkontür im Rücken sieht Falk geradeaus zu mir herüber.

»Sprich«, sagt er, jedoch nicht fordernd, sondern fast mit einer Prise Angst in der Stimme. »Etwas liegt dir auf dem Herzen.«

»Manchmal glaube ich, du kannst Gedanken lesen«, sage ich offen.

Das entlockt Falk ein halbes Grinsen, auch wenn es nur kurz auf seinen Lippen verweilt.

»Werden wir abgehört?«, frage ich absichtlich leise.

Er schüttelt den Kopf. »Ich habe das Zimmer zweimal auseinandergenommen und nichts gefunden, das darauf hinweisen könnte.«

»Wir müssen uns also hier nicht verstecken?«

Ein trauriger Ausdruck huscht über Falks Gesicht. »Das musst du nicht, nein. Aber das war so oder so nie deine Stärke, zumindest nicht, was deine Gefühle betrifft.«

»Ich habe getan, was von mir verlangt wurde«, sage ich. »Emotionen haben nur Schwierigkeiten verursacht, also habe ich sie verborgen.«

»Du hast in den Jahren, in denen du hier bist, nicht annähernd so gut gelernt, deine Emotionen zu verbergen, wie du glaubst«, sagt Falk. »Sie liegen zu jeder Zeit offen vor mir. Seitdem Clara nach Japan gekommen ist, umso mehr.« Ich setze schon dazu an, zu protestieren, als Falk erneut spricht: »Das habe ich immer an dir bewundert.«

Irritiert darüber, was er da zugibt, schlucke ich die Worte hinunter, die gerade ihren Weg ins Freie suchen wollten.

»In den letzten Wochen habe ich oft gedacht, du bist der Einzige an diesem Ort, der noch er selbst ist«, fährt er fort.

»Während ich dachte, der Einzige zu sein, der davondriftet«, gebe ich zu.

»Alles eine Frage der Perspektive.«

»Was ist noch passiert außer, dass du die Schriftzeichen an Veits Schwert übersetzt und Fotos bekommen hast?«, frage ich. »Das kann nicht alles sein ...«

Als Falk jetzt lächelt, ist nichts Warmes daran auszumachen. Seine Mundwinkel heben sich zwar, doch die Mimik erreicht seine Augen nicht annähernd. Diese bleiben starr, als würde er etwas dahinter verschließen, so wie er es gelernt hat.

»Das klingt, als wüsstest du längst, was passiert ist«, erwidert er.

»Mason hat vorhin im Tunnel auf mich gewartet«, gebe ich zu. »Die Ishikawa vermuten einen Teil der Schrift hier im Dorf, aber sie wissen nicht wo.«

»Glaubst du Mason?«, fragt er.

Ich nicke und Falk tut danach dasselbe, als wollte er mich so dazu animieren, weiterzusprechen. Ich tue ihm den Gefallen.

»Mason hat gesagt, es ist möglich, dass du Informationen zu Veit hast. Als die Abtrünnigen mit Clara im Dorf waren, haben sie in deinem Zimmer nach ihren Sachen gesucht und dabei ein Foto gefunden. Allerdings hat Mason nicht gesagt, was darauf zu sehen ist.«

Die Stille, die sich nach meinen Worten ins Zimmer drängt, dröhnt und drückt in meinen Ohren. Vielleicht ist es aber auch mein eigener Herzschlag.

Falk ist sowas wie mein Vorgesetzter und auch wenn er mich mit Veit hergeholt hat und sich mehr für mich eingesetzt hat als für jeden anderen – wir bewegen uns nicht in derselben Rangordnung. Ich bin nicht befugt, ihn plakativ auf etwas anzusprechen und vor Wochen hätte ich mich nie getraut, es zu tun.

»Stimmt das mit dem Bild?«, frage ich.

Seine Augen beginnen zu glänzen, worauf er einige Male blinzelt, aber anstatt zu antworten, läuft er zu seinem Bett. Er hebt die Matratze an, dann die Auflage auf dem Lattenrost, bevor er auch das ein Stück anhebt und etwas darunter hervorholt. Schließlich kommt er auf mich zu und hält mir ein einziges Foto hin. Doch das reicht aus, um meinen Herzschlag aus dem Takt zu bringen.

Es muss aus der Ferne aufgenommen worden sein, denn die Personen darauf sind leicht verpixelt, als hätte der Fotograf nah an sie herangezoomt, um sie abzulichten. Die zwei Männer stehen an der Hütte im Wald, die Ava und ich zum Trainieren genutzt haben. Allerdings muss das Foto älter sein, denn auf dem Bild schlängelt sich weniger Moos an der Fassade entlang, als es heute der Fall ist.

Aber das ist nicht, was meine Aufmerksamkeit auf sich zieht. Es sind die beiden Personen, die abgelichtet wurden: Falk und Veit, Arm in Arm, die Lippen auf denen des jeweils anderen.

KAPITEL 41

Jarik

»An dem Tag waren wir unvorsichtig«, sagt Falk in die Stille, die den Raum und meinen Mund tränkt. »Ich dachte, jahrelang Übung darin gehabt zu haben, Gefühle in der Öffentlichkeit zu unterdrücken und mich zu verstecken – aber ich war nachlässig.«

Ich habe keine Ahnung, ob er über die Arbeit in der Gilde spricht und die unterdrückten Emotionen dort oder über die offensichtlich heimliche Beziehung zu Veit.

»Du lässt deine Emotionen dich übermannen und glaubst, es wird schon gutgehen«, sagt er und jetzt bin ich mir sicher, er redet über sich und Veit. »Aber das tut es nicht. Stattdessen wirst du mit deinen Gefühlen erpresst und bist vermutlich dafür verantwortlich, dass jemand entführt wird.«

Er nimmt mir das Bild ab, dreht es herum und reicht es mir wieder. Hinten drauf steht das: *Durch geliebte Menschen wird man gefesselt.*

Noch nie – kein einziges Mal in über zwei Jahren – habe ich auch nur den Ansatz von Tränen in Falks Augen gesehen. Aber jetzt schwappen sie über davor.

So viele Dinge rücken plötzlich in den Hintergrund, so viele zum ersten Mal klar und deutlich in den Vordergrund: Falks Sorge um Veit, der unbändige Wille, ihn zu finden, jedes Wort, das er über ihn erzählt hat und schwer wie Blei gewesen ist.

Vielleicht, weil sein Herz sich ähnlich angefühlt hat.

»Also war Clara nicht der Grund, warum Veit entführt wurde?«, frage ich vorsichtig. Falk sieht gerade so sehr danach aus, zu zerbrechen, ich will nicht für seine Scherben verantwortlich sein.

»Ich glaube, Veit war nur ein weiteres Druckmittel, um Clara herzuholen«, sagt er und versucht nicht einmal, die Verzweiflung in seiner Stimme zu unterdrücken. »Kurz nachdem er verschwunden ist, kam dieses Bild mit der Post bei mir an, zusammen mit Bildern von Clara.«

Falk läuft diesmal auf das Nachtschränkchen zu, öffnet die oberste Schublade so weit, dass er sie schließlich komplett herausgezogen hat. Soweit ich es von meiner Position erkenne, holt er hinter einem doppelten Boden einen Briefumschlag hervor. Als er die Schublade wieder in ihre Halterung schiebt und auf mich zukommt, um mir den Umschlag zu reichen, wirkt Falk längst nicht mehr wie der Fuma, den ich kennengelernt habe. Innerhalb weniger Minuten ist seine Gestalt eingefallen und auch seine zitternden Finger sagen mir, dass er etwas viel zu lange unterdrückt hat, was nun an die Oberfläche bricht.

Ich öffne den Umschlag und ziehe einen dünnen Stapel Fotos hervor. Das erste Bild zeigt Clara, heimlich fotografiert durch ein Fenster der Turnhalle, vor der ich damals auf sie gewartet habe. Sie trainiert gerade mit Damien, ist vertieft in ihren Kampf. Das zweite Bild zeigt sie mit Veit, wie sie ihn vor der Haustür mit einer Umarmung verabschiedet, das dritte sie und ihre Mutter am Küchentisch beim Essen.

Das letzte Bild zeigt Clara schlafend in ihrem Bett und bei dem Bild stockt mir der Atem. Jemand hat sie in einem so intimen Moment fotografiert, in dem sie wehrlos war, ausgeliefert, ich möchte mit der Faust auf die Wand einschlagen, so tosend ist die Wut in meinem Bauch.

Wer auch immer das Bild geschossen hat, er will damit nur eins sagen: *Ich habe Macht über Clara. Jederzeit. Selbst im Schlaf.*

»Glaubst du, diese Fotos stammen von derselben Person wie die, die du letztens erst bekommen hast?«, frage ich.

»Die Schrift ist zumindest ähnlich«, sagt er.

»Das heißt, auch diese Bilder könnten aus der Gilde kommen.«

Mit einem Nicken bestätigt Falk meinen Verdacht. »Aber das ist mir erst seit Kurzem klar.«

»Hast du deswegen damals angeordnet, Clara nach Japan zu holen? Weil die Fotos zeigen, dass sie in Deutschland von jemandem beschattet wurde?«

»Ich konnte den Meistern nichts von ...« Er stockt, rückt dann jedoch seine Schultern wie in einer befreienden Geste zurecht. »Von mir und Veit erzählen und demnach auch nicht von den Fotos. Aber mir war klar, sie bedeuten, dass Clara nicht in Sicherheit ist, also habe ich die Meister von ihrer Wichtigkeit überzeugt, um sie herzuholen und ihre Familie überwachen zu lassen.«

»Wie hast du sie dazu gebracht? Mit den Fotos von Clara oder den Postkarten, die von Veits Entführern stammen?«, frage ich.

Falk sieht mich lediglich mit einem leeren Blick an, von dem ich nicht weiß, wie ich ihn deuten soll.

»Gibt es durch die nicht irgendeinen Hinweis, wer dir eventuell auch die Bilder geschickt hat?«

Mit glasigem Blick sieht Falk an mir vorbei, obwohl hinter mir lediglich die Tür ist. Erst nach mehreren quälenden Sekunden sagt er: »Es gab nie Postkarten von Entführern. Ich habe sie geschrieben und Veits Unterschrift gefälscht, um sie echt aussehen und Clara herholen zu lassen, damit sie in Sicherheit ist.«

Seine Worte hängen wie dünne Fäden zwischen uns, die ich nicht zu greifen bekomme. Momente lang starre ich Falk lediglich an und versuche, etwas in seinem Gesicht zu erhaschen, das eine Lüge aufdeckt. Doch je länger mein Blick auf ihm liegt und er ihn nicht erwidert, desto deutlicher wird mir, dass er die Wahrheit sagt.

»Das heißt, du hast Clara und alle anderen belogen?«, frage ich. Jetzt kann ich meine Wut nicht unterdrücken und schaffe es auch nicht mehr, meine Worte vorsichtig zu wählen. »Du hast ihr gesagt, Veit lebt, das würden die Postkarten beweisen. Das hast du uns allen gesagt.«

Falks Blick ist weiterhin an mir vorbeigerichtet.

»Heißt das, du weißt nicht mal, ob er noch lebt?«, frage ich kratzig.

Als hätte ich ihm einen Fausthieb verpasst, taumelt er einen Schritt zurück und setzt sich aufs Bett, wo er das

Gesicht in die Hände fallen lässt – und dann zu weinen beginnt.

Ich bin hin- und hergerissen zwischen dem, was gerade zwischen uns steht, und der Tatsache, dass ich Falk nun doch zerbrechen sehe. Die Bilder noch in der Hand, gehe ich zu ihm und lasse mich neben ihn fallen, lasse ihn weinen und kurz in Stücke springen. Ich weiß, manchmal hilft es, nur anwesend zu sein. Irgendwann verstummt er, seufzt dann tief und zittrig, fährt sich mit den Händen übers Gesicht und schaut schließlich auf, die Tür zum Badezimmer an.

»Ich habe keine Ahnung, wie es so weit kommen konnte«, bringt er hervor.

Es ist so ein simpler Satz, aber ich verstehe ihn mehr als jeden anderen, den ich in letzter Zeit gehört habe.

»Ich habe es nur verschlimmert, weil ich Angst hatte.«

»Dass das zwischen dir und Veit rauskommt?«, frage ich.

»Es war einfacher, alle Bilder unter Verschluss zu halten und so zu tun, als sei nichts geschehen.« Falk bedenkt mich mit einem Seitenblick. »Vor Jahren dachte ich noch, etwas ändern zu können in der Gilde«, sagt er. »Als Veit mich hergeholt und den Geschwistern vorgestellt hat, hatte ich diese naive Vorstellung davon, die Gilde sei anders.«

»Anders?«, frage ich, als er nicht weiterspricht.

»Freier«, erklärt er. »Ich dachte, ich hätte das Verstecken hinter mir. Vor meinen Eltern als Jugendlicher, die mich mit sechzehn weggeschickt haben, der Arbeit in der Bundeswehr ... Ich war nie frei, aber ich dachte, das hier sei meine Chance, es zu sein.«

Es ist, als könnte Falk mir geradewegs in den Kopf sehen, wie niemals jemand zuvor. Auch wenn ich in den letzten Jahren oft mit Ava über das geredet habe, was uns beiden passiert ist, haben wir uns meist stumm darauf geeinigt, nach vorn zu blicken, nicht zurück. Aber im Gegensatz zu ihr, hat das in meinem Inneren nur weitere Unwetter ausgelöst, die sich nicht beruhigen lassen wollten. So wie Falk dachte ich, das hier sei meine Chance, und sogar Clara hätte ich vor Wochen noch ausgeliefert, um frei zu sein.

Jetzt weiß ich, dass ich nur egoistisch war.

»Die Gilde ist geprägt von uralten Idealbildern«, sagt Falk. »Anfangs kam sie mir nicht so konservativ vor, aber das ist lediglich, weil sie sich nach außen hin so weltoffen gibt. Sieben Kontinente, sieben Meister – das klingt zumindest weltoffen, richtig?«

Unweigerlich denke ich an Masons Frage und meine Antwort darauf: Was ist den Meistern am wichtigsten? Ihre Außenwirkung.

»Mit Clara als Meisterin kann sich etwas ändern«, sage ich.

Zu meiner Überraschung lächelt Falk.

»Was?«, frage ich.

»Ich hoffe, du hast irgendwann die Chance, ihr zu erklären, warum du gehandelt hast, wie du es getan hast«, sagt er. »Du glaubst sehr viel mehr an sie, als sie vielleicht an sich selbst. Das sollte sie wissen. Manchmal braucht man eine helfende Hand, um zu sich zu finden.«

Ich schlucke den Kloß in meinem Hals hinunter, weiß aber auch dann nicht, was ich darauf antworten soll.

»Vor einigen Jahren dachte ich schon mal, dass sich etwas ändert – durch Eirik«, sagt er. »Er hat immer wieder versucht, uns Fuma und den Geschwistern mehr Aufgaben zu geben und in die Arbeit der Meister einzubeziehen.«

»Was ist dann passiert?«, frage ich.

Falk stößt ein Seufzen aus. »Der Tod seiner Frau. Seitdem erkenne ich ihn nicht wieder. Er lebt völlig zurückgezogen und ist nur zu den wichtigsten Treffen in der Gilde anwesend. Ich glaube, die Meister sind froh, wenn er von Bent abgelöst wird. Nichts hält Eirik noch hier – zumindest ist das mein Empfinden.«

Das kann ich verstehen, denke ich. Sollte Ava oder Clara irgendetwas zustoßen, wüsste ich nicht, wie ich ohne sie weitermachen sollte.

»Veit wusste natürlich, dass die Gilde sehr konservativ ist«, spricht Falk weiter, »weswegen wir das zwischen uns geheimgehalten haben. Ich habe mir während meiner Zeit bei den Geschwistern eingeredet, sobald ich zum Fuma aufgestiegen bin, ist das Versteckspiel vorbei. Ich müsste nur genug Autorität erlangen und könnte etwas umgestalten.«

Mittlerweile ist Falk der ranghöchste Fuma in der Gilde, ich kenne niemanden der Geschwister oder der anderen Fuma, die ihn nicht mit Respekt behandeln würden. Betritt er den Trainings- oder Essenssaal, verstummen die Gespräche. Wenn korrekt ist, was mir erzählt wurde, ist er auch derjenige, der am schnellsten von den Geschwistern zum Fuma aufgestiegen ist – nur ein halbes Jahr nach seiner Ausbildung. Jetzt frage ich mich, ob lediglich Veit die Intention dahinter war, dass Falk so hart für dieses Amt gearbeitet hat.

»Aber es hat sich gar nichts verändert«, sagt Falk. »Mein neuer Rang hat es eher verschlimmert, glaube ich, weil er weitere Regeln beinhaltete. Jemand in Veits und meiner Position ... zusammen? Das würde dem Image der Gilde nur noch mehr schaden. Also haben wir einfach heimlich gelebt und ich habe mich damit abgefunden.«

Da ist so viel Schmerz in Falks Stimme, dass ich sie kaum wiedererkenne.

»Wie habt ihr euch kennengelernt, du und Veit?«, frage ich und realisiere, dass ich diese Frage noch nie gestellt habe. Als ich herkam, habe ich sie wie selbstverständlich als beste Freunde angesehen.

»Bei einer Ehrung für Soldaten eines Syrieneinsatzes der Bundeswehr«, sagt er. »Ich wurde als Arzt ausgezeichnet. Veit hat mir meine Medaille überreicht. Hinterher hat er mir erzählt, die Gilde hätte einige ehemalige Soldaten überwachen lassen, um sie zu rekrutieren, aber Veit hat auf mich bestanden. So kam ich zu den Geschwistern.« Zögerlich sieht Falk zu mir herüber, lächelt matt. »Und zu Veit.«

»Ich schätze, Clara weiß nichts von euch?«, frage ich, obwohl ich mir längst sicher bin. Wenn sie es täte, hätte sie anders auf Falk reagiert.

Er schüttelt den Kopf.

»Was ist mir ihrer Mutter?«

»Sie und Veit hatten sich getrennt, kurz bevor ich überhaupt in die Gilde gekommen bin«, erzählt er.

Mein Blick hält sekundenlang an Falks fest, während ich mir seine Worte wieder und wieder durch den Kopf gehen lasse. Doch ich komme immer zum gleichen Schluss.

»Das heißt ...« Ich traue mich kaum, es auszusprechen. »Sie haben Clara fünf Jahre etwas vorgespielt?«

Bitte sag nein, denke ich. Tu ihr das nicht zusätzlich an. Nicht nach allem, was ich getan habe und nicht wiedergutmachen kann.

Doch Falk seufzt und nickt schließlich. »Auch Veit ist durch die Gilde von alten Idealbildern geprägt«, sagt er, als würde das seine Lüge erklären. »Du hast ihn anders kennengelernt als ich. Er hätte sein Ansehen nie aufs Spiel gesetzt – nicht in seinem Job als Politiker, nicht hier in der Gilde, und auch nicht in seiner Familie. Nicht mal vor Clara.«

So viel Fassade und ich habe mitgeholfen, sie vor Clara zu errichten, als ich ihr wegen des Deals etwas vorgemacht habe.

Diesmal bin ich derjenige, der sich mit der Hand übers Gesicht fährt, doch auch beim zweiten Mal klären meine Gedanken nicht auf.

»Wenn sie das erfährt ...« Weiter komme ich nicht, mein Mund ist zu trocken.

»Ich wünschte, es wäre anders gekommen und ich wäre der Gilde nie beigetreten«, sagt Falk mit rissiger Stimme. Die Worte nehme ich ihm sofort ab. »Aber manchmal trifft man Personen zur richtigen Zeit und kann nichts dagegen tun, dass sie einem wichtig werden.«

Damit wiederholt er beinahe denselben Satz, den er mir an dem Tag mitgeteilt hat, als ich ihm gebeichtet habe, Angst um Clara zu haben. Es sei okay, Angst um gewisse Personen zu haben, hat Falk gesagt. So würde man merken, dass sie einem etwas bedeuten.

»Ich glaube, das alles hängt miteinander zusammen«, sage ich irgendwann, um der Stille zu entfliehen. »Es ist kein Zufall, dass du diese Bilder bekommst, daraufhin Clara herholst. Während ich sie an die Ishikawa ausliefern wollte, die allerdings gar kein Interesse daran hatten, sie zu beseitigen, sondern sie ebenso schützen wollen. Irgendwas stimmt nicht. Irgendwer spielt ein falsches Spiel.«

Falk scheint froh über den Themenwechsel, er richtet sich aus seiner vorgebeugten Haltung auf und wirkt wieder eher wie der Fuma, der die Geschwister der Nacht ausbildet und sich im Geflecht der Shinobi bestens auskennt.

»Ich glaube, Mason hat recht und ein Teil der Schrift könnte sich hier im Dorf befinden«, sagt er. »Die Schriftzeichen auf den Bildern, die ich bekommen habe, deuten auf die Prophezeiung hin.«

»Und wenn wir davon ausgehen, dass jemand aus der Gilde sie geschossen und beschriftet hat ...«, sage ich.

»Könnte jemand aus der Gilde auch Teile der Schrift kennen«, endet Falk.

Ich lasse mir die beiden Wörter auf dem Bild noch einmal durch den Kopf gehen: Kirschblütenmädchen und Lilienblütenjunge. Meine Gedanken schweifen zum Kirschbaum im Hof, der Wiese, die umzäunt ist von Lilien- und Asternbüschen. Der Kirschbaum, der gerade seine Blüten verliert, ebenso wie die Lilienbüsche.

Meine Gedankengänge werden jäh von einem Geräusch durchbrochen. Falk und ich sind beinahe gleichzeitig auf den Beinen und ich folge ihm zur Tür, anschließend heraus. Mit ohrenbetäubendem Getose steuert ein Rettungshubschrauber das Feld vor dem Parkplatz des Dorfs an.

»Bleib hinter mir«, weist Falk mich an, bevor wir uns in Bewegung setzen.

Als ich einen Blick nach links werfe, sehe ich etliche Geschwister und andere Fuma im Tempeleingang stehen, die vermutlich beim Frühstück vom Lärm aufgescheucht wurden. Wieder nach vorn sehend, mache ich Ava aus, die im Türrahmen ihrer Unterkunft steht und alarmiert zu uns herüberschaut.

»Ihr wartet hier«, sagt Falk streng zu uns, als wir sie erreichen. »Keine Alleingänge. Egal, was hier vor sich geht, ihr bleibt zusammen.« Er sieht zwischen Ava und mir hin und her. »Habt ihr das verstanden?«, setzt er hinzu und betont jedes einzelne Wort.

Ava und ich nicken gleichzeitig, sie rückt wie aus einem Reflex zu mir auf und wir sehen Falk gemeinsam hinterher, der davonrauscht. Bevor er seine Schritte beschleunigt, wirft er uns einen Blick über seine Schulter zu, während der Helikopter landet und zwei Personen aus den seitlichen Türen steigen.

Falk geht in geduckter Haltung auf sie zu und sagt etwas zu ihnen, das ich jedoch nicht verstehe. Das Heck des Hubschraubers wird von einem der Männer geöffnet, der daraufhin mit seinem Kollegen jemanden auf einer Trage herausschiebt. Von hier aus kann ich die Person nicht ausmachen, da das Feld, auf dem der Helikopter gelandet ist, gut dreißig Meter entfernt ist.

Kurze Zeit später schieben Falk und einer der Sanitäter die Trage in Richtung Tempel und kommen dabei so nah an den Unterkünften vorbei, dass ich die Person auf der Trage endlich erkenne.

Es ist Veit.

KAPITEL 42

Jarik

Ihr Ansehen, das ist der Gilde wichtig. Die Art, wie man von ihr denkt. Ihre Außenwirkung.

Während ich Falk an Veits Bett stehen sehe, der ihn untersucht, denke ich an dieses Ansehen. Dass sie sich damit brüsten können, Veit gefunden zu haben.

Einfach so.

Durch Kaya und Taio, die ihn in genau dem Haus in Tokio gefunden haben, in dem Clara und ich uns damals versteckt haben. Als sei nichts dabei gewesen, obwohl wir wochenlang nicht gewusst haben, wo Veit sich aufhält – oder wer ihn gefangen hält.

Und nun soll er in einem leerstehenden Haus gelegen haben.

Einfach so.

Falk hat mir zwar vorhin erzählt, die Meister hätten einen Tipp zu Veits Aufenthaltsort bekommen, doch welcher das war, haben sie ihm verschwiegen. Als er mir in seiner Unterkunft davon berichtet hat, habe ich Falk den Zwiespalt deutlich angesehen: Entweder bei den Meistern nachzubohren, um zu erfahren, wie Veit gefunden wurde, oder schweigen und sie nicht weiter auf Falk aufmerksam zu machen.

Während er seit Stunden nicht von Veits Seite weicht, ist mir bloß nach Flucht. In der letzten Nacht habe ich kaum geschlafen und auch jetzt habe ich ständig das Gefühl, von allen Seiten beobachtet zu werden. Umso mehr, weil auch Bent zurück ist, der zusammen mit seinem Vater kurz nach Veit ebenfalls mit einem Hubschrauber ins Dorf kam. Allerdings konnte Bent selbst laufen und ist seitdem in seiner Unterkunft verschwunden.

Jetzt gerade ist mir Bent jedoch egal. Eigentlich will ich bloß hier weg und das Dorf verlassen - aber ich kann Falk nicht zurücklassen. Er weicht Veit nicht von der Seite und Claras Vater ist außerdem psychisch nicht stabil genug, als dass wir mit ihm flüchten könnten. Falk ist der Einzige hier, der Veit ärztlich überwachen kann.

Durch geliebte Menschen wird man gefesselt. Seit Stunden hallen diese Worte wie ein Echo in mir nach.

Die ganze Nacht habe ich wachgelegen und mich gefragt, ob das der Sinn dahinter war - Veit herzuholen, um Falk damit ans Dorf zu ketten. Wenn die Meister etwas mit den Bildern zu tun haben und ahnen, dass Falk ihnen nicht mehr vertraut, wäre es ein Leichtes, ihn mit Veit hierzuhalten.

Und was passiert, sollte Clara davon erfahren, dass ihr Vater hier ist?

Ich muss mich unbedingt irgendwie mit Mason in Verbindung setzen und ihn warnen, dass sie nichts von Veit erfährt. Heute noch.

»Du musst was essen gehen, Jarik«, höre ich Falk vom Bett aus sagen, in dem Veit regungslos liegt. Er wirft mir einen flüchtigen Blick zu. »Wenn du umkippst, habe ich doppelt zu tun.«

Da ist kein Vorwurf in seiner Stimme, sondern ehrliche Sorge. Wir können hier im Krankenzimmer nicht offen reden, Falk lässt Veit jedoch nicht allein, weswegen wir in den letzten vierundzwanzig Stunden keine Gelegenheit hatten, zu besprechen, was es mit Veits Auftauchen wirklich auf sich hat. Alles, was ich weiß, hat Falk mir in üblicher Fuma-Mentalität erzählt. Und es waren keine beruhigenden Nachrichten.

Wie mehrmals in den letzten fünfzehn Minuten, schweift mein Blick zu Veit, aber auch jetzt kann ich nicht glauben, dass er der Mann ist, den ich kennengelernt habe. Nicht mal sein Äußeres erinnert an ihn. Zwar trägt er noch immer einen Drei-Tage-Bart, doch er ist so unsauber rasiert, dass er es im Dunkeln oder in Eile gemacht haben muss. Die tiefbraunen Haare sind länger, stehen in alle Richtungen ab und verstärken nur den Eindruck eines verwirrten Mannes.

Was mir jedoch am meisten Angst macht, ist die Tatsache, dass Veit keinen einzigen Ton von sich gibt. Kontinuierlich starrt er auf einen toten Punkt und egal, was man ihn fragt, er spricht nicht. Er kommt mir vor, als würde er mit offenen Augen schlafen.

Das ist nicht Veit, das ist bloß ein Schatten seiner selbst.

Als ich meinen Blick von ihm nehme, begegne ich Falks. Während in Veits Augen Leere herrscht, ist in Falks abgrundtiefer Schmerz zu erkennen. Die Ringe unter seinen Augen verraten, dass er nicht geschlafen hat, ebenso die Art, wie er sich ständig übers Gesicht fährt, als wollte er sich wachhalten.

»Was meinst du, was mit ihm ist?«, frage ich.

Mit einem Seufzen lässt Falk sich auf den Rollhocker neben dem Bett fallen und mustert Veit, so wie er es bereits etliche Male getan hat, seit ich hier bin.

»Bis auf ein paar kleinere Schnittwunden, hat er keinerlei Verletzungen«, sagt er, möglichst bemüht, sachlich zu wirken. Allerdings höre ich das leichte Beben in seiner Stimme. »Seine Vitalwerte sind im Normalbereich, seine Pupillen reagieren auf Licht – keine Anzeichen für Drogen oder andere Substanzen. Er ist bloß ... vollkommen abwesend.«

Noch immer starrt Veit regungslos zur Zimmerdecke und stört sich nicht einmal daran, dass Falk seine Hand nah an seiner liegen hat. Wie unbewusst streicht sein Daumen über Veits Unterarm, doch auch das entlockt dem Meister keine Regung.

»Ich kann ihn nur weiter beobachten«, sagt Falk.

Plötzlich, als sei er sich gerade erst darüber bewusst geworden, zieht er seine Hand von Veits weg, räuspert sich und kommt dann auf mich zu.

»Zeit zu gehen«, sagt er, legt mir eine Hand an den Rücken, schiebt mich mit sachter Gewalt aus dem Zimmer und folgt mir. Hinter uns schließt er die Tür, bleibt jedoch davor stehen. Mit einem Kopfnicken deutet er zur Treppe nach unten. »Geh etwas essen und leiste Ava Gesellschaft«, sagt er. »Tausch dich mit ihr über das aus, was passiert ist, das tut euch gut.«

Wissend hebt er die rechte Braue und betrachtet mich eingehend.

»Du solltest auch essen«, sage ich.

»Schon gut, ich habe keinen Hunger«, erwidert er kopfschüttelnd. »Ich muss mich um Veit kümmern.«

Es hätte keinen Sinn, Falk jetzt Widerworte zu geben, weswegen ich es lasse.

Falk ist so viel mehr Licht als ich, denke ich. Als Clara im Krankenzimmer lag, habe ich sie absichtlich verletzt, damit sie nicht noch enttäuschter von mir ist. Kotzbrocken und Kirschblütenmädchen, das passt nicht, habe ich gesagt. Dabei hat es sich anders angefühlt.

Tut es noch immer.

Falk hingegen ist bedingungslos für Veit da. Auch wenn er Zweifel gegenüber der Gilde geäußert hat gestern, er bleibt hier.

»Komm ein bisschen zur Ruhe«, sagt Falk zu mir und drückt meine Schulter.

Wie könnte ich das, wenn sich gefühlt ein Sturm über uns zusammenbraut und ich ihn nicht ansatzweise so klar kommen sehe, wie Falk behauptet hat?

Ich nicke jedoch und hoffe, dass sich bald die Zeit findet, um darüber zu reden, was gerade passiert und aus welchem Grund. Es ist unmöglich, dass Veit so plötzlich gefunden wurde. So angespannt, wie Falks Muskeln seit Stunden wirken, ist er sich ebenso darüber bewusst, doch nach unserem Gespräch gestern weiß ich, er wird alles tun für Veit.

Im Dorf bleiben zum Beispiel, auch wenn alles in ihm ähnlich laut nach Flucht schreien sollte wie in mir.

»Wir reden später«, sagt er, obwohl ich nicht ausmachen kann, ob das nur dahergesagt ist. Jedenfalls dreht er sich ohne ein weiteres Wort um und verschwindet dann wieder im Zimmer.

Zehn Minuten später sitze ich Ava mit einer Schüssel Reis und Gemüse gegenüber, habe aber nicht mal drei Bissen herunterbekommen. Mir liegt ein Stein im Magen, der mit jeder verstrichenen Minute bloß größer wird, weil ich keine Ahnung habe, wie ich Clara gleichzeitig beibringen soll, dass Veit hier ist – aber dass sie nicht herkommen darf.

»Wir brauchen Mason«, sage ich leise zu Ava, als ich es endgültig aufgebe, etwas zu essen und stattdessen die Stäbchen neben die Schüssel lege. »Wenn sie auf jemanden hört, dann vielleicht auf ihn. Wir müssen alles versuchen, um sie vom Dorf fernzuhalten.«

Nachdem Veit im Dorf angekommen war, habe ich ihr von dem Gespräch mit Mason im Tunnel erzählt. Und auch dass Falk Bilder von Clara zugeschickt bekommen hat, weiß sie von mir. Nicht jedoch, was Falks und Veits heimliche Beziehung angeht. Ich sehe es wie Mason: Das ist nicht meine Geschichte zu erzählen.

Ava hält ihre Wasserflasche mit beiden Händen umklammert. »Nach allem, was passiert ist, willst du wieder mit ihm zusammenarbeiten?«

»Er hat mich nie belogen«, sage ich.

»Was ist mit dem Deal? Sie haben dir weisgemacht, Clara beseitigen zu wollen.«

»Das haben sie nie behauptet, ich sollte sie lediglich ausliefern«, sage ich. »Sie wollten sie schützen und uns Geschwister genauso.«

»Und du denkst, vor den Meistern?«

»Ja, und wer auch immer noch mit ihnen drinsteckt.«

Ich schiebe meine Schüssel beiseite und beuge mich etwas zu Ava vor, die Unterarme auf der Tischplatte platziert.

»Fragst du dich nicht, warum die Ishikawa wirklich aus der Gilde verstoßen wurden?«, will ich wissen.

»Weil sie Zwietracht sähen wollten?«

»Ist das eine Frage? Klingt nämlich wie eine.«

Während ich eine Braue hebe, kräuselt sie die Lippen und weicht meinem Blick anschließend aus. Der Seufzer, den sie ausstößt, wirkt genauso wenig überzeugend wie ihre Gegenfrage.

»Was ist, wenn sie wirklich nur frei sein wollten, und seitdem dafür bestraft werden?«, frage ich. »Haben sie all die Dinge getan, die die Gilde behauptet? Der Trinkwasserskandal in Potsdam? Die Beinahe-Explosion am Tempel vor mehreren Jahren? Haben sie die Prophezeiung oder sollen wir das nur glauben, um gegen sie vorzugehen?«

»Das kannst du nicht wissen ...«

»Weswegen sollten sie Clara und mich aus dem Tunnel retten und sie seitdem in Tokio schützen?«, übergehe ich Avas Kommentar. »Während die Meister drohen, Damien herzubringen, und ich in ihre Falle tappe und Clara dadurch fast ins Dorf geholt hätte.«

Ava sieht noch immer nach rechts, wirft mir jetzt jedoch einen Seitenblick zu, bleibt dabei allerdings weiterhin stumm.

»Weswegen war Bent an der Hütte und jemand hat Fotos von uns dort geschossen?«, frage ich. »Warum ist sie explodiert und niemand von den Meistern interessiert es scheinbar, das herauszufinden? Sollten wir beseitigt werden?«

Avas hellblaue Augen verankern sich in meinen. »Das ist so weit hergeholt, Jarik ...«, sagt sie, jedoch wenig überzeugend.

»Wirklich?«, frage ich. »So wie alles andere, meinst du? Zum Beispiel, dass wir monatelang nach Veit suchen, und er wie durch Zufall in einem leerstehenden Haus auftaucht, das Kaya und Taio bewachen? Und dass er seitdem kein Wort spricht? Was denkst du, was das bedeutet?«

»Dass er etwas weiß, aber mundtot gemacht wurde ...«, sagt Ava kratzig.

»Bingo.«

Ihre Augen huschen unruhig über mein Gesicht. »Ich weiß nicht, ob ich das kann«, sagt sie schließlich.

»Was meinst du?«

»Das hier so anzuzweifeln.«

Sie nimmt den Blick von mir, lässt ihn durch den Speisesaal schweifen, in der noch einige Geschwister und Fuma essen.

»Ich kann nicht zurück, das hier ist mein Zuhause.«

Die Erinnerungen, die ihren Kopf fluten, kann ich förmlich vor mir sehen, weil ihre und meine sich kaum voneinander unterscheiden.

»Was ist«, sage ich, »wenn sie uns das nur eingeredet haben, um gefügige Soldaten aus uns zu machen? Weil das hier besser war, als dort zu bleiben, wo wir hergekommen sind?«

Mit einem Mal sieht sie wieder an mir vorbei, jedoch diesmal über meine Schulter, und weil sich ihre Brauen zusammenschieben, folge ich ihrem Blick.

Bent betritt gerade den Raum. Er hält sich ein Handy ans Ohr und scheint zu telefonieren, aber wegen der Distanz zwischen uns verstehe ich nicht, was er sagt. Was mich jedoch wundert, ist, dass er nicht nur zu uns herübersieht, sondern auch auf uns zukommt. Kurz bevor er unseren Tisch erreicht, beendet er das Telefonat, tippt etwas ins Handy und umklammert es dann mit der rechten Hand. Seine Knöchel treten weiß hervor, so fest umschlingt er es.

»Ist bei euch noch frei?«, fragt er Ava und mich, als er neben dem Tisch steht.

Wir wechseln einen Blick und Avas sagt mir, dass sie ähnlich überrascht ist wie ich. Nicht darüber, Bent zu sehen, sondern wie verändert er wirkt. Er trägt einen dunkelgrauen Jogginganzug, zwischen Hals und Schulterblatt blitzt ein großflächiges Pflaster hervor. Auf seinem Handrücken schimmert ein blauer Fleck, den ich von einer Infusion im Krankenhaus vermute. Komischerweise erinnert er mich schlagartig an Veit: Bents Haare sind ungestylt, anders als sonst, er hat sichtbare Ringe unter den Augen, die ähnlich leer wirken wie Veits. Als sei dahinter eine Flamme erloschen.

»Du kannst dich gern zu uns setzen«, sagt Ava, was Bent daraufhin tut und neben ihr Platz nimmt, die Hände auf den Tisch legt. »Hast du Hunger oder Durst? Soll ich dir was holen?«

Bent schüttelt den Kopf. Mit der Hand hält er sein Handy weiterhin fest umschlungen.

»Ich wollte nicht allein sein«, sagt er. Kurz stockt er, dann fügt er flüsternd hinzu: »Sie haben gesagt, sie verschließen die Tür an meiner Unterkunft nicht mehr, wenn ich verspreche, eine Sache für sie zu erledigen ... Sie haben gesagt, sie werden meinem Vater nichts tun, wenn ich ...«

Den Blick, den Ava und ich nun austauschen, ist nicht mehr überrascht, sondern alarmiert.

Ava rückt etwas an Bent heran und legt ihm behutsam die Hand auf den Unterarm, was er mit einem erleichterten Seufzen quittiert. Die zwei standen sich nie nahe, eher haben sie gestritten und Bent war fast immer der Auslöser dafür. Jetzt wirkt er zerbrechlich und alles andere als streitlustig.

»Wer sind *sie*?«, fragt Ava.

»Es war ganz leicht«, weicht er ihrer Frage aus. Bei dem Satz trommelt er mit dem Daumen auf dem Gehäuse des Handys.

»Bent?«, frage ich vorsichtig.

Als hätte ich seinen Namen gebrüllt, schnellt sein Blick zu mir. War er gerade gedanklich kilometerweit entfernt, scheint er sich nun ungetrübt an etwas zu erinnern, doch ich weiß nicht, an was. Ava streicht über seinen Unterarm, allerdings bemerkt er die Geste nicht einmal, so fokussiert ist er plötzlich auf mich. Er blinzelt nicht, sondern stiert mich statuenartig an.

»Ich wollte das eigentlich nicht«, sagt er.

Jetzt blinzelt er doch, und zwar aufkommende Tränen weg.

Bevor ich nachfragen kann, bricht er unseren Blickkontakt, entsperrt sein Handy, tippt etwas ein und schiebt es mir dann hin.

»Ich sollte sie nur über Veit unterrichten«, sagt Bent.

Das Blut in meinen Ohren rauscht so sehr, dass ich Mühe habe, ihn zu verstehen, während ich das Handy zu mir herumdrehe und darauf starre.

»Ich wollte das eigentlich nicht«, wiederholt Bent. »Aber ich kann meinen Vater nicht auch noch verlieren ...«

Auf dem Display leuchten die letzten Anrufe auf. Der oberste ist von vor fünf Minuten und wurde von Bent getätigt.

Der Name über der Nummer schnürt mir die Luft ab: Clara Berger.

KAPITEL 43

Clara

»Dein Vater ist gefunden worden und wartet im Dorf auf dich.«

Auch Minuten, nachdem Bent mich angerufen und mir unter anderem diesen Satz mitgeteilt hat, starre ich weiterhin auf das Foto, das er mir zusätzlich mitgeschickt hat: Mein Vater in einem Krankenbett. Das Bild wirkt, als sei es mit zittrigen Fingern aufgenommen worden, nur eine Nachttischlampe brennt und taucht die Szenerie in ein schummriges Licht, aber es ist unverkennbar, dass der schlafende Mann im Bett mein Vater ist.

Und er ist im Dorf. Ich kenne das Krankenzimmer, vor einigen Wochen habe ich nach dem Angriff im Tunnel selbst darin gelegen.

Mein Herz rast so schnell und unkontrolliert, dass ich erst gar nicht versuche, es irgendwie unter Kontrolle zu bringen. Monatelang habe ich mir diesen Moment vorgestellt und doch ist er nicht so, wie ich erwartet habe. Dass ausgerechnet Bent mich angerufen hat und auf keine meiner Fragen zu meinem Vater reagiert hat, drückt sich mir wie eine Faust in den Magen.

Aber ich werde trotzdem gehen. Ich hole ihn zurück.

Als hätte mein Kopf das endlich begriffen, schiebe ich das Handy in meine Hosentasche und drehe mich zu der Kommode in Masons Zimmer um. Ich nehme mir meine Jacke, die darauf liegt, und ziehe sie mir über, mein Katana neben der Kommode greife ich als Nächstes.

Ich hole ihn zurück. Gegen jeden werde ich kämpfen, wenn es sein muss. Egal, wer sich mir in den Weg stellt. Aber ich brauche Mason und die anderen, allein werde ich im Dorf nicht viel ausrichten können.

Hastig reiße ich die Tür auf und sprinte den Flur entlang, bis ich das Treppenhaus des Hotels erreiche. Ich nehme zwei Stufen auf einmal, froh darüber, dass meine Beine nicht zittern, sondern mich tragen. Das hier ist, worauf ich gewartet habe. In all den Wochen, seitdem ich in Japan bin, habe ich an dieser Vorstellung festgehalten: Meinen Vater zu mir und meiner Mutter zurückzuholen und Japan zu verlassen.

Unten im Treppenhaus angekommen, laufe ich am leerstehenden Empfang vorbei – da stoppt mich eine Stimme.

»Clara!«

Der Tunnel, in dem ich mich gedanklich befinde, lichtet sich einen Moment, ich wirble herum. Mason steht am Ende des Ganges, die Haare verschwitzt, das Shirt ebenso. Er hat ein Katana in der Hand und ein Handtuch um die Schultern geschwungen. Wahrscheinlich kommt er gerade vom Training in den Kellerräumen.

»Was ist passiert?«, fragt er alarmiert und läuft mit großen Schritten auf mich zu.

»Wir müssen gehen«, sage ich und allein das auszusprechen, treibt mir Tränen in die Augen. Ich komme nach Hause. Wenn wir meinen Vater befreit haben, komme ich nach Hause. Die Vorstellung blüht so farbenfroh in meiner Brust, dass sie alles andere in den Hintergrund rückt.

Mason stellt sich genau vor mich. »Wohin?«

»Yamanashi.«

»Was ist passiert, Clara?«, wiederholt er.

»Sie haben meinen Vater gefunden«, sage ich. »Er ist im Dorf.«

Seine Brauen schieben sich zusammen. »Wer hat dir das erzählt?«

»Ich habe einen Anruf bekommen«, sage ich. Mit zittrigen Fingern hole ich mein Handy aus der Tasche, entsperre es und zeige Mason das Foto meines Vaters. »Er wurde gestern dorthin gebracht und ich werde keine Zeit mehr verlieren, um zu ihm zu gehen.«

Wenn es sein muss, brenne ich das Dorf nieder, um ihn daraus zu befreien, sollte man ihn dort festhalten, füge ich in Gedanken hinzu.

Ich stecke das Handy zurück in meine Hosentasche.

»Wir können unmöglich ins Dorf«, sagt Mason. »Das ist eine Falle.«

»Wie kann dieses Foto eine Falle sein?«

»Ich weiß es nicht, ich -«

Indem ich die Spitze meines Katanas an seine Brust hebe, unterbreche ich ihn.

»Du hast gesagt, ich bin keine Gefangene«, erinnere ich ihn. »Wenn ihr nicht mitkommt, werde ich allein gehen.«

In einer entschärfenden Geste lässt Mason sein Schwert neben sich fallen und hält beschwichtigend seine Hände vor der Brust hoch.

»Ich werde nicht gegen dich kämpfen«, sagt er, »und du bist keine Gefangene, aber du wirst nicht allein ins Dorf gehen. Unter keinen Umständen lasse ich zu, dass dir etwas passiert.«

»Ich bin es satt«, raune ich. »Benutzt zu werden, weil ich angeblich wichtig bin. Ich gehe, wohin ich will, und weder du noch sonst wer schreibt mir das Gegenteil vor. Du hast gesagt, ihr wollt helfen, meinen Vater zu finden. Wenn das nicht mehr stimmt – aus dem Weg. Dann hole ich ihn allein aus dem Dorf.«

In dem Moment glätten sich Masons Gesichtszüge und er lässt seine Hände sinken.

»Okay«, sagt er.

»Dann geh mir endlich aus dem Weg.«

»Das meinte ich damit nicht«, sagt er.

In einer fließenden Bewegung bückt er sich nach seinem Katana und ich bin schon bereit, doch gegen ihn kämpfen zu müssen, allerdings richtet er es nicht auf mich, sondern mustert mich eindringlich.

»Wir kommen mit dir und holen deinen Vater zu uns, aber wir brauchen einige Minuten, um Dinge vorzubereiten. Mehr Waffen als zwei Schwerter.« Mit der freien Hand deutet er erst auf seins, dann auf meins. »Und du bist nicht unauffällig genug angezogen, ich auch nicht.«

Behutsam tritt er einen Schritt auf mich zu, weshalb ich das Katana sinken lasse. Mason hat diese besonnene Art, ohne aufdringlich zu wirken.

»Wir holen Veit«, sagt er, während er mir in die Augen sieht. »Aber wir können nicht kopflos in die Gilde, sondern brauchen zumindest ein wenig Vorbereitung. Ich glaube nicht, dass der Anruf und das Bild Zufälle waren. Sie wollen, dass du herkommst – aber dann nach unseren Regeln.«

Masons Hand legt sich auf meine, die noch immer den Schwertgriff umschlungen hält. Einen Augenblick schnellt mein Puls in die Höhe, doch wie er über meine Finger streicht, ebbt das Gefühl der Ruhelosigkeit ab.

»Wir holen ihn«, wiederholt er. »Versprochen.«

»Und danach werde ich Japan verlassen«, sage ich, worauf Mason langsam nickt.

Um all das zu vergessen und mein Leben in Potsdam wieder aufzunehmen.

Gefühlt sind nach Masons und meinem Aufeinandertreffen mehrere Dinge gleichzeitig passiert: Er hat Yuna in unseren Plan eingeweiht, sie hat mir ein paar ihrer dunklen Kleidungsstücke zur Verfügung gestellt, die ich übergezogen habe, obwohl sie zu groß sind. Auch den anderen Ishikawa wurde Bescheid gegeben, einige folgen uns nach Yamanashi, sollen sich laut Mason aber im Hintergrund halten und uns den Rücken decken.

Ich habe von all den Informationen aus dem Telefonat mit Bent erzählt – allerdings waren das nicht viele. Er hat lediglich verlauten lassen, dass mein Vater mit einem Rettungshubschrauber ins Dorf gebracht wurde, außerdem wissen wir durch das Foto, dass er in einem der Krankenzimmer liegt.

Mason und die anderen hören geduldig zu und zweifeln keines meiner Worte an. Zuletzt packt Mason zwei Rucksäcke mit einigen Dolchen und diversen Waffen, reicht mir ebenso einen Dolch und Wurfsterne, die ich an meiner Gürtelhalterung von Yuna verstaue.

Es vergehen keine fünfzehn Minuten, bis Mason und ich in Tokio an einem Autoverleih halten und wieder fünf Minuten später in einem schwarzen Toyota sitzen, um nach Yamanashi aufzubrechen. In einem weiteren Wagen hinter uns erkenne ich die anderen, die uns unauffällig folgen.

»Wir holen Veit zurück«, sagt Mason erneut und sieht vom Fahrersitz zu mir herüber. »Hab Vertrauen.«

Die weitere Fahrt über reden wir nicht und ich halte mich mit dem Gedanken an meinen Vater über Wasser. Als Mason jedoch anderthalb Stunden später in einen unebenen Feldweg steuert, spannen sich meine Muskeln an.

»Ich parke den Wagen am Waldrand, in der Nähe der Hütte«, sagt Mason.

Welche Hütte er meint, muss er nicht genau aussprechen, ich glaube nicht, dass es noch eine im Wald gibt außer der, in der Jarik und ich trainiert haben.

»Vermutlich haben sie Geschwister, die Wache halten«, spricht Mason weiter.

»Wie kommen wir an ihnen vorbei?«

Er lächelt. »Indem wir unsichtbarer sind als sie.«

»Oder ihr betäubt sie?«, frage ich.

»Nur wenn es nicht anders geht«, sagt er ehrlich.

Ich hoffe, ich schaffe es, unsichtbar zu sein, doch mit meinem Vater im Hinterkopf, sollte es mir nicht schwerfallen. So viel habe ich bis jetzt hier in Japan hinter mich gebracht, das hier wird das Ende dieser Reise sein.

»Und wenn wir entdeckt werden?«, frage ich.

Auch bei der Frage verschwindet Masons Lächeln nicht. »Kämpfen wir. Aber ich habe Ablenkung dabei.«

Mit einem Kopfnicken deutet er auf den Rücksitz, wo ich einen Rucksack entdecke. Ich ziehe ihn nach vorne auf meinen Schoß und öffne den Reißverschluss, um reinsehen zu können. Darin befinden sich in Seitentaschen nicht nur Dolche, sondern im Mittelfach auch mehrere Spraydosen. Erst als ich eine herausziehe, realisiere ich, dass es Rauchbomben sind. Sofort erinnere ich mich, dass Mason und die anderen solche schon einmal eingesetzt haben, an dem Tag, als wir zuletzt im Dorf waren. Als Jarik sich vor mich geworfen hat, damit ich nicht verletzt werde.

Unwillkürlich denke ich auch an unser letztes Zusammentreffen. Wie er mir die Haare hinters Ohr gestrichen und gesagt hat, mich retten zu wollen. Wie ich meinen Wunsch verbraucht habe, damit er zu mir zurückkehrt.

»Hast du schon mal Rauchbomben benutzt?«, fragt Mason.

»Tut mir leid, aber in meinem früheren Nicht-Ninja-Leben hatte ich noch keine Gelegenheit dazu«, erwidere ich, worauf Mason auflacht. Für einen Moment wischt das meine Zweifel fort.

»Du drehst den Hebel« – er deutet auf den Ring an der Oberseite der Dose – »und ziehst ihn in einem Ruck ab. Im Anschluss wirfst du sie von dir. Das sind militärische Rauchbomben, bedeck Mund und Nase, wenn du dich noch in der Nähe aufhältst. Die Rauchentwicklung ist so stark, du kannst danach ungesehen verschwinden. Sollten wir uns aus den Augen verlieren, ruf Yuna an. Ihre Nummer hat sie dir in ihre Jackentasche gesteckt.«

Wie auf Kommando schiebe ich meine Hand hinein und ziehe tatsächlich einen Zettel mit einer Nummer heraus.

»Wo ist mein Handy?«, frage ich.

»In deinem Rucksack im Kofferraum«, sagt Mason. »Ich habe es dir in die vordere Tasche gepackt. Wenn Veit sich noch immer in einem Krankenzimmer befindet«, fährt er fort, »müssen wir schnell handeln, weil es mitten im Tempel liegt. Merk dir, wo ich das Auto geparkt habe, ich lasse den Schlüssel stecken. Solltest du zuerst mit Veit am Wagen ankommen, fährst du sofort weg.«

Ich sehe zu ihm herüber, doch er erwidert meinen Blick nicht.

»Was ist mit dir?«, frage ich.

»Anders als du, bin ich nur ein unbedeutender Teil dieser Geschichte«, sagt er. »Wenn es Veit gut geht, geht es dir gut, und das ist wichtig. Ich komme auf anderen Wegen zurück.« Er wirft mir einen kurzen Blick zu. »So schnell wirst du mich schon nicht los, keine Sorge.«

KAPITEL 44

Jarik

»Ich wollte das eigentlich nicht«, klingen Bents Worte wieder und wieder in mir nach. *»Aber ich kann meinen Vater nicht auch noch verlieren.«*

Jemand hat ihn nicht nur eingesperrt, sondern ebenso gedroht, Eirik etwas anzutun – und ich weiß, es können nur die Meister gewesen sein.

Seitdem ich Falk von Bent erzählt habe und dass er Clara angerufen hat, versuchen wir, sie zu erreichen - doch es ist nur ihre Mailbox, die drangeht. Es ist ausgeschaltet. Zehn Nachrichten spreche ich ihr drauf, aus purer Verzweiflung, während die Angst um sie höher wächst wie nie zuvor. Jeden Moment rechne ich damit, dass sie im Dorf auftaucht. Dass bereits drei Stunden seit dem Gespräch mit Bent vergangen ist, gibt mir zumindest ein wenig Hoffnung, sie könnte seine Worte für eine Lüge halten und nicht auf dem Weg hierher sein.

Es ist allerdings nur eine winzige Hoffnung, und dennoch kralle ich mit aller Macht an ihr fest.

Falk und ich haben uns darauf geeinigt, Bent beiseitezunehmen, sollte er durch seinen Anruf auch in Gefahr sein.

Ava hat ihn kurz nach unserem Gespräch in seine Unterkunft gebracht und versprochen, bei ihm zu bleiben. Eirik hingegen bleibt unauffindbar und ich weiß, das hat nichts Gutes zu bedeuten.

Während Falk sich weiterhin um Veit kümmert, bin ich auf dem Weg in meine Unterkunft, um mein Katana zu holen und anschließend den Wald im Auge zu behalten. Auch wenn die Chance klein ist, Clara zu sehen, sollte sie herkommen, ich werde sie nicht verstreichen lassen.

In meiner Unterkunft verliere ich keine Zeit, sondern öffne meinen Schrank, in dem mein Katana verstaut ist – doch es ist nicht da.

Ein Räuspern rechts von mir lässt mich sofort aufschrecken. Bent steht in der Balkontür, von der ich durch die Aufregung nicht einmal bemerkt habe, dass sie geöffnet war, als ich eingetreten bin.

Mit der linken Hand hat er einen Dolch umfasst, in der rechten ein Katana. *Mein* Katana. Ich erkenne es an dem herausgebrochenen Stück am Griff.

»Was willst du mit meinem Schwert?«, frage ich scharf.

Er lässt es von links nach rechts schwingen. »Lag hier so rum.«

»Wo hast du Ava gelassen?«

»Sie wollte zu Falk«, erwidert er knapp.

»Wenn das gelogen ist und du ihr etwas angetan hast«, zische ich, »lasse ich dich dafür büßen.«

»Ganz ruhig«, sagt Bent mit einem teuflischen Grinsen auf den Lippen, das ich noch nie darauf wahrgenommen habe.

»Das vorhin beim Essen war Show, oder?«

Er grinst bloß weiterhin, was die Wut in meinem Magen nur weiter aufbäumen lässt. Links aus den Augenwinkeln sehe ich im offenen Schrank meinen Dolch liegen.

»Ist Clara schon hier?«, setze ich hinzu. »Du hast sie ja immerhin hergelockt, richtig? Dir hat niemand gesagt, du sollst sie anrufen, du bist ganz allein draufgekommen, habe ich recht?«

Zur Antwort hebt er seinen Dolch und wirft ihn. Gerade so kann ich mich hinter der Schranktür wegducken, in der ich die Klinge aufkommen höre. Blitzschnell greife ich nach meinem eigenen Dolch, doch da werde ich von der Tür getroffen, die Bent in meine Richtung stößt. Ich kann mich nicht auf den Beinen halten und stolpere zurück.

Der Schmerz durch den Aufprall auf dem Boden schießt mir vom Nacken in die Rippen, aber Bent stoppt nicht. Er kommt hinter der Schranktür hervor und stößt das Schwert in meine Richtung. Während ich mich nach rechts zum Bett rolle, greife ich nach dem Teppich unter uns und bringe Bent so zu Fall. Mein Katana rutscht ihm klirrend aus den Fingern.

Für einen Moment scheinbar zurückgeworfen, bleibt er auf dem Rücken liegen, während ich mich am Bett hochhieve und den Dolch von mir halte, bereit, Bent noch einmal entgegenzutreten.

Aber er ist erstarrt, liegt wie ein Käfer auf dem Rücken, die Augen aufgerissen. Nichts zeugt mehr von dem höllischen Grinsen, das er gerade aufgelegt hatte. Als hätte sein Sturz etwas in ihm geweckt.

Ich beuge mich über ihn, nehme erst mein Katana an mich, dann lasse ich meine Hand vor Bents Augen hin und her wandern. Seine Pupillen folgen meiner Bewegung, aber sie sind ausdruckslos.

Da verstehe ich, was mit ihm gemacht wurde: Er wurde hypnotisiert.

»Jarik?«, fragt er, als hätte er mich erst jetzt erkannt.

Ich greife ihm um den Oberarm und helfe ihm dabei, sich aufzurichten. Noch immer scheint er mehr in Gedanken versunken zu sein, als sich in der Realität zu befinden, weswegen ich ihn nicht hierlassen kann.

»Komm schon, ich bringe dich zu Falk und Ava«, sage ich zu ihm. Ich greife um seine Hüfte und stütze ihn, während wir meine Unterkunft verlassen.

»Das geht nicht«, sagt er mit einem Mal, als wir bereits einige Meter hinter uns gebracht haben.

Bent windet sich aus meinem Griff, was mich mein Katana noch fester umschlungen halten lässt, aus Angst, er könnte mich wieder angreifen. Er schwankt etwas, hält sich dann an der Holzbrüstung vor den Unterkünften fest.

»Was geht nicht?«, frage ich. Als er nur an mir vorbeistarrt, reicht es mir. »Rede!«, fahre ich ihn an.

»Sie wollten Ava in die Bibliothek bringen«, zwängt er gepresst hervor. Als sein Blick zu mir schweift, ist er zum ersten Mal seit Stunden er selbst.

»Weshalb?«

Ein Knall lässt uns beide zusammenzucken und ich wirble herum. Qualm drückt sich gegen eins der Fenster der Bibliothek. Jemand hat Feuer darin gelegt.

Sofort stürme ich los in Richtung Tempel und Bibliothek. Auf halbem Weg sehe ich eine vermummte Person, die am Kirschbaum steht und zur Bibliothek lugt. Eine dichte Rauchwolke zieht aus dem oberen Stock.

Als die Gestalt mich bemerkt, wirft sie einen Wurfstern nach mir, dem ich nur deswegen entkomme, weil ich mich hinter eine der Säulen in der Halle rette. Ich warte einige Sekunden, bevor ich dahinter hervorluge und sehe, dass die Gestalt in Richtung Wald rennt. Ich denke nicht einmal daran, ihr zu folgen, denn meine Gedanken pulsieren lediglich in einem einzigen Takt: Rette Ava, rette Ava, rette Ava.

Ich stürze die Treppe hinauf und steuere geradewegs auf die Tür der Bibliothek zu. Ein Seufzer verlässt meinen Mund, als ich feststelle, dass sie nicht verschlossen ist. Innen empfängt mich Rauch, eins der großen Regale am Fenster hat schon Feuer gefangen, das sich durch die Bücher frisst.

»Ava!«, brülle ich.

Während ich mir das Shirt über Mund und Nase ziehe, um dem Rauch zumindest ein wenig zu entfliehen, renne ich durch die Gänge zwischen den Regalen. Durch die sich ausbreitende Hitze im Raum rinnt mir schon nach wenigen Sekunden Schweiß den Nacken und den Rücken hinab. Regal um Regal suche ich nach Ava ab, selbst in der hintersten Ecke.

Zweimal laufe ich alle Gänge ab, stoße Regale um, Tische, werfe Stühle beiseite, ich durchforste jeden Zentimeter der Bibliothek, während mir das Feuer im Nacken brennt. Nur mit Mühe schaffe ich es noch, Luft zu holen, aber ich treibe mich an den Rand der Erschöpfung – doch es bringt nichts.

Ava ist nicht hier.

Hinter mir vernehme ich die Tür und als ich mich herumdrehe und über die zwanzig Meter Distanz sehe, steht Mason darin. Er ist komplett in Schwarz gekleidet, trägt die Kapuze in die Stirn gezogen. Nur sein Gesicht liegt frei. Über die Entfernung erkenne ich eine Sache ganz genau: das selbstsichere Lächeln auf seinen Lippen.

»Wo ist Ava?«, brülle ich.

Wie auf Knopfdruck reagiert mein Körper, meine Beine tragen mich in Richtung Tür, doch es ist zu spät. Auf halber Strecke ist Mason dadurch verschwunden, zieht sie hinter sich zu und als ich endlich ankomme, rüttle ich an der Klinke. Aber die Tür lässt sich nicht öffnen.

Ich bin eingesperrt.

KAPITEL 45

Clara

Mason hat keine Rauchbomben ins Dorf gebracht.

Es sind Brandbomben.

Während er mich angewiesen hat, im Wald zu warten, wollte er die Gilde mit Rauchbomben ablenken, um Chaos zu stiften und darin meinen Vater zu befreien. Die anderen Ishikawa sollten angeblich im Wald um mich herum verteilt sein, aber auch jetzt mache ich niemanden darin aus.

»Zähl bis dreißig«, hat er zu mir gesagt. »Dann ist der Rauch so dicht, dass du mir unbemerkt folgen kannst. Die anderen werden auch kommen. Sei vorsichtig.«

Er hat meine Schulter gedrückt, bevor er aus dem Wald und in Richtung Tempel gelaufen ist, und ich habe ihm vertraut.

Er hingegen hat mich hintergangen.

Auf dem Hof ist er plötzlich stehengeblieben, um die Rauchbombe zu zünden. Aber als er sie in die Scheibe der Bibliothek geworfen hat, bin ich zum ersten Mal stutzig geworden, weil ein ohrenbetäubender Knall die Luft durchschnitten hat. Danach, als Qualm aus dem zersplitterten Fenster gedrungen ist.

Qualm, kein Rauch.

Mason hat die Bibliothek in Brand gesetzt. Vor meinen Augen.

Im Wald zwischen Geäst hockend, mit Blick auf Mason, versuche ich, die Puzzleteile zusammenzusetzen, die sich vor meinen Füßen verteilt haben. Aber sie sind so durcheinander geworfen worden, dass ein Zusammenfügen unmöglich ist.

Mason muss einen Plan haben. Das hier muss Teil des Plans sein.

In dem Moment passiert Jarik die Halle des Tempels und der vermummte Mason wirft einen Wurfstern in seine Richtung, vor dem er sich nur knapp wegduckt. Jarik sprintet hinter eine der Säulen und ich beobachte, wie Mason langsam auf ihn zuläuft, einen Dolch in der rechten Hand, in der linken etwas, das nach einem Blasrohr aussieht.

Da reagiere ich.

Ich richte mich auf und haste mehrere Meter nach links, weiterhin versteckt im Wald. Im Lauf ziehe einen Wurfstern aus der Halterung an meinem Gürtel und schleudere ihn in Masons Richtung. Er verfehlt ihn, aber mein Plan funktioniert: Mason wirbelt herum und lässt Jarik stehen, läuft stattdessen auf mich zu.

Während Jarik in den oberen Teil des Tempels rennt, bringe ich mich vor Mason in Sicherheit. Äste und Büsche zerren an mir und ich fühle mich an die Nacht erinnert, in der ich dachte, in diesem Wald zu sterben. Nachdem Jarik mich hintergangen hat.

Nach wenigen Metern verlangsame ich meine Schritte und drücke mich mit dem Rücken gegen einen Baumstamm, weg vom Tempel, und lausche. Ich zwinge mich, ruhig zu atmen, um mich nicht zu verraten, doch um mich herum ist es absolut still. Zu still.

Vorsichtig luge ich um den Baumstamm und sehe Mason gerade noch in den Tempel huschen.

»Ava!«

Jariks Ruf durchschneidet die Stille und ich realisiere jäh, warum Mason zurück in den Tempel gerannt ist: Er will zu Jarik in die Bibliothek.

Alle meine Gedanken sind hinfortgewischt, ich konzentriere mich nur auf meine Beine, die mich wie automatisch durch den Wald und in Richtung Tempel tragen. Ich stolpere durch das Geäst, schaffe es nur mit Mühe, nicht hinzufallen, während ich den Griff meines Katanas fest umschlungen halte.

Es ist zu spät, denke ich. *Es reicht nicht, ich bin zu weit weg.*

Meine Oberschenkel brennen, immer wieder peitschen mir Äste ins Gesicht und schneiden in meine Haut, doch ich stoppe nicht und als ich schließlich die Lilien- und Asternbüsche erreiche, will ich meine letzten Kräfte mobilisieren – jedoch lässt mich eine Gestalt innehalten. Im Tempel huscht Mason durch die Eingangshalle, die Kapuze ist ihm vom Kopf gerutscht.

Ich werfe mich hinter einen der großen Lilienbüsche. Mit aller Kraft halte ich meine Atmung flach und widerstehe dem Drang, zur Bibliothek hochzusehen, in der ich Feuer knistern höre, Fensterscheiben zerklirren.

Jarik lebt, sage ich mir. *Mason hat ihm nichts angetan. Er muss leben. Ich habe mir gewünscht, dass er zu mir zurückkehrt. Das wird er.*

Das wird er.

Mason schleicht auf den Kirschbaum zu, stoppt jedoch kurz davor und sieht sich nach links und rechts um. Ich bete, dass er mich durch die kahl gewordenen Büsche nicht entdeckt.

»Jarik!«, ertönt plötzlich Bents Stimme von irgendwoher, wodurch sich Masons Blick von dem Asternbusch vor mir löst und er schließlich über den Hof läuft, um dann im Wald zu verschwinden.

Ich reagiere sofort, schiebe mich zwischen den Büschen vorbei in die Halle, die Treppe hoch und auf die Bibliothek zu. Die Tür ist mit einem Stuhl versperrt, die Klinke senkt und hebt sich, als würde jemand von innen verzweifelt dagegenrütteln, mehrere Stöße gegen das Holz sind auszumachen.

»Jarik?«, rufe ich, während ich auf die Tür zulaufe.

»Mio?«

Seine Stimme ist nur dumpf vernehmbar, aber der Spitzname rückt etwas in meiner Brust in die richtige Richtung. Ein Zahnrad, das die letzten Wochen über verkeilt war.

Mit einem Fußtritt befördere ich den Stuhl zur Seite und reiße die Tür auf. Was zum Vorschein kommt, lässt mein Herz in die Höhe schnellen: Vom Rauch umschlossen und mit den Flammen hinter sich wirkt Jarik wie ein gefallener Engel, mit dem Katana in der rechten Hand wie ein Krieger.

Mit einem riesigen Schritt ist er bei mir, packt mich am Arm und bugsiert mich aus der Bibliothek. Als ich einen Blick zurückwerfe, sehe ich das Bild an der Wand in Flammen aufgehen: *Die Wände haben Ohren, die Türen haben Augen.*

Wir stürzen die Treppe hinunter, raus aus dem Tempel, vorbei an den Kampfsälen und ins Freie. Jarik hustet mehrmals, seine Finger zwischen meinen fühlen sich rau an, als sei jemand mit Schmirgelpapier darübergefahren. Er hält mich weiterhin fest und lotst mich zum Kirschbaum, wo wir stoppen.

Ich stütze meine Hände auf die Oberschenkel, doch es dauert mehrere Sekunden und etliche tiefe Atemzüge, bis ich das Gefühl habe, meine Lungen sind nicht mehr durch Rauch verstopft. Nur ein paar Minuten später und Jarik wäre …

Mein Blick gleitet hoch. Jarik steht zwei Meter entfernt auf der Wiese. Sein Gesicht ist mit Ruß bedeckt, seine Haare stehen in alle Richtungen ab, er atmet ähnlich schwer wie ich. Und dennoch sieht er mit absolut klarem Blick zu mir herüber. Es sind nur er und ich, nichts und niemand sonst existiert gerade.

»Du hast mich gerettet«, bringt er hervor.

Da kann ich es nicht länger zurückhalten. Mit einem giftigen Knoten voller Wut im Bauch trete ich auf ihn zu und schlage ihm gegen die Brust, sodass er einen Schritt zurückweicht. Sein Katana fällt neben ihn ins Gras.

»Während du mir Lügen aufgetischt hast!«

Die ganze Enttäuschung der letzten Wochen, die Wut auf ihn, die Gilde, die Lügen, all das bricht aus mir heraus. Das und die Tatsache, dass ich mich trotzdem nicht von Jarik lösen kann, obwohl ich es versucht habe. Immer wieder.

»Du hast mich benutzt!«, rufe ich mit zitternder Stimme. »Du wolltest mich ausliefern, um deine Erinnerungen zu löschen!«

»Du hast recht«, sagt er absolut gefasst. Hinter ihm steigt mittlerweile eine meterhohe Rauchwolke aus der Bibliothek auf. »Es war anfangs so, aber dann -«

»Sei ruhig!«

Doch den Gefallen tut er mir nicht.

»Aber dann habe ich neue Erinnerungen gesammelt«, sagt er. »Durch dich.«

Sofort brauen sich genau diese Erinnerungen in mir zusammen, obwohl er sie nicht einmal explizit benannt hat.

Er und ich in Tokio, über uns die Abtrünnigen, Jarik, der mich beruhigt hat.

Er und ich im Kampfsaal, ich über Bent gebeugt, Jarik, der meine Hand berührt und mir die Wut und Anspannung genommen hat.

Er und ich in meinem Zimmer, Jarik, der mich gehalten hat, als die Sorge um Damien mich umgebracht hat.

Er und ich im Krankenzimmer, seine Lippen an meiner Stirn.

Er und ich im Tunnel, als wir nur einander hatten.

Er und ich unter dem Kirschbaum.

Er und ich.

Er.

Und.

Ich.

Niemand von uns löst den Blick auf den anderen, während wir dem anderen in die Arme laufen, mein Katana folgt Jariks ins Gras. Wir greifen ineinander wie perfekt geschliffene Zahnräder. Jariks Hände gleiten an meine Wangen, seine Augen sehen in meine wie die raue See, er atmet schwer - und dann prallen unsere Lippen aufeinander und damit auch die Welten, die uns in den letzten Wochen getrennt haben.

Der Kuss ist hart und unerschütterlich, nichts Sanftes schwingt darin mit. Wir bäumen uns auf wie im Kampf, das hier ist bloß egoistisches Verlangen. Das hier gehört nur uns. Seine Finger gleiten in meine Haare, dann an meinen unteren Rücken, ziehen mich näher und ich presse mich ihm entgegen, zerre an seinem Shirt, während der Kuss sich vertieft und meine Knie weicher werden.

Mit seinen Lippen auf meinen ist mir alles egal. Die Lügen, die Geheimnisse. Alles verwischt, wird eins, hat keinen Anfang und kein Ende mehr.

Der Anfang und das Ende sind wir.

Als unser Kuss weicher wird, ermahne ich mich lautstark in Gedanken, mich gefälligst zu lösen. Doch ich kann nicht. Ich will nicht. Jariks Fingerkuppen streichen an meinem Hals entlang, während ich einen Seufzer nicht länger unterdrücken kann. Mein Kopf fällt gegen seine Brust, ich presse die Augen zusammen. Nur einen Moment will ich noch so tun, als sei das hier zwischen uns etwas Normales. Als stünden wir nicht auf unterschiedlichen Seiten.

Da reißt mich seine Stimme zurück in die Realität.

»Mio?«

Meine Hände verkrampfen sich zur Faust.

»Bitte sag irgendwas, damit ich mir nicht so bescheuert vorkomme.«

Mehrere Sätze stürmen meinen Kopf wie eine Armee.

»Ich will zurück zu dir.«

»Ich will diesen Krieg nicht führen.«

»Ich will nur zurück zu dir.«

Doch stattdessen murmle ich: »Das hier geht nicht. Du machst mich schwach.«

Es ist leichter, das zuzugeben, während mein Gesicht weiterhin in den Stoff seines Shirts gedrückt ist. Er riecht nach Schweiß und Rauch und mich durchfährt ein Gefühl wie ein Donnerschlag: Hätte er das Feuer nicht überlebt, hätte ich nicht gewusst, wie ich überleben soll.

»Und was ist schlimm daran?«, fragt er sachte.

»Dass ich stark sein will«, sage ich.

»Das bist du«, erwidert er. »Mehr als jeder, den ich kenne. Du hättest mich nicht retten müssen, aber du hast es – auch wenn ich dich belogen habe. Du bist zurückgekommen.«

Wenn er wüsste, dass ich es mir umgekehrt gewünscht habe: dass er zu mir zurückkommt. Zwischen all den Lügen habe ich mir das gewünscht und genau das macht mich schwach.

Ich drücke ihn behutsam von mir und er lässt mich gewähren, ehe er seine Hand in die Hosentasche schiebt und einen Beutel daraus hervorzieht – die Tablette, die Mason ihm gegeben hat. Jarik betrachtet erst sie, dann mich.

»Ich wollte sie wirklich schlucken«, sagt er. »Aber ich hatte Angst, dich zu vergessen. Ich wollte dir erklären, warum ich den Deal eingegangen bin, bevor ich sie schlucke.«

Zwischen all den Lügen, die er mir vielleicht in den letzten Wochen entgegengebracht hat, ist das hier die Wahrheit. Das schwingt in seiner Stimme mit und es steht überall in seinem Gesicht.

»Du hättest sie nehmen können«, sage ich, schlucke und setze dann hinzu: »Sie ist aus Zucker, hat Mason gesagt.«

Für einen Moment scheint er zurückgeworfen, sein Mund öffnet sich, doch Jarik bleibt stumm. Seine Finger streichen wie geistesabwesend über den Beutel und ohne den Blick von mir abzuwenden lässt er ihn neben sich ins Gras fallen. Ich kann nicht einschätzen, ob es ihm schmerzt, dass alles umsonst war, oder ob er erleichtert ist, zu wissen, dass die Tablette ihm nichts gebracht hätte.

»Das Medikament muss nicht zwingend durch eine Tablette verabreicht werden.«

Jarik und ich sehen gleichzeitig zur Seite. Mein Herzschlag setzt einen Augenblick aus. Nicht nur, weil Mason im Hof steht, sondern auch, weil das Dorf hinter ihm lichterloh brennt. Die Flammen lecken bereits am Eingang des Tempels, Rauch quillt an allen Seiten in den Himmel.

Ich will mich zu meinem Katana bücken, um auf einen Kampf vorbereitet zu sein, da zieht Mason einen Dolch, den er in Jariks Richtung zielt. Ich schiebe mich vor ihn und die Klinge streift meine Schulter, wo sie einen beißenden Schmerz hinterlässt. Jarik drängt sich an mir vorbei, einen Wurfstern in der Hand. Aber bevor er oder ich die Möglichkeit haben, zu reagieren, holt Mason etwas Langes hinter seinem Rücken hervor, das er an seine Lippen hebt.

»Verdammt!«, flucht Jarik.

Mein Blick gleitet zu ihm, der sich einen kurzen Pfeil aus dem Oberarm zieht und ihn gleich darauf zu Boden fallen lässt. Er setzt sofort an, auf Mason zuzulaufen, doch ist schlagartig wie betrunken und droht, umzukippen.

Ich trete auf ihn zu und halte ihn an den Schultern. Als hätte er kaum noch Kontrolle über seinen Körpern, lehnt er sich gegen mich, mit der Stirn kippt er an meine Halsbeuge, wo sein Atem in gleichmäßigen Zügen meine Haut kitzelt.

»Was hast du ihm verabreicht?«, brülle ich in Masons Richtung.

Dieser zuckt mit den Schultern. »Wonach er verlangt hat – das, was ihn vergessen lässt. Und ein wenig Betäubungsmittel.«

Ich habe Mühe, Jarik zu halten, weil er weiter und weiter in sich zusammensackt und zu schwer für mich wird. Seine Finger krallen sich verzweifelt in mein Shirt, aber schon nach wenigen Sekunden lässt der Druck nach. Jariks Kraft schwindet.

Scharf ziehe ich die Luft ein, als mir der Schmerz in der Schulter durch Jariks Gewicht in die gesamte linke Seite zieht. Mit letzter Kraft schiebe ich meine Arme unter seine Achseln, gehe in die Knie und lasse ihn, so behutsam ich kann, auf den Boden sinken. Den linken Arm rücke ich in seinen Nacken, um seinen Kopf aufrecht zu halten, mit dem anderen halte ich ihn an seinem Oberarm und damit an mich gedrückt.

Der Schmerz in meiner Schulter rückt in den Hintergrund, während ich Jarik betrachte. Noch immer hebt und senkt seine Brust sich regelmäßig, aber in der Art, wie er fiebrig meinen Blick sucht, merke ich, dass er davondriftet. Seine Lider schließen sich langsam.

»Clara«, sagt Mason, worauf ich zu ihm aufschaue. Er lässt das Blasrohr fallen und zieht zwei Dolche, die er auf Jarik und mich richtet. »Wähl nie die Dunkelheit über dem Licht.«

Ich drücke Jarik an mich und mache mich bereit, die Dolche irgendwie abzuwehren. Das hier kann nicht mein Ende sein, nicht, wenn ich meine Eltern und Damien nicht noch einmal gesehen habe. Nicht, wenn Jarik und ich uns nie ausgesprochen haben.

Plötzlich schnellt Masons Kopf nach rechts, als hätte er ein Geräusch wahrgenommen. Keine drei Sekunden später rauscht ein Dolch in seine Richtung. Die Klinge bleibt in seinem Oberarm stecken, worauf er aufschreit und seine Waffen fallen lässt. Als er einen seiner Dolche aufheben will, fliegt erneut etwas auf ihn zu – zunächst ein Wurfstern, dann ein zweiter. Der erste versenkt sich oberhalb seiner Hüfte, der zweite einen Herzschlag später zwischen Schulter und Brust.

Mason taumelt einen Schritt zurück, ignoriert Jarik und mich und sieht stattdessen in die Richtung, aus der die drei Waffen geworfen wurden. Als ein dritter Wurfstern auf ihn zurast, reagiert Mason rechtzeitig und kann ausweichen. Sich die Hüfte haltend, zieht er sich im Rennen blitzschnell die Kapuze über den Kopf und in die Stirn und verschwindet humpelnd in den Wald.

Ich sehe nach links, um auszumachen, wer Mason angegriffen hat, aber da spüre ich Jariks Finger an meinem Shirt, die in einem letzten Kraftakt daran ziehen.

»Lass mich nicht allein, Mio«, murmelt er.

»Ich bin hier«, verspreche ich, allerdings weiß ich nicht, ob er mich versteht, oder schon zu weit weg ist.

Während ich ihn im Arm halte, atmet er noch einmal laut ein und aus, dann wird er endgültig vom Schlaf übermannt und von dem Medikament in seinem Körper schachmatt geschlagen.

Ich bin hier, habe ich ihm versprochen.

Doch er geht fort.

ENDE BLÜTEN-TRILOGIE BAND 2

ÜBER DIE AUTORIN

Sarah Nierwitzki wurde im September 1987 am Rande des Ruhrgebietes geboren. Das mit dem Schreiben klappt bei ihr nur so: Eine Idee nach der anderen abarbeiten (in Sonderfällen auch zwei auf einmal), mit Noice-Cancelling-Kopfhörern auf den Ohren und in der Ecke eines Raumes, damit ihr niemand über die Schulter sieht.

Als Ausgleich zum Schreiben liest sie sich querbeet durch die Jugendliteratur, kauft Notizbücher, die sie vor ihrem Verlobten versteckt (»Du hast doch genug!«), sitzt am liebsten in ihrem Ohrensessel und kann die Finger nicht von Social-Media lassen. Mal schreibt sie Romane mit Tiefgang, mal lässt sie sich in ihren Geschichten einfach nur treiben und wird selbst überrascht, was daraus wird.

Aber ob fantastisch oder realistisch, eine Sache darf nie fehlen: die Liebe.

Wenn du Lust hast, mehr über die Autorin und ihre Bücher zu erfahren, kannst du gern den QR-Code scannen und sie im Internet »besuchen« :)

DANKSAGUNG

Bester Typ der Welt: Hätte ich einen Wunsch frei, würde ich mir immer dich wünschen.

Christin: Wie auch beim ersten Teil für das wunderbare Cover, das vor allem in Taschenbuchform neben Teil eins unglaublich aussieht! Aber auch danke für alles andere – die Audios voller Verzweiflung, die lustigen, die über die Arbeit und alles dazwischen.

Sam: Für die Kapitelzierden, von denen ich immer noch überlege, ob sie sich gut als Tattoo eignen würden :D

Marie: Für die witzigen Kommentare im Lektorat, die mich mehr als einmal aufgemuntert und mich weniger haben zweifeln lassen.

Alle Leserinnen und Leser, die Claras und Jariks Geschichte schon bis zu Teil zwei verfolgt haben. Langsam kommen wir dem Ende näher (ich schon mehr als ihr, denn Teil drei ist längst fertig geschrieben), aber ich genieße es unglaublich, eure Rezensionen zu lesen und noch mal in Teil zwei abzutauchen. Danke, dass ihr da seid!

WEITERE TASCHENBÜCHER

WWW.SARAHNIERWITZKI.DE/SHOP

Alles still. Außer dir.
(Rockstar Romance | 12,99 €)

Still – das beschreibt die Journalistin Allison Davies am besten. Gefangen in einem Job, der sie unglücklich macht, aber immerhin ihre Miete zahlt, sodass sie nicht zurück zu ihrer Familie muss, bei der nur Streit auf sie wartet. Als sie jedoch gekündigt werden soll, bricht alles über ihr zusammen.

Bis sie die Möglichkeit bekommt, den Popstar Callum Evans auf Tour zu begleiten, um eine Story über ihn zu schreiben. Allison sagt zu und will so ihren Job retten. Nur mit der Anziehungskraft zu Callum hat sie nicht gerechnet. Und auch nicht damit, dass der erfolgreiche Sänger keine dunklen Geheimnisse hat, die Allison für ihren Artikel nutzen kann - oder verbirgt er sie nur zu gut?

Die Farbe von Feuer
(New Adult | 12,99 €)

Schwarz ist die Farbe, die Tessas Leben und ihre Malerei dominiert, seit ihr Bruder durch einen Brand ins Koma gefallen ist – und sie schuld daran ist. Die Menschen um sie herum hält sie auf Abstand, aus Angst, noch eine Katastrophe auszulösen und wieder einer Person zu schaden, die sie liebt.

Nur der Neue auf ihrer Arbeitsstelle sieht plötzlich hinter das Schwarz und erkennt, wie viele Farben darunter liegen. Und langsam kann auch Tessa die Dunkelheit beiseiteschieben, indem sie Bastian vertraut, die Welt wieder strahlend wahrzunehmen. Doch was, wenn plötzlich Bastians Katastrophe sie beide ins Feuer stößt?

Über mir der Sturm
(New Adult | 12,99 €)

Hanna läuft, um zu siegen. Der Traum von der Goldmedaille rückt für die 18-jährige endlich in greifbare Nähe – bis sie in einen Autounfall verwickelt ist. Hanna überlebt, aber ihr Unterschenkel muss amputiert werden. Panikattacken, Phantomschmerzen und Einsamkeit bestimmen fortan ihren Alltag.

Doch dann trifft sie David. Der Junge im Rollstuhl sieht nach Hannas Unfall als Erster hinter ihre Fassade und ermutigt sie, an ihrem Traum festzuhalten. Aber während David und Hanna sich immer näherkommen, wühlt der Sturm in ihrem Inneren eine Frage auf: Wie schaut man positiv in eine Zukunft, die nichts mit der zu tun hat, die man sich ausgemalt hat?

Der Ort in mir
(Young Adult | 12,99 €)

Das strenge Leben in der religiösen Gemeinde ist das einzige, das Leah kennt. Als ihr bester Freund Simon plötzlich an ihrem Arbeitsplatz auftaucht, ändert sich auf einen Schlag alles. Zusammen mit ihrem Bruder Aaron ist er vor einem Jahr aus der Gemeinde geflohen und kehrt nun zurück, um Leah zu enthüllen, dass ihr Leben ein Sumpf aus Lügen und Geheimnissen ist.

Obwohl Leah weiß, dass es falsch ist, sich auf die Welt „da draußen" einzulassen, kann sie ihrer Familie nicht mehr vertrauen. Sie folgt Simon in eine Welt, die ihr gleichzeitig fremd und voller Versuchungen ist. Je weiter sie ihr Weg führt, desto deutlicher erkennt sie, dass sie sich entscheiden muss: Ist ein Leben voller Musik und Freiheit es wert, ihre Familie und die Sicherheit der Gemeinde für immer aufzugeben?

EXKLUSIV ALS AMAZON EBOOKS

Schwingen-Dilogie (Romantasy | je 3,99 €)

Unter dunklen Schwingen (Band 1)

Seit drei Jahren ist für die 19-jährige Claire nichts mehr, wie es mal war: Ihr Vater ist tot und die Polizei kann sich nicht erklären, wer ihm den Messerstich direkt ins Herz zugefügt hat. Claires Mutter verzweifelt aufgrund der rätselhaften Umstände. Versunken in der Trauer, entfernt sie sich immer weiter von ihrer Tochter.

Um all das hinter sich zu lassen und ihrer Leidenschaft, dem Ballett, nachzugehen, zieht Claire nach New York. Doch auch hier lässt sie die Nacht vor drei Jahren nicht los. Denn plötzlich taucht Ben auf, der ihr wie zufällig immer wieder über den Weg läuft. Er deutet an, mehr über den mysteriösen Tod ihres Vaters zu wissen. Etwas, das Claire alle Fragen darüber beantworten könnte – und gleichzeitig ihr Leben bedroht.

Unter schwarzen Himmeln (Band 2)

Claire und Ben haben nicht nur den Tod von Claires Vater hinter sich gelassen, sondern genauso Sadriels Verrat. Statt alten Erinnerungen hinterherzutrauern, versucht Claire, in ihrem neuen Leben als Himmelsfürstin anzukommen. Es ist vor allem Ben, der ihr hilft, ihren Platz in dieser noch fremden Welt zu finden.

Doch als Claire plötzlich Albträume von Feuer plagen, weiß auch er nicht weiter. Erst als Andrew und Grace auftauchen, fügen sich mehr und mehr Puzzleteile zusammen. Die Geschwister behaupten, die letzten Jahre in Claires und Bens Leben seien nichts als Lügen gewesen – und ausgerechnet diejenigen, die ihnen die Wahrheit vorgaukelten, sind die, die das Lügengerüst errichtet haben ...

IMPRESSUM

Sarah Nierwitzki
Lange Wiese 27
33613 Bielefeld

Coverdesign: Christin Giessel, https://www.giessel-design.de/
Lektorat: Marie Döling, https://writeinpieces.jimdofree.com/
Kapitelzierden: Sameena Jehanzeb, https://www.saje-design.de/
Druck: PRINT GROUP Sp. z o.o., ul. Cukrowa 22, 71-004 Szczecin
Vertrieb: Nova MD GmbH, Raiffeisenstr. 4, 83377 Vachendorf/Traunstein

1. Auflage

Kontaktmöglichkeiten:
E-Mail: Sarah.Nierwitzki.Autorin@web.de
Facebook: Sarah Nierwitzki Autorin
Instagram: wortkosmos
Web: www.sarahnierwitzki.de